Даниэла Стил

Поцелуй

АСТ
ИЗДАТЕЛЬСТВО
Москва
2005

УДК 821.111(73)
ББК 84 (7Сое)
С80

Danielle Steel
THE KISS

Перевод с английского С.Б. Певчева

Оформление А.А. Кудрявцева

Печатается с разрешения автора и литературных агентств
Janklow & Nesbit Associates и Permissions & Rights Ltd.

Подписано в печать с готовых диапозитивов 24.01.05.
Формат 84×108 1/32. Бумага газетная.
Печать высокая с ФПФ. Усл. печ. л. 16,8.
Тираж 3000 экз. Заказ 341.

Стил, Д.
С80 Поцелуй : [роман] / Даниэла Стил; пер. с англ. С.Б. Певчева. — М.: АСТ, 2005. — 316, [4] с.

ISBN 5-17-015008-3.

Какой хрупкой иной раз оказывается человеческая жизнь!

Какой чудотворной порой может быть ЛЮБОВЬ!

Как неожиданно приходит в жизнь мужчины и женщины СТРАСТЬ!

Они должны были погибнуть в автокатастрофе, но, видно, сама судьба хранила преуспевающего американского бизнесмена и прелестную жену парижского банкира. На краю гибели настигла этих двоих любовь с первого взгляда — любовь, что спасла от смерти и навеки изменила их судьбы!..

УДК 821.111(73)
ББК 84 (7Сое)

ISBN 985-13-3130-9 (Харвест)

Храбрость — это не отсутствие страха,
а способность его преодолеть.

Глава 1

Изабель Форрестье смотрела из окна спальни на раскинувшийся внизу сад. В этом доме, который располагался в седьмом округе Парижа, на улице Гренель, они с Гордоном прожили больше двадцати лет, здесь родились их дети. Здание, построенное еще в восемнадцатом веке, было похоже на подкову, внутри которой располагался просторный внутренний двор, отделенный от улицы внушительными бронзовыми воротами. Изабель любила этот старый красивый дом с его высокими лепными потолками и темными паркетными полами. Здесь все блестело и сияло. Образцовая хозяйка, Изабель мягко, но настойчиво требовала от домочадцев идеального порядка. В тщательно ухоженном саду росли белые розы, считавшиеся одними из лучших в Париже. В доме было немало антикварных вещей, которые они с Гордоном собирали многие годы; кое-что досталось Изабель и от ее родителей.

Вздохнув, она отвернулась от окна. Предстоящий отъезд из Парижа вызывал у Изабель противоречивые чувства. Конечно, она так редко куда-то выезжает, что грех не воспользоваться представившимся случаем, но все равно из-за Тедди она чувствует себя виноватой.

Дочь Изабель, Софи, днем раньше уехала с подругами в Португалию. Девочке восемнадцать лет, осенью начинает учиться в университете. Изабель же от поездок уже четырнадцать лет удерживал ее сын, Теодор. Он родился на три месяца раньше срока, с дефектом легких, а это, в свою очередь, сказалось и на сердце. Тедди никогда не ходил в школу, большую часть времени оставался прикованным к постели, а по дому в основном передвигался в инвалидной коляске. В хорошую погоду Изабель вывозила его в сад, где он в зависимости от самочувствия или немного гулял, или просто сидел в коляске. Однако дух мальчика оставался несломленным. Когда его мать входила в комнату, глаза Тедди оживлялись. Он с удовольствием с ней разговаривал, часто даже шутил. Между матерью и сыном существовала неразрывная связь, временами ей казалось, что у них одна душа. Изабель часами беседовала с мальчиком, читала ему, молча держала в объятиях, когда он был слишком слаб, чтобы говорить, и в любой момент могла заставить его смеяться. Он видел мир ее глазами и напоминал ей крошечную хрупкую птицу со сломанными крыльями.

Они с Гордоном консультировались с врачами насчет пересадки сердца и легких, которые делали в Штатах, но доктора единодушно пришли к мнению, что мальчик вряд ли выдержит такую операцию и даже саму поездку. Поэтому мир Теодора ограничивался пределами дома на улице Гренель, а все его общество составляли мать и сестра, поскольку отец в присутствии Тедди чувствовал себя неуютно.

Из-за сына Изабель оставила всех своих подруг и прежние занятия, по существу, вообще отказалась от каких-либо собственных интересов. Тедди стал смыслом ее жизни. Правда, его сестре Софи из-за этого недоставало материнского внимания, но она не жаловалась и продолжала относиться к матери с любовью и теплотой. Казалось справедливым, что Тедди достается все внимание Изабель, поскольку от этого зависела его жизнь. В последние четыре месяца Теодору стало лучше, что дало его матери возможность предпринять долгожданную поездку в Лондон — по предложению Билла Робинсона.

Изабель познакомилась с ним четыре года назад, на приеме, который устраивал в Париже американский посол — однокурсник Гордона по Принстону. Билл был известен в Вашингтоне как один из самых могущественных людей и едва ли не самый богатый. По словам Гордона, именно Уильям Робинсон посадил последнего президента в Овальный кабинет. Наследник огромного, по слухам, неисчислимого состояния, он еще в молодости приобщился к политике, предпочитая при этом оставаться за кулисами. На Изабель произвело сильное впечатление то, насколько скромно держался этот влиятельнейший человек. Муж уже объяснил ей, кто он такой, и Изабель никак не могла поверить в его богатство и могущество. Веселый и остроумный, Уильям выглядел на удивление молодо. Сидя рядом с ним за ужином, Изабель наслаждалась его обществом и была приятно удивлена, когда на следующей неделе он ей написал, а потом прислал редкую книгу по искусству, которую она уже давно и безуспешно искала. Ее поразило и очень тронуло то, что за другими, гораздо более важными делами он не забыл об этой мелочи. Искусство и редкие книги были ее страстью.

Тогда они много говорили о только что найденных картинах, которые нацисты во время войны спрятали в одной пещере в Голландии. Затем разговор коснулся подделок и воровства произведений искусства и, наконец, реставрации — именно этим занималась Изабель, когда познакомилась с Гордоном. Она работала в Лувре, и к тому времени, когда ушла с работы — а это произошло незадолго до рождения Софи, — ее уже считали опытным и подающим большие надежды реставратором.

На Билла ее рассказы произвели впечатление, и в последующие месяцы у них сложились довольно странные дружеские отношения, поддерживавшиеся с помощью писем и телефонных звонков. Она послала ему несколько редких книг по искусству, а Билл в свой следующий приезд в Париж позвонил ей и пригласил на ленч. Поколебавшись, она согласилась, едва ли не впервые оставив сына в обеденное время одного. Да, это произошло четыре года назад, когда Тедди было еще десять. С тех пор дружба с Биллом окрепла. Время от времени он звонил — если работал допоздна. Для Изабель это было раннее утро — она как-то сказала ему, что из-за Тедди встает в пять часов утра. Прошло еще полгода, прежде чем Билл спросил, не возражает ли Гордон против его звонков.

— А почему бы он стал возражать? — изобразив удивление, сказала она. Изабель не хотелось его смущать. Ей нравились разговоры с Биллом, у них было так много общих интересов! По сути, она больше ни с кем и не поддерживала контактов. Ее давние подруги не звонили ей уже много лет, с тех пор как Изабель из-за Тедди практически перестала выходить из дома.

Тем не менее звонки Билла действительно могли не нравиться Гордону. Она как-то упомянула о книгах, которые тот прислал, и мужа это явно покоробило, хотя он и промолчал. Так что о телефонных звонках Робинсона Изабель говорить ему уже не стала. Во-первых, она не знала, как их объяснить, а во-вторых, они же совершенно невинны — в их разговорах нет ничего личного и тем более недостойного. По правде говоря, Изабель подозревала, что, узнав о ночных беседах, Гордон проявил бы недовольство, а терять дружбу Билла ей не хотелось.

Сначала Билл звонил раз в две-три недели, потом чаще. Через год после знакомства они второй раз в жизни встретились — за ленчем, а однажды, когда Гордон был в отъезде, Робинсон пригласил ее на ужин. Они сидели в расположенном неподалеку тихом бистро, время текло незаметно, и, придя домой, Изабель была потрясена тем, что уже перевалило за полночь. Она чувствовала себя увядающим цветком, на который телефонные разговоры и редкие встречи с Биллом действовали словно благодатный дождь. Ведь, кроме детей, Изабель было просто не с кем поговорить.

Гордон уже много лет возглавлял крупнейший в Париже американский инвестиционный банк. Он был на семнадцать лет старше Изабель — ему исполнилось пятьдесят восемь. За последние годы они сильно отдалились друг от друга, и Изабель подозревала, что причиной тому Тедди. Отвращение мужа ко всему, что было связано с болезнью мальчика, принимало характер настоящей фобии. Тедди это чувствовал и раньше даже считал, что отец его ненавидит, но позже изменил свою точку зрения. К десяти годам он понял, что отца просто пугает его болезнь и, чтобы не оказаться во власти этого своего страха, он старается полностью игнорировать ребенка, делая вид, будто его вообще не существует. Тедди никогда не держал на него зла и говорил с Изабель об отце с таким задумчивым видом, словно речь шла о какой-то далекой стране, в которой он хотел бы побывать, но знает, что она ему недоступна. Отец и сын были друг другу совершенно чужими.

Целиком переключившись на работу, Гордон за последние годы максимально отстранился от домашних дел и от собственной жены. Единственным членом семьи, к которому он как будто был даже слегка привязан, являлась Софи, по характеру больше походившая на него, чем на свою мать. Софи и Гордон во многом одинаково смотрели на жизнь. Отец тщательно подавлял в себе все эмоции, которые он считал проявлением слабости, а дочь, очевидно, просто унаследовала эту черту. Еще в младенчестве она была совсем не такой ласковой, как брат, и предпочитала не обращаться к матери за помощью, а делать все самой. Холодность Гордона она воспринимала как проявление независимости и достоинства. Изабель иногда думала, что сдержанность дочери — результат того внимания, которое мать уделяла брату. Чтобы не чувствовать себя обделенной, Софи убедила себя и своих родных, что ей ничего от них не нужно. Она не вела задушевных бесед с Изабель и старалась не показывать своих чувств, а если и была с кем-то откровенна, то не с матерью, а с подругами. Изабель всегда тешила себя надеждой, что, когда Софи повзрослеет, они смогут найти общий язык и стать друзьями, но пока отношения с дочерью оставляли желать лучшего.

Холодность, с которой относился к жене Гордон, ощущалась гораздо сильнее. Сдержанность Софи еще можно было объяснить желанием самоутвердиться, доказать, что она твердо стоит на ногах и не нуждается в материнском внимании. Истоки же охлаждения мужа коренились значительно глубже. Изабель казалось, что она стала для него олицетворением того несчастья, которое свалилось на их семью.

Гордон обычно смотрел на жизнь совершенно бесстрастно, словно издали наблюдал за игрой, не вмешиваясь в нее, — в отличие от Тедди и Изабель, которые во все вкладывали душу. Гордон отдалился от жены много лет назад, вскоре после рождения Тедди, и задолго до ее знакомства с Биллом покинул общую спальню. Тогда он объяснил это тем, что она его беспокоит, так как слишком поздно ложится и слишком рано встает, но это были лишь отговорки. Не желая усложнять и без того натянутые отношения, она не посмела ему возражать и с грустью наблюдала, как его привязанность к ней постепенно сходила на нет, а затем и вовсе исчезла.

Изабель даже не могла припомнить, когда они в последний раз обнимались, целовались или занимались любовью. Она полагала, что муж не только напрямую ассоциирует ее с болезнью Тедди, но и считает ее виновной, хотя врачи заверяли Изабель в обратном. С Гордоном они никогда об этом не говорили, так что у нее не было никакой возможности снять с себя его невысказанные обвинения, но она всегда ощущала их груз. По-видимому, даже сам вид Изабель напоминал ему о немощи ребенка, поэтому, вычеркнув из своей жизни сына, он в конце концов вычеркнул из нее и жену, отгородившись от нее высокой и прочной стеной. Возможно, таким образом он защищал до сих пор таившегося в глубинах его существа ребенка от угнетающего душу зрелища несчастья. Что же касается стены, то Изабель больше не пыталась ее преодолеть. Все ее прежние попытки сблизиться с мужем оставались тщетными, Гордон сопротивлялся ее усилиям, и в конце концов она смирилась с существующим положением.

В принципе Гордон был холодным и расчетливым от природы. Безжалостный делец и вообще не очень симпатичная личность, он тем не менее сначала проявлял к Изабель нежность и внимание. Его сдержанность воспринималась ею как вызов, зато каждую улыбку, каждый знак внимания она считала победой, тем более впечатляющей, что больше он ни к кому так не относился. Она тогда была очень молода и очень заинтригована. Он казался ей таким знающим, таким могущественным. Надо сказать, и Гордону многое нравилось в Изабель, достаточно для того, чтобы счесть ее идеальной женой. В первую очередь, конечно, ее аристократическое происхождение, ее связи, которые должны были послужить и ему лично, и банку. Семейное состояние Изабель давно уже улетучилось, однако ее родня по-прежнему имела определенное влияние в общественно-политических кругах. Женившись на ней, Гордон тем самым повышал свой общественный статус, что для него было очень важно. А в дополнение к родословной Изабель обладала милой детской непосредственностью, которая не оставила равнодушным его сердце.

Перед этой доброй, открытой, чуткой девушкой было трудно устоять любому мужчине. А безупречное поведение Гордона, очевидная серьезность его намерений и изысканная манера ухаживать способствовали тому, что вскоре Изабель увидела в нем своего героя. Даже ее семья была в восторге, когда он сделал предложение. Родным Изабель казалось, что он будет ей идеальным мужем, ведь, несмотря на свою сверхжесткую деловую репутацию, он проявлял о ней такую трогательную заботу!

Однако к тому времени, когда Изабель познакомилась с Биллом Робинсоном, она из замужней женщины превратилась в одинокую сиделку, проводящую целые дни у постели больного. Голос Билла зачастую был единственным, что связывало ее с большим миром, находящимся за пределами ограниченного четырьмя стенами пространства. К тому же только Билл, кажется, искренне о ней заботился. Гордон вообще очень редко интересовался, как у нее дела, и сам ничего не рассказывал. В лучшем случае сообщал о том, что сегодня ужинать дома не будет или что завтра утром уедет по делам. Эти короткие беседы только укрепляли ее уверенность в том, что муж вычеркнул ее из своей жизни. А вот разговоры с Биллом открывали окно в другой мир. Для Изабель они были глотком свежего воздуха, спасательным кругом, за который она цеплялась мрачными ночами. За эти годы Билл стал ее лучшим другом, а Гордон превратился в чужака.

Однажды, на втором году их знакомства, она попыталась объяснить это Биллу. Тедди в последние недели стало хуже, Изабель чувствовала себя усталой, измученной и вдобавок подавленной тем, как холоден с ней в этот вечер был Гордон. Он заявил, что она только зря теряет время, нянчась с мальчиком, что все равно тот долго не проживет и ей надо с этим как можно быстрее примириться. Он сказал, что когда их сын наконец умрет, это будет благом для всех. Она со слезами в голосе рассказала об этом Биллу, и тот был потрясен бессердечием Гордона и его жестокостью в отношении Изабель.

— Я думаю, Гордон сердится на меня за то, что я столько времени провожу с Тедди и не уделяю ему достаточно внимания. — Ради мужа она иногда ходила на какие-то приемы, но не так часто, как ему хотелось бы. Гордон уже давно убедил ее, что она никудышная жена, и Биллу было неприятно слышать, как легко она с этим соглашалась.

— Мне кажется, в нынешних обстоятельствах естественно, что все ваше внимание сосредоточено на Тедди, — мягко сказал он. В последнее время в надежде найти для мальчика какое-нибудь чудодейственное лекарство он втайне проконсультировался с некоторыми медицинскими светилами, но их мнение не особенно вдохновляло. Судя по словам Изабель, у ребенка было прогрессирующее заболевание сердца, легкие работали плохо, и состояние организма в целом постепенно ухудшалось. По единодушному мнению врачей, будет чудом, если мальчик доживет до двадцати лет. Сердце Билла разрывалось, когда он думал, что предстоит пережить Изабель.

За эти годы их отношения окрепли. Они часто разговаривали по телефону, а Изабель писала ему длинные философские письма — особенно по ночам, когда бодрствовала, сидя у постели Тедди. В последнее время ее постоянная забота о сыне вызывала ревность не только у Гордона, но и у Софи, которая чувствовала себя обделенной. И конечно, единственным, кому Изабель могла об этом поведать, был Билл.

В эти минуты для него все дневные заботы отступали прочь, все политические дрязги забывались. А Изабель во время их бесед вспоминала о тех вещах, которые в свое время были ей дороги, и словно переносилась в иное измерение, где Тедди был здоров, Гордон ее не отвергал, а Софи на нее не сердилась. Билл прививал ей новый взгляд на мир, они непринужденно болтали и часто смеялись. Время от времени он рассказывал ей о своей жизни, о людях, с которыми общался, о друзьях, которых любил, а иногда незаметно для самого себя вдруг начинал говорить о жене и дочерях, учившихся в колледже. Он женился в двадцать два года, и теперь, тридцать лет спустя, от их брака осталась лишь пустая оболочка. Синди, его жена, казалось, ненавидела все, что составляло жизнь Билла, в особенности его частые поездки, людей, с которыми он встречался, и мероприятия, на которых им приходилось бывать. Она испытывала глубокое отвращение к политике и к Биллу, который посвятил ей всю жизнь.

Единственное, что интересовало Синди с тех пор, как девочки уехали из дома, были ее друзья в Коннектикуте, вечеринки и теннис. Принимает ли в этом участие муж, ее не волновало. Их душевная связь прервалась уже много лет назад, и теперь Синди существовала отдельно. О прошедшем она, впрочем, сожалела. Тридцать лет она наблюдала за отъездами и приездами мужа, ставящего политику превыше всего. Во время семейных праздников и дней рождения Билл обычно находился где-то далеко, натаскивая очередного кандидата к очередным выборам. В последние четыре года он стал частым гостем Белого дома, что больше не производило на Синди впечатления, и она с удовольствием сообщала об этом мужу. Более того, она попрекала его карьерой, по ступеням которой Билл стремительно двигался вверх. То, что когда-то между ними было, давно прошло. Год назад она сделала подтяжку лица, и Билл знал, что она уже давно втайне крутит романы. Так она мстила за его единственную измену десятилетней давности, когда он согрешил с женой некоего конгрессмена. Подобное больше не повторялось, но Синди не умела прощать.

В отличие от Изабель с Гордоном у них по-прежнему была общая спальня, но это ничего не меняло — они уже много лет не занимались любовью. Синди чуть ли не гордилась тем, что с сексуальной точки зрения муж ее больше не интересует. Она сохранила хорошую фигуру, по-прежнему была блондинкой и казалась столь же привлекательной, как и тридцать лет назад, но в ее облике появилась какая-то жесткость. Возведенные между ними стены были чересчур высоки, и Билл больше не пытался их преодолеть. Все свои силы он стал отдавать работе, а когда нужно было с кем-то посмеяться или выплакаться на чьем-то плече, он звонил Изабель. Только ей он мог признаться, что устал или удручен. Она всегда была готова его выслушать. В ней его привлекала мягкость, которой никогда не обладала его жена. Нет, он ценил живость Синди, ему нравились ее внешность, ее энергия, ее чувство юмора. Когда они были молоды, им было хорошо вместе, а теперь, если он вдруг исчезнет, она вряд ли вспомнит о нем. Дочери, подобно своей матери, вели себя вежливо, но оставались к нему совершенно безразличны. Похоже, уже никого не волновало, дома он или в отъезде. Когда Билл возвращался из поездки, его встречали как незваного гостя, и ему казалось, что он приехал в чужой дом. Он ощущал себя перекати-полем. И сердце его устремлялось на улицу Гренель. Он никогда не говорил Изабель, что любит ее — как и она ему, — но за эти годы успел сильно к ней привязаться. Она же искренне им восхищалась.

Официально, однако, их связывала только дружба. Никто из них не признавался даже самому себе, что за их отношениями кроется не просто взаимное восхищение или удовольствие от подзабытого искусства беседы. Иногда Билл ловил себя на том, что с нетерпением ожидает письма от

Изабель, а если она не подходила к телефону — из-за невозможности оставить Тедди или других дел, — он начинал тосковать — больше, чем считал для себя возможным. Она стала для него своего рода опорой, человеком, на которого он мог положиться. Но и он для нее значил столь же много. Кроме четырнадцатилетнего сына, Билл был единственным, с кем Изабель могла поговорить. С мужем она даже в лучшие дни никогда не смогла бы так разговаривать.

По своему образу жизни Гордон больше походил на англичанина, хотя родители его были американцами. Вырос он в Англии, учился в Итоне, потом уехал в Соединенные Штаты, где поступил в Принстон. Однако сразу после окончания университета он вернулся в Лондон, откуда переехал в Париж, чтобы служить в банке.

С Изабель он познакомился в загородном доме ее дедушки, в Хэмпшире, куда она приехала погостить из Парижа. Ей тогда было двадцать лет, а ему уже под сорок, и он ни разу не был женат. Конечно, Гордон встречал интересных женщин, но ни одну из них он не считал достойной стать его женой. Англичанка по материнской линии, Изабель всю жизнь прожила на родине отца, в Париже, но каждое лето наведывалась в Хэмпшир, к бабушке и дедушке. По-английски она говорила безукоризненно. Умная, спокойная, очаровательная, она сразу привлекла внимание Гордона, и он впервые в жизни решил, что влюбился. К тому же ему импонировала потенциальная выгода их союза. Хотя Гордон происходил из вполне респектабельной семьи, но все же она была не столь родовита, как семья Изабель. Ее мать была отпрыском влиятельного клана британских банкиров, а отец ее был известным французским государственным деятелем. Гордон решил, что наконец нашел себе подходящую пару. С ее стороны также не было препятствия их браку. Мать Изабель умерла, а отец одобрял намечавшийся союз, считая Гордона идеальной партией для дочери. Через некоторое время состоялась помолвка, а через год — свадьба. С самого начала муж дал понять Изабель, что сам будет принимать все решения. Гордон был уверен, что по молодости лет она не станет ему возражать. Он единолично решал, с кем они должны встречаться, где будут жить и как. Дом на улице Гренель он выбирал один и купил его, не дав Изабель даже взглянуть на новое жилище. К тому времени Гордон уже возглавил банк, а женитьба на Изабель окончательно упрочила его положение. Взамен он обеспечил ей спокойную, беззаботную жизнь.

Она охотно выполняла его просьбы. Лишь позднее Изабель стала понимать, что временами он бывает несправедлив, — после того, как Гордон удалил из их окружения кое-кого из симпатичных ей людей, безапелляционно заявив, что они ее недостойны. Вообще Изабель во всем проявляла бóльшую терпимость, чем Гордон. Выйдя замуж, она, несмотря на его протесты, устроилась в Лувр помощником реставратора — это была единственная область, где она чувствовала себя независимой. Кроме того, ей нравились и сама работа, и люди, которых она там встретила.

Гордон считал ее занятие богемным и настоял на том, чтобы она оставила реставрацию, когда начала ждать Софи. После рождения ребенка, несмотря на радости материнства, Изабель обнаружила, что скучает по музею, но муж и слышать не хотел о ее возвращении в Лувр. Вскоре она опять забеременела, и это окончилось выкидышем. Выздоравливала она медленно и потом долго не могла опять забеременеть. Когда же это наконец случилось, беременность оказалась очень тяжелой и привела к преждевременным родам и всем последующим неприятностям с Тедди.

Именно тогда они с Гордоном начали отдаляться друг от друга. В то время он был чрезвычайно занят делами банка, и его раздражало, что, ухаживая за больным ребенком, она не в состоянии уделять должного внимания своим домашним и светским обязанностям. По правде говоря, в первые годы жизни Тедди у Изабель действительно совершенно не хватало времени и сил на Гордона и Софи, а когда они объединялись против нее, она обижалась. Вся жизнь Изабель была теперь связана с ее больным сыном. Она боялась даже на минуту отойти от него, хотя наняла сиделок. Вдобавок ко всем несчастьям умер ее отец, и ей стало совершенно не у кого искать поддержки. Гордон и слушать не хотел о проблемах Тедди и, словно желая ее наказать, покинул супружескую спальню. По-видимому, он больше не любил ее. И хотя он никогда не грозился, что уйдет, Изабель чувствовала себя покинутой.

После рождения Тедди они не стали больше заводить детей: у Гордона не было желания, а у Изабель — времени. Все, что имела, она отдавала своему сыну. При этом муж постоянно давал ей понять, что она не оправдала его надежд, как будто жена была виновата в болезни Тедди. Гордон не видел никаких достоинств сына. Ни его артистические способности, ни светлый ум, ни его чувство юмора не вызывали в сердце отца отклика. А сходство мальчика с матерью только раздражало Гордона еще больше. Он, похоже, теперь не испытывал к жене ничего, кроме отвращения и раздражения, хотя никогда не высказывал этого вслух.

Много лет спустя кузина Гордона рассказала ей, что у него был младший брат-инвалид, умерший в возрасте девяти лет. Муж никогда не говорил о нем ни Изабель, ни кому-либо еще — эта тема была для него запретной. И хотя мать до безумия любила Гордона, пока он был мал, в более поздние годы он все время наблюдал за тем, как она ухаживала за больным братом. Его кузина не знала, что это была за болезнь и что в точности произошло, но после смерти мальчика мать Гордона сама тяжело заболела. Болела она долго и умирала в мучениях. Очевидно, в детском мозгу Гордона запечатлелось, что мать его предала — сначала отняв у него внимание и любовь, а потом бросив его одного.

По словам кузины, отец Гордона через несколько лет умер от тоски, не выдержав двойной утраты. Таким образом, Гордон мог считать, что из-за брата-инвалида он потерял всю свою семью, а теперь из-за болезни Тедди лишился и внимания жены. Когда Изабель попыталась заговорить с ним об этом, муж заявил, что она ошибается. С братом он никогда особенно не сближался, смерть матери осталась лишь смутным воспоминанием, а отец вообще был очень сложным человеком. Но во время этого разговора она заметила в глазах Гордона настоящую панику. Это был взгляд испуганного ребенка, а не разгневанного мужчины. Изабель все поняла, но это понимание никак ей не помогло. Ворота, ведущие в рай, для них так больше и не распахнулись, и Гордон внимательно следил, чтобы они оставались плотно закрытыми.

Она попыталась объяснить ситуацию Биллу, но тот отказался войти в положение Гордона и счел его отношение к жене неоправданно жестоким. Изабель — одна из самых интересных женщин, встреченных им в жизни, а ее доброта и мягкость только усиливали ее привлекательность. Но тем не менее Билл и мысли не допускал о том, чтобы начать за ней ухаживать. Она с самого начала четко дала ему понять, что из этого ничего не выйдет. Если они хотят быть друзьями, то должны уважать семейные узы. Несмотря на отчужденность мужа, она по-прежнему с уважением относилась и к нему, и к их браку. Мысль о разводе или об измене была для нее совершенно неприемлемой. Билл оставался для нее только другом, больше ей ничего не требовалось, хотя она была ему очень благодарна за поддержку. Дружба с Биллом представлялась ей бесценным подарком судьбы, но не более того.

Предложение о поездке в Лондон возникло совершенно случайно, во время одной из их утренних бесед. Изабель как раз заговорила о предстоящей выставке в галерее Тейт, которую она страстно хотела увидеть, но, к сожалению, экспозицию не собирались привозить в Париж. И тогда Билл предложил, чтобы она прилетела в Лондон на день или на два, посмотрела выставку и приятно провела время, оторвавшись от домашних забот. Для Изабель подобный поступок был равносилен революции — она прежде так не поступала. Первой ее реакцией было отказаться — она никогда надолго не оставляла Тедди.

— А собственно, почему? — поинтересовался Билл, положив на стол длинные ноги. Для него сейчас наступила полночь, а в своем кабинете он сидел с восьми часов утра. Он специально задержался, чтобы ей позвонить. — Для вас это будет очень полезно, а Тедди последние два месяца чувствует себя лучше. Если возникнут какие-нибудь проблемы, вы сможете уже через два часа быть дома.

Идея казалась чрезвычайно соблазнительной, но за двадцать лет замужества она никуда не ездила без Гордона. Их связывал старомодный европейский брак, совсем не похожий на те свободные отношения, которые в последние годы сложились у Билла с Синди. Робинсоны теперь чаще путешествовали не вместе, а порознь. Без мужа Синди чувствовала себя гораздо лучше. В последний раз, когда он предложил ей куда-то вместе поехать, она нашла миллион отговорок и в конце концов отправилась в Европу с одной из дочерей. От их брака уже давно ничего не осталось, хотя оба пока что не хотели это признавать, придя к некоему молчаливому соглашению. Синди делала что хотела и общалась с кем хотела, лишь бы это не выглядело слишком вызывающе, а Билл занимался своей политикой и звонил Изабель в Париж. Впрочем, такую сделку, пожалуй, трудно признать равноправной.

С третьей или четвертой попытки Билл все же убедил Изабель поехать в Лондон. Приняв наконец это нелегкое решение, она стала жить предвкушением. Она не могла дождаться того момента, когда попадет на выставку и сделает в Лондоне небольшие покупки. Изабель собиралась остановиться в «Клэридже» и даже повидать старую школьную подругу, которая в свое время переехала из Парижа в Лондон.

Только несколько дней спустя Билл обнаружил, что ему нужно встретиться с американским послом в Англии. Во время последней президентской кампании тот был одним из крупнейших спонсоров, и Билл нуждался в его помощи для раскрутки другого кандидата. При его поддержке у «темной лошадки», на которую делал ставку Робинсон, появлялись шансы на успех.

Узнав о том, что он окажется в Лондоне одновременно с ней, Изабель сразу спросила: «Вы специально это задумали?» По-английски она говорила правильно, и в то же время в ее голосе звучал очень легкий французский акцент, это сочетание Билл находил просто очаровательным. В свои сорок с небольшим лет Изабель не утратила красоту и выглядела гораздо моложе своего возраста. У нее были темные с легкой рыжиной волосы, светлая кожа и большие зеленые глаза с янтарными искрами. По просьбе Билла она два года назад прислала ему фотографию, на которой была изображена вместе с детьми. Во время их не то очень поздних, не то очень ранних бесед он часто смотрел на этот снимок и улыбался.

«Конечно, нет», — ответил тогда Билл, скрывая правду даже от себя: ведь, договариваясь с послом о встрече в Лондоне, он уже знал о ее планах. Можно сколько угодно говорить, что это лишь простое совпадение, но в глубине души он понимал, что дело обстоит не совсем так.

Билл любил встречи с Изабель и с нетерпением ждал их. Если они долго не виделись, то он находил предлог, чтобы заехать в Париж, иногда делая большой крюк. Обычно они встречались три-четыре раза в год, за ленчем. Изабель никогда не рассказывала об этом Гордону, хотя всячески старалась убедить и себя, и Билла, что в их тайных свиданиях нет ничего плохого. Определения, которые они с Биллом давали происходящему, всегда были очень четкими и выверенными, как будто оба держали плакаты с надписью «Друзья».

Он с нетерпением ждал поездки в Лондон. Встреча в посольстве займет всего несколько часов, а остальное время он постарается провести с ней. Билл заверил Изабель, что он тоже очень хочет посетить выставку, и она обрадовалась перспективе посмотреть ее вместе. В конце концов, говорила себе Изабель, это и есть главная цель ее поездки в Лондон, а встреча с Биллом — всего лишь приятный сюрприз. Они хорошие друзья, не больше, а что об их дружбе никто не знает — так проще для всех. Им нечего скрывать, уговаривала она себя. Когда-то она установила определенную границу, и Билл ее соблюдает. Он никогда не сделает ничего такого, что могло бы ее расстроить или отпугнуть. Он не станет подвергать опасности то, что стало ему необходимо.

Отойдя от окна спальни, Изабель со вздохом посмотрела на часы. Пора ехать, но до чего же не хочется оставлять Тедди! Сиделкам, которые будут за ним ухаживать, пока она находится в отъезде, она оставила тысячу разных инструкций. Они даже ночевать будут рядом с ним. Изабель на цыпочках подошла к двери комнаты Тедди, смежной с ее спальней, — она хотела последний раз взглянуть на сына. Они уже попрощались, но сердце никак не успокаивалось.

На мгновение Изабель даже засомневалась, правильно ли она поступает, уезжая в Лондон, но, посмотрев на Тедди, убедилась, что он мирно спит. Улыбнувшись, сиделка шутливо махнула ей рукой — дескать, уходите, не мешайте. Эта сиделка — крупная веселая бретонка — всегда очень нравилась Изабель. Помахав ей в ответ, Изабель, пятясь, вышла и осторожно закрыла за собой дверь. Дома все дела теперь сделаны, можно отправляться в путь.

Взяв в руки черную сумочку и небольшой дорожный саквояж, Изабель оглядела свой однотонный черный костюм и снова взглянула на часы. Она знала, что Билл сейчас все еще находится на борту самолета, летящего из Нью-Йорка в Лондон. Последние несколько дней он провел именно в Нью-Йорке, хотя большую часть времени находился в Вашингтоне.

Поставив саквояж на заднее сиденье своей машины, Изабель положила рядом с собой сумочку, выехала на улицу Гренель и, включив радио, взяла курс на аэропорт имени Шарля де Голля. В это время Билл Робинсон, глядя в окно на Гольфстрим, с улыбкой думал об Изабель. Он подобрал рейс так, чтобы прибыть в Лондон одновременно с ней, и сейчас с волнением ждал встречи.

Глава 2

Билл Робинсон нетерпеливо поглядывал на таможенника — он спешил. Получив чемодан, на что потребовалось всего несколько минут, он направился к водителю из «Клэриджа», который скромно стоял в сторонке. В этой гостинице Билл останавливался на протяжении тридцати лет — всякий раз, когда бывал в Лондоне, — и убедил Изабель тоже там поселиться. Отель славился своими традициями и считался лучшим в городе, возможно, Билла привлекало еще и то, что там его встречали как дорогого гостя.

Положив в багажник лимузина чемодан и кейс, водитель исподтишка окинул высокого, уверенного в себе американца оценивающим взглядом. Светящиеся добротой синие глаза, когда-то светло-песочные, а ныне седеющие волосы, мужественное лицо с квадратным подбородком. Одет хорошо, но без претензий — серые брюки, спортивная куртка, синяя рубашка и в тон — галстук от Гермеса, сверкающие черные туфли. А когда пассажир развернул газету, чтобы почитать в дороге, стали видны наручные часы «Патек Филипп» — давний подарок Синди. Женщина еще отметила бы, какие красивые у него руки. Вообще во всем облике Билла чувствовалась некая неброская элегантность, которая неизменно привлекала взгляд. Хотя Билл Робинсон предпочитал оставаться в тени и вовсе не стремился к известности, да и в интересах дела часто бывало необходимо остаться незамеченным.

Эта черта характера сближала его с Изабель. Когда на нее обращались взгляды присутствующих (что, кстати сказать, бывало нередко), она смущалась и чувствовала себя свободно только в приватной беседе, один на один, — как вот с ним, Биллом. Он высоко ценил ее откровенность. Она делилась с ним своими чувствами, эмоциями, мыслями, доверяла ему свои сокровенные тайны, которые, по словам Изабель, никогда бы не поведала мужу.

В вестибюле отеля Билла тепло приветствовал дежурный по имени Томас. Заместитель управляющего лично отвел его в номер, по дороге они мило поболтали о погоде и о местных выборах. Апартаменты располагались на третьем этаже — большие, светлые, с шелковистыми обоями на стенах. Как только сопровождающий вышел из комнаты, Билл сразу же схватился за телефонную трубку и улыбнулся, услышав знакомый голос.

— Как прошло путешествие?

— Прекрасно, — ответила Изабель, попавшая в гостиницу всего двадцать минут назад. — А как вы?

— Великолепно. — Она догадалась, что он улыбается, той мальчишеской улыбкой, которая всегда привлекала взгляды женщин. — Но мне казалось, что оно никогда не кончится, я не мог дождаться, когда окажусь здесь, — сказал он, и оба рассмеялись. В последний раз они виделись в Париже приблизительно полгода назад. Билл уже давно рвался приехать, но все время возникали какие-то непредвиденные обстоятельства, и встреча откладывалась. — Вы не устали? Может, хотите отдохнуть?

— После часовой-то поездки? — Она засмеялась. — Со мной-то все в порядке. А вот вы как себя чувствуете?

— Ужасно проголодался. Не хотите пойти куда-нибудь поесть? — Было три часа дня.

— С удовольствием. А потом можно немного погулять. — Ей не терпелось его увидеть, это чувствовалось по голосу. Когда они встречались, то часами разговаривали, как и по телефону, не испытывая никакой неловкости, независимо от того, сколько времени не виделись.

— Как перед вашим отъездом чувствовал себя Тедди? — В голосе Билла звучала озабоченность — он знал, насколько здоровье сына важно для Изабель.

— Спал. До этого он хорошо провел ночь. А вечером из Португалии звонила Софи — она там прекрасно проводит время. Как ваши девочки?

— Думаю, неплохо. Они, кажется, сейчас тоже в Европе вместе со своей матерью. Мне ведь никто ничего не сообщает — я узнаю, где они, только по банковским счетам. Синди привезла их на юг Франции, а потом они отправятся в Мэн, к ее родителям. — Он же собирался, как обычно, увидеться с ними в Хэмптоне в конце лета. До тех пор он хотел все лето проработать в Вашингтоне. Зная, что это бесполезно, Синди уже давно не предлагала к ним присоединиться и была бы весьма удивлена, если бы подобная мысль взбрела ему в голову. — В каком номере вы живете? — посмотрев на часы, осведомился Билл. Сейчас они успеют наскоро перекусить, а вечером он отведет ее на ужин в бар «У Гарри».

— В триста четырнадцатом.

— А, значит, мы на одном этаже, — отметил Билл. — У меня триста двадцать девятый. Я зайду за вами, скажем, через десять минут. Идет?

— Идет, — согласилась она и после паузы добавила: — Я буду рада вновь увидеть вас, Билл. — Он вдруг почувствовал себя молодым. Она много для него значила и являлась воплощением настоящей женщины — мягкая, любящая, терпеливая, понимающая, интересующаяся всеми его делами, веселая, добрая. Словом, как он часто повторял, настоящий подарок судьбы. Да и для нее Билл стал единственной опорой. Ей просто больше не на кого было положиться: Тедди она могла потерять в любой момент, а Гордон стал всего лишь соседом по дому, не играющим в ее жизни никакой особой роли. Что же касается Софи, то она, как и положено в ее возрасте, уже покинула родительский кров. В эти дни Изабель особенно остро чувствовала свое одиночество и забывала о нем, только когда разговаривала с Биллом. Он был ее опорой, ее радостью, ее утешением — ее лучшим другом.

— Я тоже очень рад, — мягко сказал он. — Я зайду за вами через десять минут. Тогда и обговорим наши дальнейшие планы. — Изабель уже раньше сообщила ему, что на следующий день собирается в Тейт, кроме того, она хотела посетить еще несколько частных галерей. Билл планировал поужинать с ней и в первый вечер, и во второй. Он хотел бы также сводить ее в театр, зная, что Изабель это будет приятно, но не желал терять драгоценное время, которое можно было бы потратить на разговоры. Нынче вторник. Она сказала, что может задержаться до утра пятницы, но только в том случае, если Тедди не станет хуже. К выходным, считала Изабель, она обязательно должна оказаться дома. Все это сильно напоминало бег наперегонки со временем. Билл не строил никаких тайных планов, у него не было никаких скрытых намерений — он просто хотел пробыть с ней как можно дольше.

Умывшись, он наскоро побрился и через десять минут уже шел по коридору, выискивая нужный номер. Дважды завернув за угол и чуть не заблудившись, он наконец нашел то, что искал. Он постучал в дверь, и после ожидания, показавшегося ему бесконечным, на пороге появилась смущенно улыбающаяся Изабель.

— Как поживаете? — слегка покраснев, спросила она. — Вы прекрасно выглядите, — добавила Изабель, пропуская его в комнату. Билл, сделав шаг вперед, обнял ее и поцеловал — разумеется, только в щеку. Проведя у себя дома, в Гринвиче, последние выходные, он немного загорел, и этот загар резко контрастировал с белоснежной кожей Изабель, уже давно не загоравшей на юге Франции. Гордон периодически туда выезжал, с друзьями или с Софи, а Изабель оставалась дома, с сыном.

— И вы тоже! — с восхищением заметил Билл. Красота Изабель каждый раз его поражала. Иногда он забывал о ее внешности, захваченный ее словами и мыслями, а когда спохватывался, понимал, как она ослепительна. Она и двигалась грациозно, словно молодая девушка, а не почтенная матрона. Она взяла его под руку, и Билл сразу заметил и шикарный черный костюм, и сумочку от Гермеса, и элегантные туфли на высоких каблуках. Из украшений, кроме обручального кольца, на ней были только алмазные сережки. Удивительно, но, глядя на Изабель сейчас, невозможно было предположить, что ее могут одолевать какие-то серьезные заботы. Она лучезарно улыбалась, широко распахнутые глаза светились радостью. — Боже мой, Изабель, как вы прекрасно выглядите! — повторил Билл. За последние четыре года она нисколько не изменилась, разве что немного похудела, но это ей только шло. Рука об руку они спустились по лестнице, болтая о поездке, о галереях, которые хотели бы посетить, о выставке в Тейте, о его девочках... Билл снова чувствовал себя семнадцатилетним.

— Я очень боялся, что эта поездка сорвется, — признался он, когда они вышли на улицу. — Вдруг Тедди стало бы хуже, и тогда бы вы не приехали. — Он никогда не лукавил с ней, а ей это вообще было несвойственно. Да, состояние Тедди действительно могло им помешать. Или Гордон мог счесть, что ей незачем ехать в Лондон. Но муж, слава Богу, проявил свое обычное безразличие, а Тедди был за нее только рад. Он ничего не знал о Билле, но, видя, как мать мечтает о предстоящей поездке, не хотел ей мешать.

— Я тоже беспокоилась, — сказала она. — Но теперь ему гораздо лучше. — Пожалуй, за последние пять лет он еще ни разу не чувствовал себя так хорошо. Процесс роста протекал у Тедди трудно, сердце и легкие не поспевали за остальным организмом, и в последние годы его состояние ухудшилось. — Он действительно хотел, чтобы я поехала. — Биллу казалось, что он знает мальчика уже очень давно. Непонятно, как это сделать, но надо будет обязательно познакомиться с ним лично.

Они вышли на Брук-стрит, и Изабель, все еще держа под руку Билла, с удовольствием вдохнула свежий воздух. День стоял замечательный, не по сезону теплый.

— Куда бы вы желали пойти? — осведомился он, мысленно составляя список тех мест, куда бы сам хотел с ней отправиться. Обычно он не тратил время на прогулки. Вся его жизнь была занята работой, такого понятия, как свободное время, для него попросту не существовало — пока он не встречался с Изабель. Тогда время словно останавливалось, изменялись темп и содержание всей его жизни. Никто из близких, пожалуй, и не видел его таким: Билл, расслабившись, с улыбкой смотрел на стоявшую рядом с ним красивую женщину с длинными темными волосами. — Может, отведаем где-нибудь пиццу? — небрежно предложил он, и Изабель с готовностью кивнула, не вникая в смысл его слов, — так она была рада встрече.

— Чему вы улыбаетесь? — спросил он, когда они не спеша, без какой-либо определенной цели двинулись по улице.

— Я просто счастлива. Ничего подобного я давно не испытывала. Все мои заботы сейчас от меня далеко-далеко. — Тедди находился в надежных руках, и вообще мир был прекрасен.

— Этого я и добивался. Чтобы вы успокоились и обо всем забыли.

Через несколько минут они сели в такси и отправились в небольшое заведение, располагавшееся на Шеперд-маркет, неподалеку от посольства. Билл не раз забегал туда наскоро перекусить между деловыми встречами. Хозяин заведения был рад гостям. Усадив их за тихий столик в глубине сада, он вручил Биллу карту вин, подал обоим меню и тихо отошел.

— Здесь просто замечательно, — откинувшись на спинку кресла, произнесла Изабель. В последний раз они виделись с Биллом в Париже, перед самым Рождеством. Тогда он подарил ей красивый шарф от Гермеса и первое издание книги, о которой они прежде говорили. Страшно редкая, в кожаном переплете — этим томиком Изабель очень дорожила, как, впрочем, и всем, что он подарил ей за последние годы. — Вы меня балуете.

— Вот и хорошо, — кивнул Билл. Заказав пиццу и салаты, он попросил принести еще и бутылку «Кортон Шарлемань».

— Итак, вы собираетесь средь бела дня меня напоить, — шутливо констатировала Изабель. Билл знал, что она практически не пьет, но это вино она любила, да и урожай был очень удачного года.

— Не думаю, что вы чем-то рискуете, разве что за последние полгода вы резко изменились. Скорее я сам напьюсь, — признался Билл, хотя Изабель никогда не замечала за ним излишеств. У него вообще не было вредных привычек — разве что склонность слишком много работать. — Так что же мы сегодня будем делать?

— Что хотите. Мне и здесь хорошо. — Она чувствовала себя птичкой, упорхнувшей из золотой клетки, и когда он предложил ей побродить по галереям и антикварным магазинам, Изабель с радостью согласилась. За ленчем они много разговаривали, и, когда вышли из ресторана, было уже четыре тридцать. Билл снова остановил такси. В гостинице его ждал лимузин, но оба были рады возможности просто свободно побродить по Лондону. Посетив галереи и магазины, в начале седьмого они вернулись в гостиницу.

— Ну что, ужин в девять? — улыбнулся он. — Мы можем выпить здесь, а потом пойти в бар «У Гарри». — Она уже давно призналась ему, что это ее любимый ресторан. Заведение считалось вполне респектабельным, и можно было не опасаться за свою репутацию, если их кто-нибудь увидит. Собственно, им абсолютно нечего скрывать, и даже если до Гордона в конце концов дойдут слухи, она совершенно спокойно признается ему, что виделась с Биллом Робинсоном. Сама она не собиралась сообщать об этом мужу, но и виноватой себя не чувствовала. — Я зайду за вами в восемь. — Билл положил руку ей на плечо и повел к лифту. Увидев их сейчас, любой решил бы, что они женаты и, разумеется, живут в одном номере. Они так непринужденно вели себя друг с другом, что их можно было принять если не за супругов, то по крайней мере за любовников. Но подобные мысли не приходили в их головы. Им было некогда смотреть на себя со стороны.

— Я прекрасно провела время, — сказала Изабель, когда они подошли к двери ее номера, и привстала на цыпочки, чтобы поцеловать его в щеку. — Вы очень добры ко мне, мистер Робинсон. Спасибо, Билл, — серьезно добавила она.

— Удивляюсь, почему это я проявляю к вам такую доброту! Вы ведь весьма неприятная особа, к тому же с вами очень скучно. Впрочем, время от времени приходится заниматься благотворительностью. Сами понимаете — жены политиков, хромые, убогие... вот теперь с вами вожусь. Надо же как-то набирать очки! — Она засмеялась, и Билл нежно коснулся ее руки. — Идите немного отдохните, Изабель. Вам это не помешает. — Он знал, какая напряженная у нее жизнь, знал, что о ней никто толком не заботится, и хотел хотя бы на несколько дней взять эту заботу на себя. Пообещав, что постарается немного поспать, она действительно прилегла, но сон не приходил, и Изабель принялась размышлять о Билле и о том, как ей повезло, что они по чистой случайности познакомились.

Она не понимала, почему он не расстанется с женой, — ведь совершенно ясно, что их уже ничто не связывает. Билл не любил говорить об этом, но Изабель подозревала, что он сохраняет привычный порядок вещей только потому, что не желает привлекать к себе внимание. Отчасти его сила заключается именно в том, что он остается в тени, а вот развод, особенно скандальный, неизбежно вызовет шум. А что будет скандал, сомневаться не приходилось. Синди не уступит ни пяди своей «земли», она ценит те преимущества, которые полагаются миссис Уильям Робинсон, особенно в Вашингтоне. Несмотря на все свои заверения в том, что она ненавидит политику, иметь мужа, обладающего значительным влиянием на президента, — это, с ее точки зрения, должно быть не так уж и плохо. Изабель жалела Билла — он заслуживал гораздо лучшего. Впрочем, то же самое он говорит и о ней самой. Нынешняя жизнь с Гордоном совсем не походила на то, о чем она мечтала двадцать лет назад, но тем не менее она с ней смирилась. Сейчас, предвкушая вечер, который она проведет с Биллом, Изабель вовсе не думала о своем замужестве, а Гордон, казалось, существовал в каком-то ином измерении. В обществе Билла она всегда чувствовала себя спокойно, а уж оказаться вместе с ним в Лондоне было пределом ее мечтаний.

Она все же немного подремала, а в семь часов встала и приняла ванну. На вечер она выбрала черное кружевное платье для коктейлей и шелковую шаль, черные атласные туфли на высоких каблуках, жемчужное ожерелье и серьги с жемчугами и алмазами, доставшиеся ей от матери. Платье выглядело вполне респектабельно, но в то же время очень женственно и, с точки зрения Изабель, даже слишком сексуально. Заколов волосы в пучок и тщательно наложив косметику, она посмотрела на себя в зеркало и не обнаружила там ничего примечательного. Позвонив домой и поговорив с сиделкой, Изабель с облегчением вздохнула — дома все в порядке. Гордон куда-то уехал, Тедди уже крепко спал, поэтому с ним нельзя было поговорить, но Изабель успокоило то, что он хорошо провел день. Так что, возможно, сегодня вечером угрызения совести не потревожат ее.

Реакция Билла оказалась для нее совершенно неожиданной.

— Ого! — воскликнул он, отступив на шаг назад. Шелковая шаль была небрежно наброшена на плечи, а кружевное платье изящно облегало фигуру. Изабель выглядела элегантно и в то же время очень соблазнительно. И то, что она не сознавала собственной красоты, только добавляло ей очарования. — Вы выглядите просто великолепно! Кто сшил это платье? — с видом знатока осведомился Билл, и Изабель засмеялась, подозревая, что он блефует.

— Сен-Лоран. Но с каких это пор вас интересует мода? — Раньше они никогда не касались этой темы, но сейчас, видно, все изменилось. У них была впереди уйма времени — целых два дня.

— С тех пор, как вы это носите. Сегодняшний костюм был от Шанель, не так ли? — заявил он, явно гордясь собой, и Изабель снова рассмеялась.

— Да, теперь мне придется тщательно за собой следить, чтобы соответствовать вашим стандартам.

— Вряд ли вам следует об этом беспокоиться, Изабель, — ласково заверил он. Направляясь к лифту, они вполголоса продолжали беседу. Изабель рассказала о том, что говорила с сиделкой, Тедди чувствует себя хорошо. Когда она сообщала об этом, у нее был счастливый вид. Что ж, до сих пор судьба им благоприятствовала. Билл стремился максимально насытить эти два дня впечатлениями. Он хотел, чтобы поездка в Лондон запомнилась им на всю жизнь — ведь кто знает, когда их пути снова пересекутся. Он боялся даже думать о том, что подобная возможность может им больше не представиться.

Билл пропустил Изабель вперед, и они вошли в гостиничный бар. Взгляды всех присутствующих тотчас обратились на них — уж очень хорошо они смотрелись вместе. Усевшись за угловой столик, Билл заказал себе виски с содовой и бокал белого вина для Изабель. Как обычно, они едва пригубливали свои напитки, оживленно беседуя об искусстве, политике, театре, о его летнем доме в Вермонте и о тех местах, где оба в детстве любили бывать. Она рассказала, как навещала своих дедушку с бабушкой в Хэмпшире и о тех редких, но запомнившихся на всю жизнь случаях, когда она встречалась с королевой. Они слушали друг друга с жадным интересом. И, как обычно, снова обнаружили поразительное сходство в оценках — в том, что касалось людей, мест, важности семейных уз. Потом, когда они ехали в лимузине на ужин, именно Изабель обратила внимание на странную закономерность. Для них обоих семья значила чрезвычайно много. Отчего же и он, и она избрали своими спутниками столь бесчувственных людей?

— Когда мы учились в колледже, Синди была гораздо отзывчивее, но потом стала довольно циничной. Не знаю, может, в этом есть и моя вина, — задумчиво заметил Билл. — Наверное, мы с ней все-таки очень разные, и, по-видимому, я много лет не давал ей чего-то для нее необходимого. Вот она и разозлилась на меня за это или по крайней мере во мне разочаровалась. Она хотела, чтобы я вместе с ней по уши погрузился в светские игры и в Коннектикуте, и в Нью-Йорке. Ее и раньше не особенно интересовала политика, а теперь она, вероятно, сыта ею по горло. Так мы и разошлись в разные стороны. — Но Изабель полагала, что дело не только в этом. Он ведь уже упоминал, что жена ему изменяет, и даже признался в собственной измене. Изабель была уверена, что Синтии действительно недостает тепла и она ищет его на стороне. И оправдывает себя тем, что таким образом наказывает Билла за его, по ее мнению, недостатки. Были ли они когда-либо близки, и оказывала ли жена Биллу какую-нибудь эмоциональную поддержку? По-видимому, ему просто больно признать, что жена больше его не любит. По правде говоря, Изабель сомневалась и в том, что Синтия вообще когда-либо его любила. Не желая бередить рану, Изабель не стала больше ни о чем его расспрашивать.

— По-моему, Гордон по натуре гораздо холоднее Синтии, — подвел итог Билл, и Изабель не могла с ним не согласиться, хотя по-прежнему во многом винила себя.

— Мне кажется, я сильно его разочаровала, — тихо сказала она. — Он, видно, ожидал, что я окажусь гораздо более светской. Я честно старалась играть свою роль, но я не очень свободно себя чувствую в обществе. В первые дни замужества я ощущала себя марионеткой, а Гордон вовсю дергал за веревочки. Он диктовал мне, что говорить, как себя вести, как думать. А когда Тедди заболел, у меня не стало времени и терпения, чтобы играть в эту игру. Да и раньше маленькая Софи интересовала меня гораздо больше, чем вся эта глупая компания, которую он заставлял меня очаровывать. Мне хватало семьи. Наверное, в этом смысле я его действительно подвела, ведь у Гордона совсем иные запросы.

«Дело не только в этом, — подумал Билл. — Холодность мужа — скорее всего просто демонстрация, заставляющая Изабель думать, что отчуждение возникло между ними именно по ее вине». Билл подозревал, что на самом деле оно не имело никакого отношения ни к ней, ни к Тедди, а возникло по каким-то совсем иным причинам. Но Биллу не хотелось огорчать ее подобными предположениями, и Изабель с готовностью брала вину на себя. Несмотря на всю недоброжелательность Гордона, она всегда находила оправдания его словам и поступкам. Насколько понял Билл, такая душевная щедрость, в случае с Гордоном совершенно незаслуженная, была вообще для нее характерна.

— Не представляю, как вы можете кого-то разочаровать. Я еще не видел столь самоотверженных людей, как вы, и уверен, что и для мужа вы сделали все возможное. А то, что Тедди болен с рождения, отнюдь не ваша вина.

— Гордон считает, что во время беременности я спровоцировала преждевременные роды. Врач утверждал, что они все равно бы произошли, но Гордона это не убедило. — Ее слова лишь подтвердили ту гипотезу, которая родилась у Билла.

После университета он встречался с Гордоном дважды, и банкир произвел на него неприятное впечатление. Билл находил его чересчур напыщенным и высокомерным, а тот саркастический тон, который он позволял себе с Изабель, не мог его не возмутить. Он обращался с ней как с ребенком, публично делал резкие замечания. Зато Робинсону он изо всех сил старался понравиться. Когда хотел, Гордон мог быть очаровательным — с теми людьми, которых считал для себя полезными. А вот порядочность, искренность, доброта Изабель вызывали у него, казалось, только отвращение. Билл подозревал, что в глубине души Гордона смущало происхождение Изабель, в особенности ее родственные связи с королевской семьей. По-видимому, он мстил ей таким образом за то, что знатностью она его превосходила.

Тем не менее ради Изабель Билл старался проявлять к Гордону терпимость. В конце концов он оставался ее мужем. Она больше не делала вид, будто счастлива с Гордоном, но вместе с тем и не жаловалась, считая, что такая уж ей выпала судьба.

Этим вечером у Гарри собралось так много народу, что они с трудом протиснулись в дверь. У бара толпились женщины в модных вечерних платьях и мужчины в темных костюмах и белых рубашках с темными галстуками, на фоне которых черное кружевное платье Изабель выглядело вполне достойно, как и синий двубортный костюм, купленный Биллом перед самой поездкой.

Столик — в углу, как любил Билл, — был уже заказан, старший официант немедленно направился к ним и приветствовал Изабель радушной улыбкой. Рядом с ними сидели довольно известные люди. Здесь были несколько театральных актрис, знаменитая кинозвезда, две саудовские принцессы, один столик занимали бизнесмены из Бахрейна, другой — американцы, один из которых сделал состояние на нефти. Некоторые из знаменитостей подходили, чтобы поздороваться с Биллом. Изабель он представлял просто как миссис Форрестье, не объясняя, кто она такая. Во время ужина она заметила одного известного французского банкира, с которым была знакома, но он не обратил на нее никакого внимания.

— Интересно, что о нас думают, — с любопытством, но без всякой тревоги сказала Изабель. При всей необычности ситуации совесть ее была чиста.

— Наверное, считают вас французской кинозвездой, которая подцепила какого-то невежественного американца, то есть меня! — засмеялся Билл. Еда была вкуснейшей, вино — великолепным, но оба оставались совершенно трезвыми и чувствовали лишь приятную сытость и раскованность.

— Это вряд ли! — развеселилась от такого предположения Изабель. — На самом деле все тут знают, кто вы, Билл, но никто не имеет представления о том, кто я.

— Если хотите, могу сделать объявление. Или же можно пройтись от столика к столику, и я буду вас всем представлять и сообщать, что вы моя лучшая подруга. — Пока же публика видела перед собой весьма привлекательную пару, явно наслаждающуюся обществом друг друга. Глядя на Изабель с Биллом, люди улыбались.

— Посмотрим. А как вы думаете, Синтия расстроилась бы, если бы узнала, что вы ужинаете с другой женщиной?

— Честно? — спросил он. С ней он всегда был честным. Уже давно Билл обещал себе, что не станет скрывать от нее правды, какой бы неприятной та ни была. Насколько он знал, она вела себя с ним точно так же, ценя искренность их отношений. — По правде говоря, Изабель, думаю, что ей все равно. Пока моя личная жизнь не станет достоянием сплетников, она, вероятно, будет считать, что это ее не касается. Иначе я был бы вправе порасспросить Синтию о ее собственном времяпрепровождении. А ей есть что скрывать. — Слухи о жене доходили до него уже давно. Сначала он устраивал ей допросы, а потом решил, что не желает ничего знать.

— Что ж, это печально, — вздохнула Изабель. — По-моему, семья такой быть не должна.

— Да, не должна. Но увы, действительность не всегда соответствует эталону. Моя и ваша семейная жизнь — это вовсе не то, о чем мы мечтали. И все же с таким положением многие — по разным причинам — в конце концов смиряются.

— Наверное, вы правы, — задумчиво произнесла она. — И вас такой вариант тоже устраивает? — Выпитое вино придавало ей смелости.

— У меня нет выбора, иначе мне останется только уйти. По разного рода причинам никто из нас этого не хочет. Синтии в этом случае не удастся сохранить привычный образ жизни. А мне не нужна шумиха, которая неизбежно сопутствует разводу. Так оно и получается. Да к тому же девочки расстроятся. Я не вижу выхода, хотя ничего другого так сильно не желаю. — Но Изабель не понимала, почему он смирился с ситуацией. В свои пятьдесят два года он был еще достаточно молод для того, чтобы начать новую жизнь. «Он заслужил счастье, — думала она, — больше многих других. Он отдавал так много, а взамен получил так мало». Впрочем, и Билл был о ней такого же мнения.

— Пока вы связаны с ней, вы не сможете найти себе другую женщину, — отпив крошечный глоток «Шато Дикан», заметила Изабель.

— Вы предлагаете мне развестись? — удивился Билл. До сих пор она никогда прямо об этом не говорила, так отчего же сказала об этом сейчас?

— Не знаю. Просто иногда мне приходит в голову, что мы портим себе жизнь. У меня нет выбора из-за Тедди, к тому же в нашей семье никто никогда не разводился. Ну и, наконец, в моем возрасте уже поздно начинать все сначала. Но у мужчин дело обстоит иначе. — Ее слова изумили Билла, он не предполагал, что она когда-либо задумывалась об уходе от Гордона.

— Для мужчины дело обстоит точно так же, — тихо сказал он, — к тому же я на одиннадцать лет старше вас. Если кому-то и думать о новой жизни, то это вам, Изабель. Вы с Гордоном уже много лет, по существу, не женаты. Я считаю, что вы заслужили лучшую участь. — Он впервые был с ней столь откровенен, но она сама предоставила ему такую возможность.

— Я не могу так поступить, и вы это знаете, — покачала головой она. — Все наши родственники и знакомые придут в ужас, да и здоровьем Тедди я рисковать не стану. Он слишком слаб, чтобы пережить столь серьезную перемену. Кроме того, Гордон этого не потерпит. Он убьет меня, но не даст уйти. — Развод для нее не выход. Изабель выглядела спокойной, хотя сегодня вечером она впервые почувствовала себя узником, ненадолго отпущенным на свободу. Она никогда не позволяла себе думать о том, какая угнетающая атмосфера царит у нее в доме, как ограничена ее жизнь, но сейчас, сидя с Биллом в баре «У Гарри», она ощутила весь ужас своего положения. Но даже сейчас она пыталась уверить себя, что причиной этому лишь больной ребенок. Даже сейчас Изабель была не в силах признать, что муж давно оставил ее одну сражаться с судьбой.

— Никогда не слышал от вас ничего подобного, — взяв ее за руку, промолвил Билл. Раньше Изабель не сознавалась ни ему, ни себе, насколько она несчастна, и отказывалась признавать, насколько опасным может быть Гордон. — Почему вы так решили, Изабель? Он вам угрожал? — Неужели она уже обсуждала с ним эту тему? Изабель с улыбкой смотрела на Билла, но глаза ее были полны печали. Надежда на лучшую жизнь оставила ее много лет назад.

— Вы меня напоили, — пожаловалась она. Изабель уже не чувствовала себя связанной обетом молчания, который когда-то дала. На другом берегу Ла-Манша ее лояльность немного ослабла. К тому же Билл ее самый близкий друг.

— Я бы хотел вас напоить, — усмехнулся Билл, глядя, как она отпивает из своего бокала еще один глоток. — Было бы любопытно посмотреть, что вы станете делать в пьяном виде. Может, попробуем?

— Вы несносны. Боитесь скандала, а сами подстрекаете меня к скандальному поведению. Если будете подливать мне шампанское и «Дикан», то на обратном пути вам придется меня нести.

— Я переброшу вас через плечо и скажу, что нашел под своим столиком. Думаю, никто не станет возражать.

— А что вы сделаете потом? — Представив себе эту сцену, Изабель расхохоталась. Ей было так хорошо и хотелось, чтобы этот вечер длился вечно. После него у них с Биллом останутся только еще один вечер и два дня. Или два вечера, если она задержится до пятницы. Но им обоим придется возвращаться к реальности. Она чувствовала себя словно Золушка на балу, ни в коем случае не желая, чтобы кучер снова превратился в мышь.

— Ну, если вы станете буянить, то я напою вас кофе и постараюсь протрезвить настолько, чтобы можно было поехать в «Аннабелз» потанцевать. — Эта мысль только что пришла ему в голову.

— Звучит неплохо! — одобрительно кивнула Изабель. — В «Аннабелз» я не была целую вечность — с тех пор, как вышла замуж. Я там праздновала свое восемнадцатилетие, и еще отец меня туда возил уже после моей помолвки. Больше я там не была — Гордон терпеть не может танцев.

— Тогда поедем. Сразу же после того, как вы допьете свой бокал. — Он шутил: Изабель скорее всего сделает от силы еще глоток или два, а бокал был почти полон. Она выпила бокал вина и еще бокал шампанского, а «шато дикан» только пригубила. Так что если оба и были пьяны, то вовсе не от алкоголя.

— Но я не могу это допить, — сделав большие глаза, жалобно молвила Изабель, и Биллу сразу же захотелось ее обнять. Однако он не мог позволить себе подобную глупость — нельзя было ставить под удар ее репутацию.

— Пока вы не допьете «шато дикан», мы не сможем поехать в «Аннабелз»! — решительно заявил Билл, чрезвычайно порадовав Изабель, которая и не собиралась никуда ехать. — Ладно, у меня возникла другая мысль, — провозгласил Билл, когда официант принес целую тарелку конфет и шоколадок. — Я согласен на замену. Если вы съедите две шоколадки, я повезу вас танцевать. — Ему этого уже действительно хотелось.

— Вы серьезно? — Посмотрев на него, она положила в рот шоколадный трюфель. — Одна.

— Осталась еще одна, — констатировал Билл, подавая ей вторую конфету.

— Это ужасно. Вы хотите не только меня напоить, но и чтобы я растолстела.

— Это отнимет гораздо больше времени, — с усмешкой заметил он и сам съел один из трюфелей. — Значит, решено — мы едем в «Аннабелз». — Он сделал знак проходившему мимо официанту: мол, пора подавать счет.

— Вряд ли я смогу сейчас нормально танцевать, а кроме того, вы слишком для этого заведения молоды, а я слишком стара. Там, как правило, мужчины в возрасте моего отца танцуют с девочками — ровесницами Софи.

— Думаю, вы подойдете, да и я, к сожалению, тоже. Нужно только постараться. Я сам не слишком большой любитель танцев, но, мне кажется, это будет здорово. — Он заявил это с таким счастливым видом, что несколько человек повернулись в их сторону. Да, они были прекрасной парой.

До «Аннабелз» они добрались всего за несколько минут. Здесь тоже все знали Билла. Полгода назад он побывал тут с послом, а до этого время от времени обедал с друзьями, когда приезжал в Лондон. Когда он вел ее к столику, Изабель улыбалась, внезапно вновь почувствовав себя молодой. Конечно, это было глупо, но ей льстило, что Билл привез ее сюда.

В «Аннабелз» в тот вечер тоже было много народу, и значительную часть посетителей действительно составляли пары, о которых говорила Изабель, — пожилые мужчины с очень молодыми женщинами, но были и ровесники Билла и Изабель. Когда они устроились за столиком неподалеку от танцевальной площадки, в его глазах вдруг появилось странное выражение — они светились необычайной нежностью и теплом. В следующую минуту он, не говоря ни слова, повел ее танцевать. Играли старую мелодию, которую Изабель очень любила. Вскоре она с удивлением обнаружила, что Билл — прекрасный танцор. Сильной рукой он прижимал ее к себе, и Изабель скользила по паркету, чувствуя себя такой счастливой и безмятежной, какой не была уже многие годы. Они долго не уходили с танцевальной площадки, а когда вернулись за столик, показалось, что прошла целая вечность.

Билл сразу же заказал еще шампанского. Изабель сделала маленький глоток, и тут их глаза встретились. Испугавшись своих чувств, она поспешно отвела взгляд.

— С вами все в порядке? — заметив ее смущение, забеспокоился он. Он боялся, что чем-то ее расстроил, но дело обстояло как раз наоборот.

— Все нормально. Просто сегодня такой замечательный вечер, что не хочется, чтобы он кончался.

— А мы не дадим ему кончиться, — заверил ее Билл, и оба знали, что, возможно, пройдут годы, прежде чем они смогут все это повторить. Поездки в Лондон вряд ли войдут у нее в привычку, а если Тедди снова станет хуже, Изабель вообще не сможет никуда вырваться. А в Париже они не смогут чувствовать себя так свободно, как здесь. Гордон этого не одобрит, да и как ему объяснишь? — Давайте не думать о будущем. Лучше будем наслаждаться настоящим, пока оно есть. — Кивнув, она улыбнулась, но в ее глазах стояли слезы. Изабель думала о том, что, едва успев сказать «здравствуй», ей скоро придется говорить ему «прощай» и потом снова останется только голос в телефонной трубке. А Билл, в свою очередь, с тоской представлял, как она вернется к своей одинокой жизни. Она молода и красива, с ней рядом должен быть тот, кто способен ее оценить. — Может, еще потанцуем? — предложил он, и она согласно кивнула. На этот раз, когда Билл ее обнял, Изабель в полной мере ощутила его близость. Закрыв глаза, он молча сжимал ее в объятиях, и этот миг был, пожалуй, лучшим за весь вечер.

Покидая «Аннабелз», оба молчали. Тишина нарушилась только тогда, когда машина проделала уже полпути до отеля.

— Мне сегодня было так хорошо! — тихо прошептала Изабель, думая о том, какой он красивый и как добр к ней.

— И мне тоже. — Билл обнял ее за плечи. Сейчас она была не просто счастлива, а испытывала еще и необыкновенное чувство покоя. Когда они подъехали к гостинице, то еще с минуту не двигаясь сидели в машине, в то время как водитель вежливо ждал снаружи.

— Ну что, выходим? — с сожалением спросил Билл и нехотя отодвинулся. Заметив это, водитель немедленно распахнул дверцу.

Через вращающиеся двери они вошли в вестибюль. Было два часа ночи, двое уборщиков драили мраморные полы. Подойдя к лифту, Изабель сонно зевнула.

— Когда завтра начнем? — осведомился Билл, в глубине души желая провести ночь с ней. Это совершенно исключено — он никогда не станет рисковать их дружбой, никогда не сделает того, о чем она потом может пожалеть.

— В десять, вы согласны? Музеи вряд ли открываются раньше. — Они уже стояли у ее двери, у Изабель был усталый вид. Вечер во всех отношениях произвел на нее сильное впечатление.

— Тогда, может, позавтракаем в девять? Я за вами зайду, — предложил он, придвигаясь к ней вплотную.

— Это было бы прекрасно, — кивнула Изабель. — Мне так хорошо было сегодня... спасибо вам... — прошептала она, когда он отпер ей дверь.

— А мне просто ужасно, — улыбнулся он, глядя, как она входит в свой номер.

— Ну вот и славно, — повернувшись, усмехнулась она в ответ. Помахав ей, Билл направился к своему номеру. Закрывая дверь, Изабель думала только о том, как ей повезло, что у нее есть такой замечательный друг.

Глава 3

Когда на следующее утро Билл зашел за Изабель, она уже ждала его, одетая на сей раз в темно-синий льняной костюм. Его дополняли темно-синяя сумочка и такого же цвета туфли из крокодиловой кожи. На шею Изабель повязала ярко-зеленый шарф, довершали ансамбль серьги, в которых соседствовали оба цвета — сапфиры и изумруды.

Билл счел ее как никогда молодой и красивой и, как всегда, очень элегантной.

— Вы сегодня замечательно выглядите, — заметил он, когда они начали спускаться по лестнице. — Как спалось?

— Спала как убитая, — улыбнулась она. — А вы?

— Я, пожалуй, чересчур много выпил. Даже не знаю, как назвать — заснул я или отключился, но все равно сегодня чувствую себя прекрасно. — Вчера ночью он вовсе не казался ей пьяным. Очевидно, это просто шутка, тем более что сейчас он, кажется, в хорошем расположении духа. Когда они вошли в столовую, оказалось, что Билл предварительно заказал не только столик, но и очень плотный завтрак.

— Я не смогу все это съесть, — пожаловалась Изабель. — Яйца, сосиски, бекон, вафли, овсянка и фрукты, апельсиновый сок и кофе — да этого хватит на целую армию!

— Я не знал, что вы обычно едите на завтрак, — смущенно усмехнулся Билл, — и заказал сразу все, что было. А что следовало заказать? — с любопытством осведомился он, желая узнать ее жизнь до мельчайших подробностей.

— Обычно я завтракаю кофе с тостами, но так даже интереснее, — ответила она, кладя на свою тарелку вафли, яйца и бекон и добавляя еще немного клубники.

К своему удивлению, Изабель съела большую часть того, что заказал Билл, а он прикончил большую часть оставшегося. Уходили они из гостиницы в прекрасном настроении, подшучивая друг над другом насчет того, кто сколько съел и каким толстым теперь станет.

— Хорошо, что я вижусь с вами только несколько раз в году, — сказала она, садясь в поджидавший их лимузин. — Иначе бы я сильно располнела, — пояснила Изабель. Билл бросил на нее странный взгляд и подумал, как было бы хорошо, если бы они каждый день завтракали вместе. Ее общество ему приятно, с ней всегда легко. Билл очень редко заставал ее в плохом настроении, даже если звонил несколько раз в неделю. В отличие от Синди, повторявшей, что до полудня она не желает ни с кем общаться, Изабель по дороге в Тейт была мила и разговорчива.

Она рассказывала о тех полотнах, которые они собирались посмотреть, — об их истории, происхождении, о технике исполнения и наиболее значительных деталях. Домашнее задание Изабель выполнила на совесть, и сейчас ее переполнял восторг от того, что она увидит выставку вместе с Биллом. Когда они начали осмотр, Изабель полностью сосредоточилась на картинах, внимательно изучая малейшие детали и тут же делясь с Биллом своими наблюдениями и открытиями. Когда в полдень они наконец покинули музей, ему казалось, что он прослушал обширный курс лекций по искусствоведению.

— Сколько же вы знаете! Но почему вы никак не используете эти знания, Изабель? Жалко ведь, что они пропадают впустую.

— Я не могу оставить Тедди, — печально произнесла она.

— А разве нельзя заниматься реставрацией на дому? Вы могли бы устроить себе мастерскую — дом для этого достаточно велик.

— Боюсь, Гордон будет против, — тихо сказала Изабель, и в голосе ее явственно звучало сожаление. — Ему всегда не нравилось то, чем я занимаюсь. Когда я работала в Лувре, он считал, что я веду богемный образ жизни. Вряд ли стоит напрашиваться на новую неприятность. — Она уже давно смирилась и с противодействием Гордона, и с болезнью сына.

— Мне кажется, вам это просто необходимо, — настаивал Билл. Он восхищался ее знаниями и тем, как она тактично этими знаниями с ним делилась. Она не заносилась, не заставляла его чувствовать себя невеждой, хотя, разумеется, он знал гораздо меньше. Во всем, что говорила и делала Изабель, чувствовалась удивительная скромность. — А вы сами не пишете картины? — с интересом спросил он.

— Писала. У меня не слишком получалось, но мне это доставляло удовольствие.

— Если бы у вас была мастерская, вы бы и этим смогли заниматься. Мне кажется, работа была бы для вас замечательной отдушиной. — Изабель улыбнулась, но тут же представила, как взбесился бы Гордон, который почему-то считал, что занятия искусством для нее излишни. По-видимому, они не вписывались в созданный им образ идеальной жены. Он же хотел от Изабель только одного — чтобы она занималась домом и детьми. Ее интересы и пристрастия не имели для него никакого значения. Теперь Изабель была его собственностью и должна была соответствовать его вкусам и представлениям.

— Я думаю, Гордон воспримет как оскорбление, если я снова займусь живописью или реставрацией. Еще до рождения Софи он совершенно ясно дал мне понять, что это неподходящее занятие для замужней женщины.

— А что является подходящим занятием для замужней женщины? — с раздражением спросил Билл, который чувствовал, что ненавидит этого человека и все его принципы. Форрестье — властолюбивый сноб, абсолютно не уважающий собственную жену. Его совершенно не волнуют мысли и чувства Изабель. Она для него просто вещь, которую он приобрел, чтобы упрочить свое общественное положение, а теперь она сыграла свою роль и больше не представляет для него интереса. Билл считал это чрезвычайно несправедливым. Изабель, несомненно, заслуживает большего.

— Гордон хочет, чтобы я занималась домом и заботилась о детях, — не более того. И не напоминала о себе, пока не понадоблюсь, что теперь случается нечасто. Мне кажется, он бы не возражал, если бы я занялась благотворительностью — конечно, в составе какого-нибудь выбранного им самим комитета, с людьми, которых он посчитал бы для себя полезными. Гордон не делает ничего, что не приносило бы ему пользы, все остальное он считает пустой тратой времени.

— Что за унылая жизнь! — сухо заметил Билл.

— Тем не менее он добился немалых успехов. Он, вероятно, самый влиятельный банкир в Европе и уж точно — во Франции, да и в Штатах у него весьма солидная репутация. На Уолл-стрит все его знают.

— Ну а дальше-то что? Нельзя же жить одной карьерой. Что ты тогда будешь за человек? В последние годы я часто себя об этом спрашивал. Я раньше тоже считал, что важны только деловые связи. Но что они дают, если у тебя нет семейной жизни, если жену не заботит, жив ты или мертв, если твои дети не могут вспомнить, когда в последний раз с тобой ужинали? Я не хочу остаться в памяти людей только деловым человеком.

Изабель очень ценила то, что у Билла есть свои четко определенные нравственные ценности. Но она понимала, что так было не всегда и за полученные уроки он заплатил высокую цену. Его брак превратился в фикцию, дочек он любил, но их ничто с ним не связывало. Это неудивительно — когда они еще были маленькими и очень в нем нуждались, он слишком много времени тратил на то, чтобы возводить кого-то на президентский престол. Правда, в последние годы Билл старался чаще бывать с дочерьми, и это дало свои результаты. Девочки радовались его обществу и очень гордились отцом. Однако усиливающееся отчуждение от Синди наложило свой отпечаток и на их отношения. Они редко бывали все вместе, встречи с дочерьми обычно проходили один на один. В этом плане Изабель была счастливее его, она много времени проводила со своими детьми. А вот Гордону дети оставались чужими, даже Софи, которой он оказывал некоторое предпочтение.

— Не думаю, что Гордон когда-либо станет мыслить как вы, — проговорила Изабель. — Подобные вещи не имеют для него значения. Он счастлив тем, что играет важную роль в мире финансов, остальное для него не важно.

— Когда-нибудь он об этом пожалеет, — грустно сказал Билл, — и, может быть, я тоже. К правильным выводам я пришел чересчур поздно. Я потерял слишком много времени, Изабель.

— Думаю, они поймут вас, — попыталась утешить его Изабель. — Девочки только-только выросли, вы еще успеете стать с ними друзьями.

— Надеюсь, что так. Но пока они живут своей собственной жизнью, и мать постоянно дает им понять, какой я эгоистичный подонок. Возможно, она и права, — с грустью усмехнулся он. — В отличие от Синди вы пробудили во мне самое лучшее. Не уверен, что я бы ей понравился таким, какой я сейчас. Думаю, такая близость, как у нас с вами, ее скорее испугала бы. Она никогда не раскрывала передо мной душу, да и моя душа ей ни к чему, достаточно того, чтобы я был рядом и ходил с ней на вечеринки. Но такая жизнь не для меня. Я славно проводил время, но мне совершенно не с кем было поговорить. С Синди мы ухитрялись чувствовать себя одинокими, даже находясь в одной комнате. Тут уж ничего не изменишь.

— А может, вы просто не давали ей шанса сблизиться с вами?

— Вряд ли ей это требовалось, — отрезал Билл, и в глазах его появилось жесткое выражение. — Между нами все кончено, и, по правде говоря, я думаю, что оно и к лучшему. Никакого разочарования, никакой боли. Пока я время от времени появляюсь, оплачиваю счета и не забываю посещать обязательные мероприятия, ей больше ничего от меня не надо. Мы живем в разных мирах, и обоим от этого только спокойнее.

— Ну разве не удивительно то, что мы с собой сделали? — вздохнула Изабель, когда они снова сели в лимузин и Билл дал водителю адрес ресторана, куда они собирались на ленч. Изабель слышала о нем — это был любимый ресторан принцессы Ди, — но не знала, где он находится. — Вы позволили себе отдалиться от Синди и девочек, я позволила Гордону отгородиться от себя. Почему остальные решают за нас, а мы даже не пытаемся возражать? — Эта мысль снизошла на нее как озарение. Все стало вдруг предельно ясным.

— Потому что они всегда были такими, и в глубине души мы знали, что дело этим кончится. В колледже Синди привлекала всеобщее внимание — энергичная, умная, веселая, но ей всегда недоставало теплоты. По-моему, она самая эгоистичная и расчетливая женщина на всей планете. А Гордон — жестокий, холодный и властолюбивый. Такими уж они уродились. Вопрос только в том, почему мы считали, что большего и не заслужили.

— Мои родители очень напоминали Гордона и Синди, — тихо призналась Изабель, глядя на него своими громадными зелеными глазами. — Я их любила, но они вели себя всегда очень сухо и сдержанно.

— И мои тоже. Они ненавидели детей и твердо решили обойтись без них, и тут, когда им было уже за сорок, пришлось смириться с моим появлением на свет. Так что они всегда давали мне понять, что оказали мне колоссальную услугу уже тем, что предоставили возможность родиться. Я пошел учиться в колледж, радуясь, что наконец вырвусь из этого ада. А когда они погибли в авиационной катастрофе — мне тогда исполнилось двадцать пять лет, — я даже не заплакал. Объявили, что их самолет разбился, а я и не знал, как прореагировать. Я так толком и не понял, что они собой представляют, кроме того, что они очень умные и дали мне возможность прожить в их доме до восемнадцати лет, а затем с облегчением выпроводили. Интересно, что бы они сделали, если бы я их обнял, поцеловал или сказал, что я их люблю? Не помню, чтобы мать меня когда-нибудь в детстве обнимала или целовала. Она всегда обращалась ко мне с другого конца комнаты, а отец со мной и вовсе не общался. Синди точно такая же. Когда она со мной разговаривает, то подходит не ближе чем на три метра, а если может, то держится еще дальше.

— Просто удивительно, что вы не сошли с ума, — посочувствовала Изабель. Она с трудом представляла себе его детство, хотя оно не сильно отличалось от ее собственного. Ее, правда, и обнимали, и целовали, но все это была только видимость, а вот любви ощущалась совсем капелька. — Моя мать была до мозга костей англичанкой. Думаю, она хотела меня любить и даже, вероятно, по-своему любила, но не знала как. Очень правильная и очень холодная, она еще в раннем детстве осталась без матери, один на один с отнюдь не любвеобильным отцом. В девять лет он отправил ее в школу-интернат, где она и оставалась до тех пор, пока не вышла замуж за моего отца. Она познакомилась с ним, когда ее представляли при дворе. Подозреваю, что мой дед устроил этот брак, чтобы выпроводить ее из дома. Когда она ушла, он снова женился — на женщине, которая много лет была его любовницей, еще до того, как он овдовел. По линии матери в моей семье полно разного рода «скелетов в шкафу», о многих людях нам не разрешалось упоминать. Все, что от нас требовалось, — быть прилично одетыми, вежливыми и делать вид, что все прекрасно. Я не имела ни малейшего представления о том, что чувствует моя мать, а отец был так занят политикой, что, наверное, забывал о нашем существовании. Мама умерла, когда я была еще подростком, а отцу так и не хватило времени со мной поговорить, хотя, полагаю, он очень достойный человек. Их брак немного походил на мой собственный, поэтому, наверное, я с такой покорностью и приняла охлаждение Гордона. Другой модели семьи я просто не знаю.

— Пожалуй, я тоже, — согласился Билл. С Изабель он мог поделиться всем. — Если бы Синди была не такой бесчувственной, как мои родители, я сейчас был бы совершенно растерян. Я женился в двадцать два года, и с тех пор часть моей души как бы оледенела. — Когда он четыре года назад познакомился с Изабель, он многое понял, и многие его взгляды изменились. Исходящее от нее тепло притягивало его к себе, как мотылька лампа, в каком-то смысле она поддерживала в нем интерес к жизни. Однако контраст между ней и Синди еще больше отдалил его от жены. Теперь он видел, как далеки они были друг от друга все эти годы.

— Интересно, что изменилось бы, если бы в молодости мы были бы уже обременены нынешним опытом?

— Если бы я сегодня встретил Синди, то ни в коем случае на ней не женился бы, — без малейшего раздумья сказал Билл. — Она неспособна делиться сокровенным, ей не нужен настоящий собеседник, она питает к разговорам отвращение. Для нее брак — возможность пожить красиво, а все остальное ей абсолютно безразлично. Нет, пожалуй, она все-таки не настолько пустая, у нее есть свои достоинства, но все равно я тридцать лет прожил с совершенно чужим человеком.

— И вы собираетесь прожить так еще тридцать лет? — поинтересовалась Изабель.

— Наверное, придется, — честно ответил он и тут же задумался: а собственно, почему? Развод был бы для него серьезным ударом. Если Синди устроит скандал, ни один кандидат в президенты не захочет иметь с ним дел, а скандала, конечно же, не избежать. Не в ее стиле так легко расставаться со своими вещами. Синди развод совершенно не нужен, ее устраивает ее положение. — А разве вы не собираетесь сделать то же самое — прожить остаток жизни в браке без любви? — задал встречный вопрос Билл. Ответ он знал заранее — они и раньше об этом говорили.

— У меня нет выбора.

— У всех есть выбор, если хватает смелости. Но нам с вами есть что терять. Если мы с Синди разойдемся, моя карьера будет погублена. А у вас на руках тяжело больной ребенок. Нас можно понять, но иногда мы кажемся мне глупцами. Если бы у нас хватило мужества и веры в собственные идеалы, то мы бы уж как-нибудь исхитрились и нашли достойный выход из положения. Но похоже, как раз этого нам и не хватает. — Он не осуждал ни ее, ни себя — просто констатировал факт.

— Подозреваю, что вы правы, — печально кивнула Изабель.

— Остается надеяться, что мы об этом не пожалеем. Нам слишком мало отпущено. Мои родители умерли в шестьдесят с небольшим, и я не уверен, что они были когда-нибудь счастливы. Они просто делали то, что считали нужным, и все. Я хочу большего, но не знаю, как этого достичь.

— А я не позволяю себе и думать об этом, — честно призналась Изабель. — Я сделала свой выбор двадцать лет назад и с тех пор его придерживаюсь.

— С вашей стороны это очень благородно, — взяв ее за руку, сказал Билл, — но за подобные вещи не дают наград.

— О чем вы?

— Сам не знаю. Просто иногда я устаю от собственных оправданий. Если честно, Изабель, то именно когда я вижу вас, беседую с вами, я начинаю задумываться о том, что мы творим.

— Друг с другом? — с испугом спросила Изабель, решив, что он предлагает больше не встречаться.

— Нет, с другими. Например, я никому никогда не говорил того, что говорю вам. Разве это нормально для женатого человека?

Она кивнула, задумавшись над его словами:

— Все верно, но в двадцать один год, когда я выходила замуж, я этого не понимала. Я знала только, что должна слушаться. Гордон был мне как отец. Он диктовал мне, когда вставать, когда ложиться, как с кем общаться, каких манер придерживаться. И пожалуй, тогда мне это нравилось. Я не представляла, что может быть иначе, что существует какой-то другой семейный уклад.

— А теперь?

— У меня и сейчас нет выбора, Билл. Ну из чего мне выбирать?

— Да из чего захотите. В том-то и дело. Мы оба рассуждаем о высокой цене, которую надо заплатить за перемены. А какую цену приходится платить за то, чтобы жить как живется? Об этом вы не думали?

— Пытаюсь не думать, — честно призналась она. — Я считаю, что живу так ради Тедди и ради Софи.

— А вы уверены, что дело именно в них? Вы в этом уверены? — пристально глядя на нее, спросил Билл. Он никогда не был так настойчив, и поэтому его нынешний натиск удивлял Изабель. Что-то в нем изменилось. Похоже на то, что его мучает неудовлетворенность, бессмысленность существования — своего и ее тоже. — Вы уверены, что оставляете все как есть не только из-за трусости? А вот я не уверен. Да, я чертовски боюсь бросить карты на стол и уйти. Но и данное положение меня не устраивает. Я всего лишь человек и, следовательно, далек от совершенства.

— Вы хотите сказать, что все-таки собираетесь уйти от нее? — Изабель была потрясена. Все эти годы он постоянно твердил, что никогда не разрушит свой брак.

— Я только говорю, что хотел бы набраться смелости, чтобы уйти. — И тут он наконец решился. Даже если она разозлится и прервет их отношения, он все равно должен излить то, что накипело, выразить свои чувства, которые слишком много для него значат. — А еще мне хотелось бы, чтобы вы набрались смелости и ушли от него. Когда я вам звоню, меня убивает, что в этом доме вы, словно заключенная, лишены всяких прав и элементарного уважения, причем уже много-много лет. Я готов приехать и похитить вас вместе с Тедди — сделать все, что угодно, лишь бы вырвать вас с ним из этого дома. Вы не заслуживаете такого мужа, Изабель, так же как и я не заслуживаю такой жены, как Синди. Конечно, лучше бы все произошло само собой, без всяких трудностей, но этого не случится. Словом, я хотел бы, чтобы мы оба начали все сначала.

— И я тоже, — тихо сказала она. — Но это невозможно. — Изабель, с одной стороны, приветствовала бы, если он разошелся с женой, но с другой — понимала, что это станет для него катастрофой. — Если Синди устроит скандал, вся ваша карьера, на которую вы потратили тридцать лет, немедленно рухнет. Вы действительно готовы ею пожертвовать? И ради чего? Ради свободы? Ради ваших идеалов? А что вы с ними будете делать? А я? Гордон когда-то сказал мне, что, если я от него уйду, он позаботится, чтобы я умерла голодной смертью. Я ведь ничего не унаследовала от родителей — все досталось моему брату. А когда он погиб в автомобильной катастрофе, наследство ушло к его сыновьям. Я полностью завишу от Гордона. Без него мне не на что будет жить. Я не смогу содержать сына, не смогу обеспечить ему медицинскую помощь. Это стоит целое состояние, а Гордон, хотя он и не слишком волнуется обо мне и Тедди, оплачивает абсолютно все не моргнув глазом. Так что же вы предлагаете, Билл? Чтобы я обрекла Тедди на нищету или даже на смерть? Да Тедди и не переживет таких изменений. Да, Гордон меня не любит, но любовь для меня непозволительная роскошь. — Изабель было нелегко в этом признаться, но она действительно полностью зависела от Гордона. Ее смирение, ее готовность влачить свой крест до конца разбивали сердце Биллу.

— Возможно, вы правы, — тихо сказал он, когда машина подъехала к ресторану. Это был итальянский ресторан, очень популярный и очень шикарный. — Возможно, нам и вправду не из чего выбирать, хотя я не могу в это поверить. — Но в ее случае он действительно не видел реального выхода, хотя трудно было представить, чтобы французский суд позволил умереть с голоду Изабель и ее больному ребенку. Впрочем, может быть, и позволил бы — ей виднее.

— Если я оставлю мужа, — с несчастным видом продолжила Изабель, — с моей стороны это будет крайним эгоизмом. Сверх необходимого Гордон не даст мне ни гроша, так что я не смогу обеспечить Тедди тот образ жизни, к которому он привык. Почему же он должен из-за меня страдать?

— Простите, — только и сказал Билл. — Я не хотел вас дразнить. Просто, когда я с вами, мне видится та жизнь, которой, к сожалению, никогда не будет.

— Может быть, это потому, что нас связывают только телефонные звонки и редкие короткие встречи. Если бы мы были мужем и женой, все наверняка выглядело бы по-другому.

— Вы и в самом деле так думаете? — Билл посмотрел ей прямо в глаза.

Она долго не отвечала, затем покачала головой:

— Нет, не думаю. Но как могло бы быть, мы никогда не узнаем. Мы не можем себе позволить даже думать об этом, — проговорила она и мысленно закрыла перед ним дверь.

— Неужели и это мы не можем себе позволить? — с несчастным видом спросил он.

— Думаю, да. Мы должны быть благодарны судьбе за то, что имеем, и не просить большего, иначе можно все испортить. — Конечно, просто замечательно быть вместе, разговаривать, смеяться, танцевать, есть булочки, но что из этого следует? Она не должна позволить Биллу совершить какую-нибудь глупость, пусть даже ей самой это было бы приятно.

— А я хочу большего! — упрямо заявил Билл, когда водитель открыл перед ними дверцу машины, и Изабель неожиданно засмеялась:

— Говорят ведь вам — нельзя! Какой вы, однако, капризный!

— Я впервые ожил — за долгое-долгое время.

Она тоже чувствовала себя так, будто лет на десять помолодела.

— Это сосиски за завтраком на вас так подействовали. — Изабель решила все обратить в шутку, его недавние слова ее порядком испугали. — А если нам встречаться здесь, скажем, раз в год, на несколько дней? Возможно, этого будет достаточно? — Ничего другого — взамен жизни с ним — она предложить не могла.

— Вы не хуже меня знаете, что этого недостаточно, — упрямо помотал головой он.

— И что же вы предлагаете? Убежать в Бразилию? Билл, ну не будьте мальчишкой. Не сходите с ума и не ждите, что я сойду с ума вместе с вами.

Он знал ее слишком хорошо, чтобы недооценивать ее любовь к сыну. И вообще, она вряд ли уйдет от Гордона. Она слишком порядочна, чтобы так поступить, как бы плохо муж к ней ни относился.

— Вам не могут нравиться его оскорбления.

— Он меня не оскорбляет. Он просто отстранился.

— Морально он вас бросил много лет назад. Что он делает, кроме того, что оплачивает счета Тедди?

— Этого вполне достаточно. Больше мне ничего не нужно.

— Но это безумие! Вам ведь только сорок один год.

— О другом я и не думаю, — твердо ответила она, пытаясь совладать с собственными чувствами.

— Ну так подумайте!

— Мне кажется, вам надо чего-нибудь выпить и подремать. Может быть, принять успокоительное. — Изабель никогда не видела его таким. Это ее трогало, но помочь она ему ничем не могла. Самое большее через два дня ей нужно возвращаться назад. И сейчас самое лучшее — наслаждаться жизнью и не гневить Бога. — Вам нужно прийти в себя.

— Зачем?

— Вы знаете зачем. Вы только мучаете себя — и меня в придачу. У вас есть полное право стать свободным, и, возможно, так и следует поступить, но у меня положение более сложное. Жизнь Тедди зависит от Гордона. — В этом вопросе ей не хотелось полагаться на кого-либо еще — даже на Билла. Гордон все-таки отец мальчика и имеет перед ним определенные обязанности.

— Нужно быть чудовищем, чтобы лишить вас свободы и радости.

Она ответила не сразу. Затем, снова глядя ему в глаза, твердо произнесла:

— Я не собираюсь устраивать никаких экспериментов. Не имею права.

— Я понимаю, — тихо промолвил Билл. Он молчал до тех пор, пока они не сели за столик. — Прошу прощения за то, что об этом заговорил. Я не хотел вас расстраивать. Просто мы оба живем с людьми, с которыми несчастливы, так что, когда мы вместе, сразу виден контраст. — Внезапно ему захотелось все-таки всем рискнуть — ради нее.

— Возможно, это иллюзия и вместе мы были бы так же несчастны. — Все, что оставалось недоговоренным, вдруг вышло на поверхность. Он ясно дал понять, что хочет большего. А она так же ясно ответила, что это невозможно, каковы бы ни были ее чувства. Как бы она ни любила Билла и ни восхищалась им, сын для нее важнее. Билл всегда ее за это уважал и всегда будет уважать.

— Я принимаю вашу точку зрения, Изабель, — сказал он. — Просто знайте, как вы мне дороги. Я никогда не стану рисковать здоровьем Тедди и желал бы помочь и ему, и вам. Но, чего уж тут скрывать, этим мои желания не ограничиваются.

— Я знаю, Билл, — мягко сказала она. — Все эти годы вы очень хорошо ко мне относились. — Кроме него и детей, у нее больше никого нет.

— Но мог бы еще лучше. Я устал от фальши. Вы делаете вид, будто остаетесь его женой, я делаю вид, будто у нас прекрасные отношения с Синди. Но вряд ли мне кого-то удастся обмануть, да и зачем мне это самому — непонятно. Не слишком ли велика цена?

— Если вы перестанете играть в эту игру, цена может оказаться гораздо выше, — благоразумно заметила Изабель. Больше он не поймает ее на противоречиях.

— Может, в один прекрасный день я пошлю все к черту, — задумчиво проговорил Билл.

— Сначала подумайте хорошенько, — предостерегла Изабель. Кивнув, он взял ее за руку. Какие у нее красивые руки, какие длинные, изящные пальцы!

— Вы замечательная женщина, — с чувством провозгласил он, — и гораздо рассудительнее меня.

— Должен же кто-то сохранять рассудок. — Она поднесла его руку к губам и поцеловала. — Вы мой бесценный друг. — Он столько еще хотел ей сказать, но понимал, что сейчас не время.

— Что будем есть на ленч? — переменил тему Билл. Он не представлял себе, что с ним будет, когда она снова уедет в Париж, но так далеко лучше было не заглядывать.

Оба выбрали макароны и салат и поспешили начать обсуждение безопасных тем вроде книг и искусства. По мнению Изабель, Билл и сам мог бы написать книгу о политике — она давно ему об этом твердила. Впрочем, самым интересным там оказались бы как раз те секреты, которых он пока не мог раскрыть.

— Вот когда выйду на пенсию... — пообещал он, приступая к десерту.

Они уже немного успокоились. Теперь Билл и сам не понимал, почему утром потерял над собой контроль, — возможно, просто был слишком счастлив видеть ее и не мог согласиться с тем, что на большее рассчитывать нечего. Он понимал, что, пока жив Тедди, Изабель не уйдет от мужа, а сам Билл желал мальчику долгих лет жизни.

После ленча они поехали в Британский музей и пробыли там до четырех. Потом они отправились прогуляться по Нью-Бонд-стрит, разглядывая витрины магазинов, где были выставлены картины и ювелирные украшения. И снова мелькнула мысль о том, как хорошо ему с ней. Когда они вернулись в «Клэридж» и решили выпить чаю, было уже почти шесть. За чаем они закусили сандвичами с огурцами, помидорами и водяным крессом, а также печеньем, что напомнило Изабель те времена, когда она в детстве гостила у дедушки. Полдник по-английски она всегда любила, но Билл заявил, что вместо этого с удовольствием съел бы эклеры или птифуры у Анжелины в Париже или мороженое в «Бертильоне». Изабель согласилась, что это тоже неплохо.

— Когда вы снова приедете в Париж? — как бы между прочим поинтересовалась она, когда они съели сандвичи и Билл попросил налить ему еще чашку чаю.

— Может, на следующей неделе? Мне надо привести мысли в порядок.

— Мне тоже, — призналась она. Несмотря на все решительные заявления о том, что, дескать, ни на что большее рассчитывать не следует, ее тоже сильно к нему тянуло. Но это был запретный плод.

— Где бы вы хотели сегодня поужинать?

— И вы еще можете думать о еде? — развеселилась она. — Я теперь неделю есть не смогу. — Этот вечер должен был стать для них последним. Завтра, во второй половине дня, Изабель собиралась уехать. Она и помыслить не могла, чтобы задержаться еще на ночь, хотя ей этого очень хотелось. А Билл не смел настаивать. Возможно, если он на сей раз не будет настаивать, она с большей готовностью приедет снова?

— Как насчет кафе «У Марка»? — не обращая внимания на ее подкалывание, осведомился он. — Если хотите, можем поехать туда позже.

— Что ж, неплохо, я там не была много лет. Собственно говоря, — засмеялась она, — все это время я не была вообще нигде!

— Я закажу столик на девять часов. — Он ненадолго отошел, чтобы пересечь холл и поговорить с дежурной. С точки зрения Изабель, не отрывавшей от него глаз, он был просто неотразим. — Почему вы на меня так смотрите? — смущенно спросил Билл. Изабель была так красива, что при взгляде на нее у него ныло сердце. Он хотел бы показать ей мир, познакомить со своими друзьями, свозить в Вашингтон и там всем представить... Но так далеко ей не выбраться.

— Я вами любовалась, — призналась Изабель. — Вы очень красивый мужчина, мистер Робинсон. — Давным-давно она испытывала подобные чувства к Гордону, но это в прошлом. Теперь она слишком хорошо его знает.

— Тогда вы или ослепли, или сошли с ума, — удивленно проговорил Билл. Они отправились наверх. На часах было семь тридцать, и, пока она будет одеваться, Билл собирался сделать массаж и позвонить домой. — Я зайду за вами без четверти девять. Вы успеете?

— Да, конечно. — Она тоже собиралась позвонить домой и узнать, как там Тедди, принять ванну, причесаться и одеться — все это не займет слишком много времени.

— Значит, до скорой встречи. — Билл обнял ее и поцеловал в щеку. Он хотел спросить, не останется ли она еще на одну ночь, если Тедди чувствует себя хорошо, но решил подождать, пока она позвонит домой и поговорит с сиделками и с мальчиком.

Изабель осталась довольна тем, что услышала. Тедди чувствовал себя неплохо, он смеялся, когда разговаривал с ней по телефону, — они с сиделкой как раз читали сборник анекдотов, который Изабель купила ему перед отъездом. Сидя в ванне, она слушала, как он читает их вслух, и смеялась вместе с ним. Изабель пообещала, что приедет завтра вечером. Она взяла билет на шестичасовой рейс, так что будет дома в девять часов по парижскому времени. Задерживаться еще на одну ночь казалось ей несправедливым по отношению к Тедди.

В этот вечер Изабель выбрала белое шелковое платье для коктейлей с белой кашемировой шалью, белые шелковые туфли от Шанель и жемчужные серьги. В белую вечернюю сумочку она положила только губную помаду и ключи от номера. На сей раз она решила распустить волосы, что произвело на Билла еще большее впечатление.

Мягкая, нежная, женственная, она воплощала в себе все черты его идеала, и Билл мог только пожалеть о том, что не встретил ее раньше.

— Как чувствует себя Тедди? — поинтересовался он, когда они двинулись вниз по лестнице, не став дожидаться лифта.

— Он в прекрасной форме. Прочел мне с полдюжины анекдотов. Сиделка утверждает, что еще никогда не видела его таким. Не знаю, что тут подействовало — лекарство, погода или просто повезло. Но что бы это ни было, хорошо бы оно действовало и дальше. Я пообещала, что завтра вечером буду дома.

— Ох! — только и вымолвил Билл, и она увидела в его глазах огорчение. — А я так надеялся, что вы задержитесь! Завтра я должен встретиться с послом, так что до полудня буду занят. Значит, до вашего отлета у нас останется совсем немного времени.

— Что поделаешь, — сказала она и взяла его под руку. — У меня не хватило смелости сказать ему, что я задержусь еще на сутки. Но может быть, я позвоню завтра?

— Это было бы здорово, — оживился он. — Как вы думаете, он не станет возражать? — Он не собирался отрывать ее от сына, но побыть вместе лишние сутки... А Изабель разрывалась между ним и сыном, что было для нее совершенно непривычно.

— Я позвоню завтра утром, но ничего не могу обещать. Если ночь пройдет плохо, мне придется уехать. — В конце концов, она прежде всего мать.

— Да-да, — с готовностью кивнул Билл. Он был счастлив, что она по крайней мере попытается. — Если вам придется уехать, я, вероятно, полечу в Париж вместе с вами. Мне будет только полезно навестить тамошнее посольство. — Даже если он не сможет с ней видеться, он хотя бы будет с ней в одном городе. Если она и вырвется с ним пообедать, это будет гораздо труднее, чем здесь. Не дай Бог узнает Гордон — Изабель окажется тогда в весьма неловком положении. — Спасибо за ваши добрые намерения. Я в любом случае должен в субботу улететь в Нью-Йорк. — К тому времени дочери будут дома.

— Так странно, — печально произнесла Изабель, — что вы уезжаете. — Они провели вместе всего один день, а теперь не хотели расставаться.

— Я думал о том же, — заметил Билл, когда машина тронулась. — От привычки находиться рядом с вами будет трудно избавиться. — Она кивнула, и Билл нежно взял ее за руку. Они уже преодолели барьеры, которые раньше их сдерживали, и вторглись в неизведанную область, хотя оба понимали, что слишком далеко заходить опасно.

В кафе царила непринужденная, почти домашняя обстановка. Посидев у бара на громадных потертых кожаных стульях, Билл и Изабель в сопровождении официанта направились в обеденный зал. Вообще-то Изабель предпочитала бар «У Гарри», но здесь атмосфера была более уютной и даже романтичной. Они проговорили не один час, и Изабель не покидало желание остановить время или даже повернуть стрелки назад. Только бы этот вечер не кончался. Это же чувство не оставляло и Билла.

— Может, опять поедем в «Аннабелз»? — пристально посмотрев на Изабель, спросил он, когда они наконец вышли из кафе. Изабель боялась, что своей ненасытностью они могут накликать на себя беду, но искушение было слишком велико. Вероятно, это их последний вечер, и жаль упускать такой момент.

— С большим удовольствием, — тихо сказала она. Всю дорогу они промолчали, а затем молча вышли из машины, вошли внутрь и уселись возле барной стойки.

Билл заказал шампанское, но когда Изабель сделала первый глоток, отставил свой бокал и пригласил ее на танец. Танцевальная площадка, над которой вспыхивали крошечные звездочки, показалась ей самым романтическим местом. Они двигались слаженно, как одно целое. Под знакомые мелодии они крепко прижимались друг к другу.

Они сели за столик не скоро, и у обоих был подавленный вид. Назавтра предстояло неизбежное расставание.

Потом они еще раз пошли танцевать, а когда уходили из ресторана, у Изабель на глаза навернулись слезы. Стояла прекрасная, теплая, звездная ночь. Обняв ее за плечи, Билл ласково улыбнулся, как вдруг темноту озарила какая-то вспышка. Ослепленная ею, Изабель не сразу поняла, что произошло, а когда ее зрение восстановилось, то увидела, что их просто-напросто снял какой-то фотограф.

— Зачем ему это? — спросила она, в испуге прижимаясь к Биллу.

— Тут постоянно шляются папарацци — снимают кого попало, а потом стараются идентифицировать свои жертвы. Так обычно ловят кинозвезд или политиков. А если попавшие в кадр ни для кого не представляют интереса, то снимки, наверное, просто выбрасывают.

— Со мной, видимо, так и поступят. А вот как насчет вас? У вас могут возникнуть какие-нибудь проблемы?

— Вряд ли. Не думаю, что репортеров скандальной хроники может заинтересовать моя персона. Так что скорее всего снимок пойдет в корзину.

— Я сначала даже не поняла, что это было. Я увидела только вспышку.

— Какая ужасная жизнь у знаменитостей! — вздохнул Билл. На самом деле инцидент его немного встревожил, но он не собирался делиться этим с Изабель. Впрочем, заинтересовать этот снимок может разве что его жену. А Изабель уж точно ничто не грозит. Гордон Форрестье фотографию наверняка никогда не увидит. Сев в машину, Билл выбросил все это из головы.

Изабель села рядом, и, как обычно, он снова взял ее за руку. Оба думали о завтрашнем расставании. Билл велел водителю немного покатать их по городу — спешить было некуда, а ночь выдалась прекрасная.

Первой заговорила Изабель.

— Не представляю себе, как я завтра уеду, — тихо сказала она. Кроме Тедди, в Париже ее никто не ждал.

— Может, и не придется уезжать. Посмотрим, как он завтра будет себя чувствовать. — Билл молился о том, чтобы сегодняшняя ночь прошла для Тедди хорошо.

Кивнув, она улыбнулась и положила голову ему на плечо.

— Сегодня был замечательный вечер, Билл.

— Замечательный. — Эхом повторил он и произнес фразу, которую она никак не ожидала услышать. — Что нам теперь делать, Изабель? — спросил он тем тоном, который она слишком хорошо знала, — когда она слышала его по телефону, по телу пробегала дрожь.

— О чем вы?

Взгляд Билла был необычайно серьезным.

— Я говорю о нас. Я люблю вас, Изабель. Я поклялся себе, что никогда не произнесу этих слов, но теперь мне все равно. Я хочу, чтобы вы знали о моей любви и увезли ее с собой, когда уедете — завтра или послезавтра. Я уже давно вас люблю. — Никогда еще он так не волновался.

— Я тоже, — не отрывая от него глаз, прошептала она. — Я полюбила вас с первой нашей встречи. Но мы ничего не можем изменить. — Она не собиралась говорить ему о своей любви, не хотела все усложнять, но теперь они уже не могли остановиться. Машина медленно двигалась к перекрестку, и на какой-то миг Билл подумал о том, что надо бы попросить водителя притормозить. Сейчас он хотел побыть с ней наедине — это мгновение должно навсегда остаться в памяти у них обоих.

— Пока да. Но может быть, когда-нибудь... Я хочу, чтобы ты знала — я буду любить тебя до конца дней. — В этом он был абсолютно уверен.

— Я тоже люблю тебя, Билл, — шепнула она, — так сильно...

Но он не дал ей договорить, накрыв ее губы своими и жалея только о том, что не сделал этого раньше. Этого момента оба ждали слишком долго. Изабель обняла его, она никогда еще не была так счастлива и снова взмолилась, чтобы время остановилось. Впервые в жизни она чувствовала себя в полной безопасности. Они продолжали целоваться, когда автомобиль выехал на перекресток. Водитель, наблюдавший за ними в зеркало, был так заворожен зрелищем, что не заметил стремительно надвигавшийся сбоку двухэтажный красный автобус. Билл все еще целовал

Изабель, когда автобус впереди врезался в машину и водителя буквально размазало по салону. Они не успели даже вздохнуть, как автобус и лимузин превратились в комки искореженного металла. Во все стороны разлетелось разбитое стекло. Лимузин проволокло еще несколько метров, он встал набок, колеса его беспомощно вращались. Изабель по-прежнему мирно лежала в объятиях Билла, но теперь уже на нем. Крышу машины снесло, оба были без сознания, белое платье Изабель стало красным от крови. На лице Билла виднелись две большие раны, а Изабель, казалось, мирно спала. Лицо ее осталось неповрежденным, тело же, видимо, было страшно изуродовано.

Вдали раздались звуки сирены. Водитель автобуса, пробивший лобовое стекло и вылетевший вперед, лежал на мостовой мертвый. Подбежавшие к месту аварии полицейские осветили фонариком искореженную машину. Единственное, что удалось увидеть, — это кровь на лице мужчины и ярко-красное платье. Пассажир, глаза которого оставались широко открытыми, казался мертвым, а судя по количеству крови, которое потеряла его спутница, было невозможно представить, что она может выжить.

— О Господи! — прошептал один из полицейских.

— Как думаешь, они живы? — поинтересовался его напарник.

— Ни в коем случае, приятель. — Однако, присмотревшись, они заметили, что изо рта Изабель течет тоненькая струйка крови.

— Как же их оттуда извлечь? — спросил тот, кто держал фонарик. Он никак не мог себе этого представить — так сильно была покорежена машина.

— Думаю, это уже не имеет значения. А вообще, наверное, всю ночь провозятся.

Они отошли к автобусу. Те из пассажиров, которым больше всего повезло, пошатываясь, выбирались из салона — в окровавленной одежде, со ссадинами на лице. Кто-то сообщил, что внутри осталось с полдесятка мертвых тел. Пожалуй, за последнее время это была крупнейшая авария. Пока полицейские опрашивали свидетелей, раздались звуки сирен, и к месту происшествия подъехали несколько машин — «скорой помощи», пожарных и службы спасения. Когда спасатели двинулись к лимузину, полицейские заверили их, что пассажиры скорее всего мертвы.

На первый взгляд, полисмены были правы, но один из спасателей все же решил проверить пульс и сразу убедился, что пострадавшие еще живы.

— Эй! — крикнул он стоявшему неподалеку пожарному. — Эти двое живы, но надо спешить. Давай сюда грузовики — будем их вытаскивать. — На самом деле он считал, что уже слишком поздно и все усилия окажутся тщетными, но следует хотя бы попытаться. Женщина потеряла очень много крови, у мужчины пульс едва прощупывался. Тут подъехала специальная машина с захватами, механики деловито начали их прилаживать, выкрикивая команды водителям грузовиков, которые должны были растащить искореженную машину на части. Шум стоял ужасный, но ни Изабель, ни Билл его не слышали.

Глава 4

Растаскивание лимузина на части заняло почти два часа. Приходилось действовать очень осторожно, чтобы не нанести пострадавшим новые травмы. Обоим медики поставили капельницы, а женщине ухитрились еще наложить жгут на поврежденную артерию. Спасателей забрызгало кровью, никто сейчас и не догадался бы, что платье пассажирки когда-то было белым.

До тех пор пока Билла и Изабель не поместили в карету «скорой помощи», спасатели не имели представления, кого они извлекли из лимузина. Уже в машине кто-то из медиков обнаружил бумажник Билла с документами, но кто такая Изабель, по-прежнему было неизвестно.

— У нее обручальное кольцо, — сказал один из них, когда машина полным ходом мчалась к больнице Святого Фомы. — Должно быть, это его жена. — И он сообщил по радио, чтобы полицейские на всякий случай присмотрели за ее сумочкой.

Все это время оба оставались без сознания. Так их и доставили в отделение травматологии, где пациентами немедленно занялись. Вскоре выяснилось, что обоих нужно оперировать — у него поврежден позвоночник и перелом шеи, у нее — травма головы, обширные повреждения внутренних органов, а также разрыв артерии. Оперировать руку нужно было немедленно, иначе Изабель могла ее лишиться.

— Господи, вот ведь какой кошмар! — прошептала одна из медсестер, когда пациентов везли в операционные. — Давно уже не видела такого.

— Чудо, что они до сих пор живы, — заметила другая сестра. Ее прикрепили к Изабель, которая, по мнению медиков, была в худшем состоянии. Она получила травму головы, но самые страшные повреждения пришлись на печень, легкие и сердце.

Через считанные секунды оба лежали на ярко освещенных операционных столах. Пока пациентами занимались анестезиологи, бригада хирургов консультировалась с травматологами. Состояние обоих пострадавших признали критическим, с началом операции опасения за их жизнь увеличились.

Биллу же в это время казалось, что он встает и движется по ярко освещенной тропинке. Далеко впереди сиял ослепительный свет. Оглядевшись, он с удивлением обнаружил неподалеку сидевшую на камне Изабель.

— С тобой все в порядке? — Она странно посмотрела на него, как будто только что пробудилась ото сна, и встала, ожидая, когда он к ней присоединится.

— Со мной все хорошо, — не глядя на него, ответила Изабель. Как и Билла, ее манил яркий свет. — Что это?

— Не знаю, — пожал плечами он. — Где ты была? — Он вспомнил о том, что еще недавно никак не мог ее найти.

— Здесь, ждала тебя. Тебя долго не было. — Голос Изабель был очень тихим, лицо бледным, но держалась она со странным спокойствием.

— Я был здесь. Я никуда не уходил, — сказал Билл, но она его не слушала, торопясь побыстрее двинуться вперед, к свету.

— Так ты идешь? — Она обернулась на ходу, и Билл поспешил следом, но угнаться за Изабель было нелегко.

— Зачем ты так бежишь? — спросил он, но она только покачала головой, не замедляя шага.

— Пойдем со мной. — Она протянула ему руку. Он взял ее, но не ощутил прикосновения. Однако это не встревожило его — он слишком устал. Ему отчаянно хотелось прилечь где-нибудь и поспать, но он боялся снова потерять из виду Изабель — несмотря на ее уверения, она все же куда-то исчезала.

— Я люблю тебя, Билл, — обернувшись, еле слышно произнесла она.

— Я тоже люблю тебя, Изабель, — ответил Билл. — Давай немного отдохнем. Я очень устал.

— Мы отдохнем, когда придем туда. Нас там ждут. — Изабель знала, что надо спешить, а Билл ее задерживал.

— Куда мы идем? — не унимался он.

— Туда. — Она указала в сторону света. Довольно долго они шли молча, а когда были уже почти у цели, сзади раздались голоса, звавшие ее по имени. Обернувшись, он увидел ребенка — кажется, мальчика, который махал им рукой и кричал: «Мама!» За мальчиком в отдалении смутно виднелась фигура молодой девушки.

— Кто это? — спросил Билл, уже зная ответ.

— Это Тедди. И Софи. Но сейчас я не могу к ним вернуться. Слишком поздно. — Она уже собралась двинуться дальше, но тут к детям присоединились еще две девочки. Они казались совсем маленькими, но когда Билл пригляделся к ним повнимательнее, то увидел, что это его дочери, Оливия и Джейн.

— Подожди! — Он попытался остановить Изабель, но она была уже далеко впереди. Билл метался, не зная, идти ли за ней или повернуть к Оливии и Джейн. — Мы должны к ним вернуться, — наконец проговорил он, но Изабель только покачала головой:

— Нет, Билл. Так ты идешь со мной? — У нее был очень решительный вид, а его уже покидали последние силы. Путь казался ему бесконечным.

— Я не могу за тобой угнаться, — пожаловался он, — и потом, почему мы не можем к ним вернуться? Мы им нужны.

— Нет, — повторила Изабель. — Я не вернусь. Передай Тедди и Софи, что я их люблю. — И собралась пуститься в путь одна.

— Ты должна пойти со мной. — Билл схватил ее за руку. — Послушай... — уже со злостью сказал он, но она словно не слышала, а свет все приближался. — Погоди... Тедди и Софи нуждаются в тебе... А я должен вернуться к девочкам. Пойдем со мной, Изабель... А туда мы можем прийти потом.

На мгновение она заколебалась.

— А что, если у нас не будет другого шанса.

— Когда-нибудь мы туда придем... но пока не время.

— Но мне пора. Я не хочу назад... — Изабель умоляюще посмотрела на него, и он почувствовал, что она от него ускользает. — Ну пожалуйста, Билл... пойдем со мной.

— Я хочу, чтобы ты осталась со мной. Я люблю тебя, Изабель. Не покидай меня. — Он говорил и плакал, опустив голову, чтобы не видела Изабель. — Дай мне руку, — вновь посмотрев на нее, неожиданно потребовал он. — Клянусь, я тебя не отпущу. Тебе придется вернуться.

Она застыла в неподвижности, снова посмотрела на Тедди и девочек и медленно двинулась к нему. Идти назад оказалось намного труднее, но через секунду он уже обнимал и целовал ее, и она ему улыбалась. Они не знали, где находятся, понимали только, что должны вернуться к своим детям. Теперь Билл чувствовал, как ее рука крепко сжимает его руку.

— Ты уверен, что это правильно? — спросила она, когда они вместе отправились в путь. Детских голосов уже не было слышно, но они точно знали, что их ждут. Начало темнеть, свет за спиной как будто стал угасать.

— Уверен. — Билл крепче сжал ее руку.

— Уже поздно... темнеет... как же мы найдем дорогу? — встревожилась Изабель. Ей казалось, что перед этим они заблудились, и она боялась повторения.

— Главное, не отставай, — сказал Билл. Сейчас ему легче дышалось, воздух здесь уже не казался таким разреженным. — Я знаю дорогу назад. — Он обнял ее за плечи и повел. Теперь Изабель все больше уставала, а Билл становился все сильнее.

— Мне нужно немного передохнуть, — взмолилась она. Уже показался камень, на котором она сидела, ожидая его, но Билл не собирался останавливаться.

— У нас нет времени. Ты отдохнешь, когда мы дойдем.

Она молча последовала за ним. Вокруг было темно, но Билл уверенно двигался вперед. Ей страшно хотелось спать, она могла бы сейчас лечь прямо у дороги. Но Билл не отпускал ее руки, не давал замедлить шаг, и через некоторое время Изабель почувствовала, что они вернулись домой.

Они находились в незнакомой комнате, повсюду были дети. Изабель видела среди них смеющихся Тедди и Софи, девочки Билла с ними разговаривали. Пока он их обнимал, Изабель окончательно сморило. Она знала, что теперь уже можно расслабиться, и ей захотелось заснуть в объятиях Билла. Она улыбнулась ему, и он ответил, и тут она провалилась в сон, не сомневаясь, что с этого момента Билл всегда будет с ней рядом.

— Господи, вот уж не думала, что мы ее вытащим, — поделилась с анестезиологом хирургическая сестра, когда они выходили из операционной. Целых четыре часа они сражались, поддерживая у Изабель давление, стремившееся упасть до нуля. Первые полчаса все были абсолютно уверены, что пациентка не выживет, — ведь она потеряла огромное количество крови. Трудно сказать, что в конце концов помогло — то ли лекарства, то ли переливания, то ли операция, то ли просто везение, — но в любом случае выжила она чудом.

— Никогда не видел ничего подобного. Ей страшно повезло, — согласился один из ассистентов. — Опасность, конечно, еще не миновала, но, полагаю, она выкарабкается. Такие случаи возвращают мне веру в Бога. — Весь мокрый от пота, он улыбнулся. Ночь была долгой, а борьба тяжелой — все равно что выбивать противника с горной вершины.

Из соседней операционной, где находился Билл, вышли две хирургические сестры — такие же уставшие.

— Как у вас дела? — спросили их.

— Раза четыре или пять мы его чуть не потеряли. Приходилось откачивать снова и снова. Он выжил, но позвоночник сильно поврежден.

— У нас было примерно то же самое. Удивительно, что они остались живы.

— Это снова доказывает, что заранее ничего не предугадаешь.

Было уже восемь часов утра, и обе бригады отправились в кафетерий пить кофе с булочками. Изабель и Билла отвезли в отдельные палаты, они еще крепко спали после операции. Тут обнаружилась сумочка Изабель, в которой лежал ключ от ее номера в «Клэридже». Полицейский позвонил в гостиницу, и там сообщили, что этот номер занимала Изабель Форрестье, она француженка и живет в Париже. Заместитель управляющего обещал немедленно пойти в ее номер и поискать там паспорт.

О Билле власти располагали всей необходимой информацией. В его бумажнике лежал паспорт с номером домашнего телефона, и в качестве ближайшего родственника была указана жена. Теперь следовало позвонить Синтии, чтобы сообщить ей об аварии и о том, в каком состоянии находится ее муж.

Для Билла главную опасность представляло повреждение позвоночника, которое могло лишить его способности ходить, — счастье еще, что он избежал полного паралича. В общем, обоих пациентов ожидал долгий путь к выздоровлению.

Авария, в которую они попали, полиция признала одной из крупнейших за последние годы. Всего в ней погибло одиннадцать человек: оба водителя и девять пассажиров автобуса. Всю ночь врачи были почти уверены, что число жертв достигнет тринадцати, но, к их удивлению, этого не случилось.

Дежурная медсестра, заполнив несколько бланков, со вздохом села к телефону. Заместитель управляющего гостиницей, поднявшись в номер Изабель, нашел ее паспорт, в котором ближайшим родственником значился Гордон Форрестье. Теперь у администрации больницы были телефонные номера обоих пострадавших. Дежурная ненавидела подобные звонки. Подкрепившись глотком кофе, она набрала парижский номер. Трубку сняли только после нескольких гудков.

— Месье Форрестье, силь ву пле, — с сильным английским акцентом произнесла она по-французски.

— Это я, — отрывисто бросил на том конце провода мужчина. Уловив американский акцент, женщина сразу же уточнила, является ли Изабель его женой.

— Да, — коротко ответил мужчина. Дежурная быстро сообщила ему, что звонит из больницы Святого Фомы, куда Изабель доставили ночью после автомобильной аварии — в ее лимузин врезался автобус.

— Сейчас она находится в критическом состоянии, ее только что прооперировали, мистер Форрестье, и боюсь, что в ближайшее время улучшений не предвидится: у нее обширные внутренние повреждения и травма головы. Хорошо уже то, что она перенесла операцию. Мне очень жаль, — неловко добавила она.

— Мне тоже, — после долгого молчания произнес Форрестье. Судя по его голосу, он был в шоке. — Я сегодня же приеду, — пробормотал он, думая о том, не следует ли сначала связаться с лечащим врачом. Однако позвонившая рассказала обо всем достаточно подробно, так что вроде бы и спрашивать больше было не о чем. — Она в сознании?

— Нет, сэр. В сознание она так и не пришла, а сейчас ей дали успокоительное. Ваша жена потеряла много крови. — Форрестье промолчал, не зная, что еще сказать. Ему казалось невероятным, что речь идет об Изабель. Несмотря на то что за последние годы они сильно отдалились друг от друга, она все же оставалась его женой. Стоит ли посвящать в случившееся Тедди и звонить Софи в Португалию? Нет, он решил, что пока ничего им не станет сообщать. Лучше вообще никому ничего не говорить, решил Гордон, пока он сам не разберется в ситуации, конечно, если Изабель не умрет. Служащая в больнице ясно дала ему понять, что такой исход вполне возможен. Повесив трубку, он долго сидел за столом, неподвижно глядя в пространство. Изабель давно уже не вызывала у него никаких чувств, но она была матерью его детей, и брак их длился уже двадцать лет. Гордон надеялся, что она не испытывала сильных мучений, и, разумеется, был рад тому, что она осталась жива, но на самом деле случившееся не сильно его потрясло, и его самого смущало, как мало он сейчас чувствует — только сожаление и сострадание.

Узнав насчет ближайших рейсов, он принял окончательное решение. Итак, об аварии никто не знает, Изабель без сознания, а ему нужно время, чтобы привести мысли в порядок. На середину дня у него намечены важные встречи, их не стоит отменять. Он все равно ничем помочь не сможет, а больницы Гордон всегда ненавидел. После секундного колебания он заказал билет на пятичасовой рейс. Это значит, что в лондонском аэропорту Хитроу он будет в половине шестого по местному времени, а в больнице — в семь вечера. Если Изабель умрет до его приезда, что ж, ничего не поделаешь. Если же останется жива, это можно будет считать обнадеживающим признаком. Правда, если она лежит в коме — а это наверняка так, — то его присутствие совершенно бесполезно. Время можно было бы потратить с большей пользой.

Вскоре он отправился на службу, где предупредил секретаря, что в три часа уедет. Гордон не желал огласки. Ее было не избежать только если жена умрет.

Поговорив с Форрестье, дежурная стала собираться с силами для следующего звонка. Разговор с Гордоном ее несколько расстроил. Он задал слишком мало вопросов и держался чересчур спокойно. Обычно на подобные звонки так не реагируют. Он даже не сказал, когда приедет, только поблагодарил и повесил трубку.

В доме Робинсонов трубку сняла Оливия, старшая дочь Билла. Там было шесть часов утра, все еще спали, но она сквозь сон услышала звонок. Говорившая с английским акцентом женщина попросила к телефону миссис Робинсон.

— Она спит, — сонным голосом пробормотала Оливия. — Вы не можете перезвонить часа через два? — Она зевнула и собралась повесить трубку.

— Боюсь, я не смогу ни перезвонить, ни подождать. Не пригласите ли вы ее к телефону?

— Что-нибудь случилось? — Оливия начала просыпаться. Она не представляла, кто и зачем может звонить в такую рань, но голос в трубке звучал напряженно.

— К сожалению, мне нужно переговорить лично с миссис Робинсон.

Накинув халат, Оливия поспешила в комнату матери. Услышав шум, Синтия проснулась.

— Привет! С тобой все в порядке? — прошептала она в темноте. Секунду назад она крепко спала, но, открыв глаза, каким-то шестым чувством тут же ощутила неладное. — Ты не заболела?

— Нет. Звонит какая-то англичанка и хочет с тобой поговорить.

Синди почему-то сразу поняла, что это связано с Биллом, — может быть, в его жизни появилась другая женщина.

— Я возьму трубку, — сказала она, садясь на постели. — Все в порядке, Олли, иди ложись. — Но Оливия не двинулась с места — ее тоже охватило тревожное предчувствие. — Это миссис Робинсон, — проговорила Синди и стала молча слушать. — Когда? Он в сознании? — Больше она ничего не спросила, но и этого было достаточно, чтобы напугать Оливию.

— Что-то с папой? — с тревогой воскликнула она, но мать жестом заставила ее замолчать, одновременно утвердительно кивнув головой. — С ним все в порядке? — присев на кровать, шепнула Оливия, но Синди ничего не ответила, продолжая слушать.

— Как фамилия врача? — Она быстро сделала запись в лежавшем возле кровати блокноте, задала еще несколько вопросов и попросила связаться с ней, если что-нибудь изменится, в особенности если Билл придет в сознание. — Я приеду, как только смогу. Нет, я вам позвоню через полчаса и точно сообщу время прибытия. — Голос ее звучал спокойно, но взгляд был полон тревоги. Когда она повесила трубку, Оливия сразу же бросилась к ней в объятия:

— Что случилось? — В голосе дочери звучали слезы, у самой Синтии тоже стоял в горле комок. То, что ей сообщили, было ужасно, оставалось лишь надеяться, что дело обстоит не настолько безнадежно, как ей отсюда, из Коннектикута, казалось. Раздробленная шея, повреждение позвоночника и, возможно, паралич, повреждения внутренних органов, переломы костей... Нет уверенности, что он вообще выживет. А если выживет, то неизвестно, сможет ли ходить. Синтия не могла представить себе Билла в инвалидной коляске, а себя — в роли сиделки. Ее охватил ужас. Уж лучше ему умереть!

— Папа попал в аварию. Он в Лондоне. Я совсем забыла — он говорил, что пробудет там несколько дней. В его машину врезался автобус, и дела его довольно плохи, — откровенно сказала Синтия. — У него раздроблена шея, поврежден позвоночник. Его только что прооперировали, и состояние его неважное.

— Он умрет? — Глаза Оливии округлились от страха, по щекам потекли слезы.

— Может и умереть, — мягко проговорила Синтия. — Но папа чересчур упорный человек, он, я думаю, так просто не сдастся. Пока же ничего предугадать нельзя. Я отправляюсь туда сегодня же.

— Я поеду с тобой! — заявила Оливия. Высокая красивая блондинка с хорошей фигурой, она перешла на предпоследний курс Джорджтаунского университета, где специализировалась в области международных отношений. Отец и мать вполне справедливо ею гордились. Несмотря на то что с отцом они виделись редко, Оливия очень его любила. В детстве она его просто обожествляла, а в последние годы восхищалась им и его деятельностью уже вполне сознательно.

— Вам с сестрой лучше остаться дома, — встав с постели, сказала Синтия. Нужно заказать билет на самолет и собрать вещи. Она еще успеет на рейс, вылетающий в полдень, а если брать с собой Оливию, ситуация только усложнится. Судя по тому, что сообщили из больницы, следует ожидать худшего.

— Я еду с тобой, мама! — Оливия повысила голос, что случалось довольно редко. — А если ты против, я сама куплю билет и полечу одна.

— Что здесь происходит? — В комнату заглянула сонная Джейн. Маленькая блондинка с восхитительной фигурой, она очень напоминала юную Синди. Джейн исполнилось девятнадцать, она окончила первый курс Нью-Йоркского университета. — Из-за чего вы в такую рань ругаетесь? — поинтересовалась она, заметив на лице Оливии злое выражение. Синтия часто выясняла отношения со старшей дочерью, и именно Джейн всегда выступала в роли миротворца. Зевнув, она забралась на материнскую кровать.

— Папа попал в аварию, — сообщила ей Оливия, а мать тем временем сняла телефонную трубку, чтобы позвонить в авиакомпанию.

— С ним все в порядке? — Джейн не могла представить, что может быть иначе. Сестра чересчур чувствительная, она всегда все преувеличивает.

— Если бы! — срывающимся голосом произнесла Оливия и, обняв Джейн, зарыдала. — У него повреждены шея и позвоночник. Мама говорит, что неизвестно, сможет ли он ходить. Папу только что прооперировали. В его машину врезался автобус.

— О черт! — воскликнула Джейн, прижимая к себе старшую сестру, — она ее всегда утешала. Джейн даже в раннем детстве была спокойной и рассудительной, сама могла позаботиться и о себе, и о других. Она унаследовала от Синди ее хладнокровие, но сейчас и она не смогла сдержать слез.

— Мама летит в Лондон, и я с ней собираюсь, — сквозь слезы сказала Оливия.

— Я тоже поеду, — заявила Джейн и мигом соскочила с кровати. — Мы обе летим с тобой, — сообщила она Синди, которая в этот момент как раз заказывала билет.

— Вам лучше остаться, — зажав рукой трубку, проговорила мать. — Я позвоню, если вы понадобитесь.

— Или ты берешь нас с собой, или мы едем сами, — решительно произнесла Джейн, и Синтия поняла, что спорить бесполезно. По опыту она знала: Оливию еще можно отговорить, но Джейн, принявшая какое-то решение, становилась непоколебимой как скала. — Когда мы улетаем?

— Есть рейс в одиннадцать сорок, — ответила Синди и покорно заказала три места в бизнес-классе. Повесив трубку, она предупредила девочек, что они должны выехать из дома в девять. На все сборы остается два часа.

— Я приготовлю завтрак, — вызвалась Джейн. — Иди собирай вещи, — обратилась она к старшей сестре, все еще сидевшей на кровати и плакавшей. — Как ты думаешь, папа выкарабкается? — тихо спросила Джейн у Синди, с трудом сохраняя спокойствие. Мать, доставававшая из шкафа чемодан, обернулась и посмотрела на нее полным тревоги взглядом.

— Не знаю, милая. Еще рано об этом говорить. Пока он, слава Богу, выдержал операцию. — Она не стала уточнять, что, по словам сотрудницы больницы, отец дважды чуть не умер, а из машины его доставали целых два часа. — Он сильный и здоровый, и к тому же в прекрасной форме. Это ведь тоже имеет значение.

— А как это случилось? — смахнув рукой слезы, спросила Джейн.

— Я не знаю. Сказали только, что в его лимузин врезался автобус. Судя по всему, это была ужасная авария — ведь погибло одиннадцать человек. Будем благодарны за то, что твоего отца среди них не оказалось. — Джейн наконец вышла из комнаты, и Синди стала прикидывать, что взять с собой.

Однако, бросая в чемодан брюки, футболки и свитера, она думала только о Билле. Она была абсолютно уверена, что, став инвалидом, он не захочет жить. Она даже не знала, о чем сейчас молить Бога, так как ей трудно было представить, в каком Билл состоянии. Но делиться своими мыслями с девочками она не собиралась. Упаковав нижнее белье и обувь, Синди вдруг поняла, что не может разобраться в собственных чувствах. С мужем она прожила полжизни, и хотя любовь прошла, они все равно оставались друзьями. К тому же он был отцом ее детей. Да, в ее жизни были другие мужчины, она даже пару раз задумывалась о разводе, но ей никогда не приходило в голову, что Билл может умереть.

Внезапно Синтия вспомнила о том, каким он был в юности, как сильно она его любила и как счастливы они были, когда поженились. Пока она шла в ванную, все тридцать лет их совместной жизни пробежали у нее перед глазами. Встав под горячие струи душа, она подумала о том, что Билл больше никогда не сможет ходить, и не удержалась от слез.

В начале десятого они выехали в аэропорт. Синтия вела машину, девочки тихо съежились на заднем сиденье. Все молчали, погруженные в свои мысли. С собой они взяли совсем немного вещей, а одеты были в джинсы, тенниски и кроссовки — Синди сочла, что в больнице им так будет удобнее, как они выглядят, их вовсе не заботило. Девочки едва успели причесаться, и никто из них не притронулся к завтраку, который приготовила Джейн. Все думали только о Билле, боровшемся за жизнь в лондонской больнице. Когда их самолет оторвался от земли, самолет Гордона Форрестье уже находился в воздухе, недавно вылетев из парижского аэропорта имени Шарля де Голля.

В лондонской больнице никакого улучшения не наступило. Изабель и Билл находились в отдельных палатах отделения реанимации. За каждым следила целая бригада медиков. Состояние обоих даже немного ухудшилось. С трех часов пополудни у Изабель поднялась температура, сердце билось неровно, почки отказывали, а кроме того, наблюдался небольшой отек мозга. Тем не менее энцефалограмма показывала, что мозг нормально функционирует, поэтому врачи считали, что если Изабель выживет, она будет психически полноценной. Трудно было определить, что именно спровоцировало повышение температуры, к тому же Изабель находилась в глубокой коме, так ни разу и не придя в себя. С клинической точки зрения казалось невероятным, что она все еще жива.

Состояние Билла было ненамного лучше. К его шее прикрепили специальный стальной аппарат, на спину надели металлический корсет, и лежал он на доске, вместе с которой его и передвигали. Он тоже находился в коме.

— Его родные прилетят из Штатов около полуночи, — сообщила в шесть часов вечера одна из сестер своей сменщице. — Его жена звонила из самолета. Они уже в пути. — Сменщица кивнула и подрегулировала звук на мониторе. По крайней мере жизненные показатели более или менее в норме, не то что у его спутницы, которая постоянно находится между жизнью и смертью. — А к мадам Форрестье кто-нибудь приедет?

— Не знаю. По-моему, утром звонили в Париж, ее муж не сказал, когда приедет. Кэтрин его тон показался очень холодным — наверное, он был в шоке.

— Бедняга! Такие звонки обычно в кошмарных снах снятся, — с сочувствием заметила сестра. — Интересно, есть ли у нее дети? — Они не знали о пациентах почти ничего — известно было только их гражданство, имена ближайших родственников, ну и то, что случилось во время аварии. Никто не имел понятия, какое отношение они имеют друг к другу — то ли деловые партнеры, то ли родственники, то ли просто друзья. Главное, что сейчас они были пациентами отделения реанимации, отчаянно борющимися за жизнь. Говорили, что мадам Форрестье, видимо, придется снова оперировать — чтобы уменьшить внутричерепное давление. С минуты на минуту должен был появиться хирург и решить, что делать. В начале седьмого он действительно пришел, взглянул на мониторы, мрачно усмехнулся и решил подождать. Вряд ли она выдержит еще одну операцию, так что рисковать не стоит.

В начале восьмого, когда доктор уже ушел, в больнице появился Гордон. Тихо войдя в отделение реанимации, он назвал себя дежурному, и тот, кивнув, попросил проходившую мимо сестру проводить месье в палату. Ни слова не говоря, Форрестье с хмурым видом последовал за ней. Весь день он готовил себя к этому посещению и к ужасному виду Изабель, однако реальность превзошла его самые худшие ожидания. Он не узнавал свою жену. Все ее тело было забинтовано, везде виднелись какие-то провода, трубки и датчики. Единственное, что вообще можно было узнать, — это смертельно бледное лицо Изабель. Не пострадало как будто только оно.

Когда Гордон вошел в палату, возле больной стояли три женщины. Одна из них меняла капельницу, вторая смотрела на мониторы, третья проверяла зрачки, что делалось постоянно. От одной этой картины Гордону сразу стало дурно. К Изабель он не испытывал сейчас никаких чувств, кроме отвращения. Ему казалось, что это вовсе не она, а лишь ее пустая оболочка, которая ничего для него не значила. Он так молча и стоял у двери, пока одна из сестер не заметила его.

— Мистер Форрестье? — тихо спросила она. Гордон кивнул и откашлялся, но у него по-прежнему не нашлось нужных слов. Его смущало внимание присутствующих, и он совершенно не представлял, чего от него ждут. Что он бросится к постели и примется целовать ее пальцы или еще что-нибудь в этом роде? Но он не мог себя даже заставить подойти ближе. Созерцать Изабель было все равно что смотреть на ангела смерти, и это его пугало.

— Как она? — хрипло осведомился он.

— У нее высокая температура. Доктор только что ушел. Обсуждали новую операцию для уменьшения внутричерепного давления, но доктор посчитал, что такой нагрузки ей не выдержать, и решил подождать. Он обещал вернуться в десять.

— А если не делать эту операцию? Она лишится рассудка? — Гордон не мог себе вообразить Изабель, утратившую умственные способности. Если такое случится, спасать ее не имеет смысла. Она была красивой, умной и талантливой и, несмотря на все их разногласия, оставалась хорошей женой и хорошей матерью для его детей. Мысль о том, что она может превратиться в живой труп, вызывала у Гордона отвращение. Нельзя, чтобы дети видели ее такой. Да и он не в силах был жить с этим.

— Сейчас невозможно ничего прогнозировать, мистер Форрестье, хотя сканирование мозга дало обнадеживающие результаты. Еще слишком рано для каких-то выводов.

— Могу ли я поговорить с каким-нибудь врачом? — бесстрастно спросил Гордон. Сестра подумала, что он похож на дальнего родственника, пришедшего в больницу по обязанности.

— Я скажу дежурному хирургу, что вы здесь, — сказала сестра и вышла в коридор. Гордон Форрестье был ей неприятен. Человек, прилетевший из Парижа к своей чудом оставшейся в живых жене, казалось, вообще не испытывал никаких чувств. С такой толстокожестью ей до сих пор не приходилось сталкиваться.

Выйдя из палаты, Гордон медленно двинулся по коридору, ожидая появления врача. Прошло минут десять, прежде чем к нему подошел какой-то молодой хирург. Он подтвердил то, что уже было известно, и сообщил о серьезной опасности, которой по-прежнему подвергалась Изабель. По словам хирурга, рассматривается возможность еще одной операции, но ее желательно избежать. Все, что сейчас можно сделать, — это ждать, наблюдая за тем, как организм пациентки сам борется за жизнь. Хорошие новости, по-видимому, появятся не скоро. Правда, то, что Изабель вообще осталась жива, можно все же считать обнадеживающим признаком — увы, единственным.

— Мне очень жаль, мистер Форрестье. Но, учитывая характер аварии, это чудо, что они вообще выжили, — повторил врач. Гордон кивнул, и тут его внимание привлекла одна мелочь.

— Я думал, что водитель погиб.

— Да, погиб — мгновенно, как и шофер автобуса, и девять пассажиров.

— Но мне показалось, что вы сейчас сказали «они», — возразил Гордон.

— Правильно. С ней был еще один пассажир. Он тоже остался жив. У него иные проблемы, чем у вашей жены, но состояние не менее тяжелое. — Гордон кивал, не представляя при этом, что же делала Изабель в лимузине с чужим мужчиной, да еще в такое время. Она приехала в Лондон, чтобы посмотреть выставку в галерее Тейт и посетить некоторые другие музеи и выставочные залы. В этом Гордон не видел никакого вреда, но теперь в его душу закрались некоторые сомнения.

— Вы, случайно, не знаете, кто он? — небрежно осведомился Гордон. Лицо его оставалось бесстрастным.

— Нам известно его имя, и только. Это американец, зовут его Уильям Робинсон. По-моему, его родные сегодня прилетают. Они должны быть здесь около полуночи. — Гордон понимающе кивнул, одновременно пытаясь вспомнить, кто же такой Уильям Робинсон. Через мгновение в его мозгу словно что-то щелкнуло. Не тот ли это Робинсон, с которым он познакомился несколько лет назад, — крупная фигура в мире политики? Они старые друзья с американским послом в Париже. Да, но какие дела у него могли быть с Изабель? Он даже сомневался, что они знакомы: когда их с Робинсоном представляли друг другу в посольстве, ее вроде бы с ним не было. В общем, вся эта история по-прежнему представлялась Гордону сплошной загадкой.

— И какие у него перспективы? — маскируя свои подлинные мысли, озабоченно спросил он.

— Неизвестно. У него сломана шея и поврежден верхний отдел позвоночника. Есть также повреждения внутренних органов, но не такие серьезные, как у вашей жены.

— Видимо, она приняла на себя основной удар, — заметил Гордон, — хотя и ему тоже не слишком повезло. Его что, парализовало?

— Пока об этом судить нельзя. Он все еще без сознания.

Слушая врача, Гордон подумал, что оба могут умереть, так никому и не объяснив, почему оказались вместе той ночью. Сомнительно, чтобы это было простым совпадением. Допустим, у нее в Лондоне есть подруги юности, о которых Гордон не знает, и она из гостей ехала с Робинсоном в одном автомобиле. Но почему в такой поздний час она вообще куда-то ехала? Откуда они возвращались? Куда направлялись? Знакомы ли были раньше или только что познакомились? Все эти вопросы, на которые в ближайшее время не предвиделось ответа, не давали ему покоя. Он полагал, что хорошо знает Изабель, он был в этом абсолютно уверен. Она не из тех женщин, кто станет заводить любовника или просто тайно встречаться с мужчиной. И в то же время с Робинсоном они были в машине вместе, в два часа ночи, и о причинах этого оставалось только догадываться.

— Вы не хотите провести ночь здесь, в больнице, возле вашей жены? — спросил молодой врач, и Гордон поспешно покачал головой. Он ненавидел больницы и больных — они служили ему зловещим напоминанием о матери.

— Поскольку она без сознания, я не вижу смысла здесь находиться и мешать вашим сотрудникам. Я остановлюсь в гостинице, в «Клэридже», а вы, пожалуйста, сразу сообщите мне, если произойдут какие-либо изменения. Думаю, так будет лучше. Я очень ценю ваше время и то, что вы делаете для моей жены, — церемонно произнес он и чуть отступил. Было очевидно, что в больнице Форрестье чувствует себя скверно и не желает возвращаться в палату. — Перед тем как уехать, я к ней зайду. — Снова поблагодарив врача, он пошел по коридору, а когда поравнялся с палатой, в которой лежала Изабель, то обнаружил, что там находятся уже пятеро медиков. Так и не сделав попытки войти, Гордон бросил на них быстрый взгляд, повернулся и пошел к выходу. Он не поцеловал Изабель, не дотронулся до нее, даже не подошел к ее постели, а выйдя на улицу, жадно вдохнул в себя свежий воздух.

Он питал отвращение к больным и вообще к физической немощи — вот почему он почти не общался с Тедди. От лицезрения болезни ему становилось тошно, поэтому, поймав такси и назвав водителю адрес «Клэриджа», Гордон почувствовал громадное облегчение. Ему, конечно, было жаль Изабель, но он не мог заставить себя войти в палату и хотя бы дотронуться до ее руки. «Хорошо, что она ничего не чувствует, — подумал он, — и будет еще лучше, если она не станет живым трупом». Он не ощущал ни чувства утраты, ни отчаяния, ни страха. Лежащая на больничной койке Изабель была ему чужой. Она походила на безжизненную куклу, а вовсе не на ту женщину, с которой он прожил двадцать лет. Ее дух, казалось, уже отлетел. Единственное, что волновало Гордона, когда такси везло его в гостиницу, — это то, что она делала в лимузине в обществе Робинсона. Впрочем, ответ знала только она да еще, разумеется, сам Робинсон, который также не мог ответить ни на какие вопросы Гордона.

В гостинице портье принял из его рук дорожную сумку, в которой поместились пара рубашек и кое-какое белье. Он не собирался надолго здесь задерживаться. Следует оценить ситуацию, а через день-два вернуться в Париж. Ну а потом, если возникнет такая необходимость, он снова прилетит в Лондон. Хирург объяснил, что в коме она может пробыть несколько недель, а то и месяцев. О том, чтобы все это время торчать в Лондоне, не может быть и речи. Он должен вернуться домой, чтобы держать под контролем дела в банке и — ничего не поделаешь! — состояние Тедди. Возможно, придется разрываться между Лондоном и Парижем и каждые несколько дней летать туда-сюда. Впрочем, тогда, наверное, придется позвонить Софи в Португалию и вызвать ее домой. Она могла бы по крайней мере присмотреть за Тедди. Гордону не хотелось зря тревожить дочь, но после сегодняшнего посещения больницы он уже начал думать, что звонить ей все-таки придется. Нужно подготовить ее к возможной смерти матери.

Остановившись у стойки, Гордон спросил ключ от номера жены. Из своего кабинета сразу же вышел заместитель управляющего и начал говорить о том, как они все сожалеют о случившемся.

— Это была страшная авария. Какой ужас... такая милая женщина... когда нам позвонили из полиции... — На эту тему он распространялся несколько минут, а Гордон только согласно кивал. — Как у нее дела, сэр? — наконец участливо спросил заместитель управляющего.

— Не очень хорошо. — И тут он решил узнать побольше. — Очевидно, мистер Робинсон тоже получил серьезные ранения? — Он внимательно следил за реакцией молодого человека, но не обнаружил ничего нового — то же бесконечное сочувствие и непрерывное заламывание рук.

— Ужасно, ужасно! — вот все, что он сказал. Было неловко спрашивать его, почему постояльцы отеля вместе ехали в лимузине, и Гордон принялся придумывать тактичный вопрос, что оказалось не так-то просто сделать.

— Какая жалость, что они ехали вместе! — наконец без всякого сожаления промолвил он. — Робинсон — мой старый друг, должно быть, они здесь случайно встретились.

— Да, наверное, — кивнул заместитель управляющего. — По-моему, они вчера вечером вместе пили чай.

— А вы не знаете, куда они направлялись? — поинтересовался Гордон, но молодой человек только покачал головой.

— Я могу спросить дежурного, не делал ли он для них какие-то заказы. — Он ненадолго отошел, затем вернулся. — По словам дежурного, мистер Робинсон, как правило, ничего не заказывал, разве что машину, что он вчера и сделал. Но кажется, другой дежурный бронировал для них столик у Марка. У него сегодня выходной. Я уточню у него, когда он выйдет на работу, или, если хотите, могу позвонить в заведение. Какое несчастье, что водитель умер! Один из наших лучших работников, ирландец. Остались жена и четверо детей. Ужасная трагедия! — Он, очевидно, был искренне потрясен случившимся. Поблагодарив заместителя управляющего, Гордон взял ключ и поднялся на лифте наверх. Он все еще обдумывал слова о том, что вчера они вместе пили чай. Или они раньше познакомились где-то, или он только что ее подцепил. Его жена достаточно наивна, чтобы подружиться с таким вот типом, и чаепитие в холле — вещь достаточно безобидная, не то что ехать с мужчиной в лимузине в два часа ночи. Гордон все еще не мог представить, что она делала в обществе Билла Робинсона. Ему все это не нравилось, и, будь на месте Изабель любая другая женщина, он сделал бы вполне определенные выводы. Но дело касалось Изабель, и причина, по которой она оказалась в машине с Робинсоном, могла быть самая дурацкая. Все еще размышляя об этом, Гордон вошел в ее номер.

Здесь все выглядело так, словно она на минуту вышла. На столике возле раковины лежала косметичка, ночная рубашка висела на крючке в ванной, одежда была аккуратно сложена в гардеробе, а на письменном столе красовалась кипа буклетов и брошюр из музеев и выставочных залов. Рядом с ними лежала пачка спичек из бара «У Гарри», а так как Изабель не курила, это выглядело довольно странно. Что вообще она делала в таком месте? Рядом с этими спичками Гордон вдруг увидел еще одну пачку — из «Аннабелз». И тут он почувствовал, что его охватывает гнев. Вероятно, вечер с Биллом Робинсоном проходил вовсе не так невинно, как ему это представлялось. Уж не с ним ли она была во всех этих местах? Оглядевшись в поисках новых улик, Гордон, однако, не заметил ни мужской одежды, ни записок, ни букетов цветов с карточками — только пачки спичек из двух модных заведений, которые Изабель, вероятно, захватила с собой в качестве сувениров. Возможно, Робинсон и вправду пытался ее подцепить, и она не устояла, но за то, что произошло между ними, прошлой ночью оба заплатили дорогую цену. Гордон не мог не задуматься, что значила для них эта связь и была ли она вообще. Опустив спички в карман, он сел, еще раз огляделся по сторонам и вызвал официанта, чтобы заказать себе выпивку.

Когда Синтия Робинсон с дочерьми сошли с самолета, в Лондоне была половина двенадцатого ночи. В самолете девочки спали, во всяком случае, дремали, но Синтия на время полета целиком погрузилась в свои мысли. Она только сейчас начала осознавать произошедшее с Биллом. Ей не терпелось его увидеть. Возможно, если очень повезет, он выйдет из комы к тому моменту, когда они приедут в больницу, а может, если очень-очень повезет, переломы шеи и позвоночника все-таки не сделают его инвалидом.

За полчаса они прошли таможню, машина из «Клэриджа» уже ждала снаружи. Из аэропорта они поехали прямо в больницу и прибыли туда в час ночи. Даже в столь позднее время в отделении реанимации кипела жизнь — туда только что привезли четверых новых пациентов. Синтия без проблем свела знакомство с медсестрами и нашла врача, с которым можно было поговорить о Билле, — подобные вещи ей всегда отлично удавались.

Тот же самый молодой хирург, который недавно разговаривал с Гордоном, усадил ее в холле и подробно обо всем рассказал. Оливия и Джейн сидели рядом и внимательно слушали. Билл все еще находился в коме, никаких улучшений пока не наблюдалось. Более того, в области позвоночника образовалась опухоль, которая давит на поврежденные нервы. К тому времени когда доктор закончил свои пояснения, стало ясно, что перспективы у Билла весьма неважные. А когда Синтия его увидела, ей и вовсе стало дурно. На шее красовалось какое-то жуткое приспособление, тело было заключено в корсет, а то, что виднелось, покрыто ссадинами и синяками. Мониторы непрерывно пищали, возле постели дежурила целая бригада медсестер, а лицо Билла было таким бледным, что девочки, увидев его, сразу заплакали. Все те эмоции, которые до сих пор Синди тщательно подавляла, вдруг разом прорвались наружу, на глаза навернулись слезы. Лежавший перед ней еле живой Билл снова для нее превратился в мальчика, в которого она была влюблена в колледже. Собрав все силы, Синди постаралась взять себя в руки, чтобы послужить хоть какой-то опорой девочкам.

Джейн и Оливия, обнявшись, стояли в углу комнаты и молча плакали. Медленно подойдя к кровати, Синди взяла мужа за руку. В воздухе стоял густой запах дезинфекции, к обнаженной груди Билла были прикреплены какие-то датчики.

— Привет, детка! — борясь со слезами, прошептала она. — Это я, Синди. — Она снова почувствовала себя девчонкой. Ей вспомнилось, как они познакомились, их свадьба, день, когда она сказала ему, что беременна. И вот теперь он лежит здесь, совершенно беспомощный, а значит, их жизнь навсегда изменилась, и трудно представить, что она когда-нибудь снова войдет в норму. Внезапно Синди поняла, что не хочет, чтобы Билл умер, даже если он станет инвалидом. Ей все равно, в каком он будет состоянии, она просто не хочет его терять. Впервые за многие годы она осознала, что все еще любит его. — Я люблю тебя, — повторяла она снова и снова, — ты должен открыть глаза. Здесь девочки, они хотят поговорить с тобой, милый.

— Он вас не слышит, миссис Робинсон, — мягко сказала одна из сестер.

— Это еще неизвестно! — отрезала Синди. С ней и в лучшие времена было трудно спорить, а уж сейчас подавно. Кроме того, ей не раз рассказывали о людях, лежавших в коме, которые слышали то, что говорили окружающие. Поэтому Синтия продолжала говорить с Биллом, пока подошедший через два часа доктор не предложил ей с девочками поехать в отель, а утром вернуться — все равно в ближайшее время состояние ее мужа вряд ли изменится.

— А не лучше ли мне остаться с ним? — засомневалась Синди. Она приехала сюда из Коннектикута не для того, чтобы сидеть в «Клэридже». Кроме того, она не вполне доверяла медикам и хотела сама убедиться в том, что они делают все возможное. Правда, первое впечатление об их работе у нее сложилось самое благоприятное.

— Поверьте мне: вам нужно отдохнуть. Если в его состоянии произойдут какие-нибудь изменения, мы вам немедленно сообщим, — пообещал доктор. Он понимал, что с этой женщиной следует быть предельно откровенным. Она хотела знать абсолютно все, и никак не меньше. Чтобы убедить ее уехать, понадобилось еще полчаса. Когда семейство Робинсон отбыло (водитель все это время дожидался их внизу), было уже четыре часа утра и девочки падали с ног от усталости.

Синтия заказала в «Клэридже» номер для Оливии и Джейн, а сама решила остановиться в апартаментах Билла.

Открыв дверь ключом, который ей дал портье, она испытала то же странное ощущение, что и Гордон, когда он впервые вошел в номер Изабель. Билл, казалось, на минуту куда-то отлучился и должен был вот-вот вернуться. На полу стоял его кейс, на столах лежали деловые бумаги и стопка брошюр из различных музеев и выставочных залов. Это ее удивило: откуда у него взялось время на посещение музеев? Здесь же лежало с полдюжины счетов, в том числе из бара «У Гарри» и «Аннабелз». Последнее обстоятельство не вызвало у Синди никаких подозрений, поскольку она знала, что Билл ходит туда с друзьями и коллегами. Надев его пижаму, она снова не смогла сдержать слез, а когда позвонила девочкам, чтобы узнать, как они устроились, то услышала их всхлипывания. Это был тяжелый день, а увидев своего отца в таком состоянии, девочки испугались больше, чем их мать. Билл выглядел ужасно, после такого зрелища было трудно надеяться на лучшее.

Сердце Синтии не выдержало, она накинула поверх пижамы купальный халат и направилась к ним в номер. Она только хотела обнять дочек и немного подбодрить, но вместо этого просидела с ними полчаса. Когда она наконец вернулась в номер, было уже почти пять часов утра. Лежа на его кровати, Синди плакала, уткнувшись в подушку, которая все еще пахла Биллом, и до шести утра пятницы так и не смогла заснуть.

Проснувшись, она сразу же позвонила в больницу, и ей сообщили, что за ночь никаких изменений не произошло. Состояние немного стабилизировалось, но Билл по-прежнему оставался без сознания. Было уже одиннадцать, и Синди чувствовала себя так, будто ее всю ночь били свинцовыми трубами. Осторожно заглянув к девочкам, она обнаружила, что те все еще спят. Вернувшись в свой номер, она приняла ванну и оделась и к двенадцати часам была уже готова ехать в больницу. Ей не хотелось будить дочерей, и она оставила им записку, в которой пообещала позвонить им и сообщить о состоянии отца. Спустившись к ожидавшей ее машине, она дала водителю адрес больницы. Всю дорогу он только и говорил, что о происшедшей аварии. Как оказалось, погибший шофер был его лучшим другом. Водитель выразил Синтии свое сочувствие, и она его поблагодарила.

Приехав в больницу, она не обнаружила никаких перемен и, немного побыв с Биллом, вышла в коридор — Синтия хотела побеседовать с лечащим врачом. Через некоторое время мимо прошел какой-то высокий мужчина в дорогом костюме. От него веяло властностью, и это сразу привлекло внимание Синди. Подойдя к сидящим за стойкой сестрам, он что-то у них спросил. Они отрицательно покачали головами, и мужчина с мрачным видом направился в дальний конец коридора — туда, где находилась палата Билла.

Позднее Синтия увидела его стоящим с одним из врачей. Потом незнакомец снова ушел, но у Синтии успело создаться впечатление, что он тоже интересуется состоянием какого-то пациента. Казалось, в отделении реанимации он чувствует себя крайне неуютно, ему явно было не по себе.

Синтия не знала, что Изабель стало хуже и Форрестье только что сообщили: состояние его жены критическое. Оперировать снова ее не решались, было ясно, что операции она не выдержит. Гордон вернулся в гостиницу, позвонил на службу и стал ждать дальнейших известий. Секретарю он сказал, что останется в Лондоне на выходные, но не объяснил почему, затем позвонил домой, чтобы узнать о состоянии Тедди. Ни сыну, ни сиделке он и словом не обмолвился о случившемся. Внезапно свалившаяся на него ответственность очень пугала Гордона — ведь домашние дела его никогда не касались.

Мальчику он сообщил только, что в выходные не приедет и что сейчас находится в Лондоне — с мамой.

— Мама собиралась вчера приехать домой, — разочарованно произнес Тедди. — Почему она осталась?

— Потому что у нее есть здесь кое-какие дела, вот почему! — отрезал Гордон, но его грубость нисколько не удивила мальчика: отец всегда обращался с ним не слишком ласково.

— Мы с ней давно уже не разговаривали. Ты не попросишь ее позвонить мне? — жалобно произнес Тедди, и это окончательно взбесило Гордона. Его нервы и без того были на пределе, а тут он еще не мог отыскать правдоподобную причину, почему Изабель не может позвонить сыну.

— Она сделает это попозже. Мы с ней сейчас заняты, — солгал он, считая, однако, что поступает правильно. Тедди слишком слаб, чтобы услышать правду о произошедшем, тем более по телефону. Если в конце концов придется ему все рассказать, Гордон сделает это лично и в присутствии врача. Софи он пока не звонил, ожидая дальнейшего развития событий. Не стоило пугать детей, а если Изабель умрет, не приходя в сознание, то Софи и вовсе незачем ее видеть. Это решение Гордон принял сегодня утром.

— Передай маме, что я ее люблю, — сказал Тедди, когда отец решил закончить разговор. Беседа не доставила Гордону никакого удовольствия. Ему не хотелось ни обманывать сына, ни говорить ему о том, что случилось с Изабель.

Вскоре после этого он вернулся в больницу. С видом мученика стоя в самом дальнем углу палаты, он наблюдал за суетой медиков. В отличие от Синтии Робинсон он и близко не подходил к кровати. Испытываемое им отвращение было слишком велико — он просто не мог заставить себя совершить этот подвиг.

— Вы не хотите остаться с женой наедине? — мягко спросила его одна из сестер. Гордон выглядел таким несчастным, что ей стало его жалко.

— Нет, спасибо, — без промедления ответил Гордон. — Она ведь все равно меня не услышат. Я лучше пойду в комнату ожидания, пожалуйста, сообщите, если я понадоблюсь. — С этими словами он поспешно удалился и отправился туда, где уже сидели Оливия и Джейн, вскоре к ним присоединилась и Синтия. Гордон не имел понятия, кто они такие, да и не интересовался этим, и сильно удивился, когда незнакомая женщина ему улыбнулась. Вид у нее был бледный и усталый, но в глазах светилось сочувствие.

— Мне очень жаль, что так случилось с вашей женой, — произнесла она. Из разговоров, которые вели между собой сестры, она поняла, что жена этого господина находится в еще более тяжелом состоянии, чем Билл. Правда, этим ее сведения исчерпывались.

— Благодарю вас, — отрывисто бросил Гордон, не желая заводить знакомств в отделении реанимации. Находиться здесь ему было невмоготу. Гордон уже подумывал о том, чтобы уехать в «Клэридж», — больше ему все равно некуда было деваться. Но тут, к его изумлению, Синтия протянула ему руку и представилась. Судя по говору, он американец, оба находятся далеко от дома и в отчаянной ситуации, так к чему условности? Кроме того, она чувствовала, что между ними существует какая-то странная связь.

— Меня зовут Синтия Робинсон, — промолвила она. Одна из ее дочерей спала, другая углубилась в чтение журнала, который купила в вестибюле. Никто из них не обращал на незнакомца ни малейшего внимания. Услышав фамилию Робинсон, он изумленно раскрыл глаза, и от внимания Синтии это не ускользнуло. — Я здесь из-за мужа. Он два дня назад попал в автомобильную катастрофу. Мы с девочками прилетели сюда только прошлой ночью. — Слушая ее, Гордон думал о том, полностью ли она разбирается в обстановке. Если да, то, стало быть, странная ситуация ее не смущает. Единственное, что, по-видимому, ее беспокоит, — это состояние мужа. А вот Гордона гораздо больше интересовало, что свело ее мужа с его женой.

— Я полагаю, вы в курсе: моя жена была в машине вместе с вашим мужем, когда в них врезался автобус, — решился на откровенность он. У Синтии после этих слов стал такой вид, будто автобус врезался в нее. По выражению ее лица Гордон понял, что ей никто не сообщил об Изабель.

— Что вы имеете в виду? — после долгого молчания наконец выговорила Синди. Она побледнела еще больше.

— Именно то, что сказал. Они были вместе в лимузине. Не имею понятия почему, зачем и не знаю, где они познакомились. Лично я встречал вашего мужа в Париже несколько лет назад, но не помню, присутствовала ли при этом моя жена. В среду они вместе пили чай, а потом она вместе с ним оказалась в лимузине. Сейчас она пребывает в тяжелейшем состоянии, не выходит из комы, так что есть шанс никогда не узнать, что их объединяло. Насколько я понимаю, мистер Робинсон тоже не в состоянии ничего объяснить.

Синтия ошеломленно смотрела на него с таким видом, будто ее только что ударили по щеке — причем очень сильно.

— Нет, мне не говорили. Я думала, что он был один, то есть с водителем.

— Увы, это не так. Моя жена приехала сюда из Парижа посмотреть художественную выставку — она вообще интересуется искусством. Но чем она занималась в Лондоне помимо этого, мне неизвестно. — Синтия вдруг вспомнила те брошюры, которые видела в номере Билла. — Ваш муж когда-нибудь о ней упоминал? Ее зовут Изабель Форрестье. — Гордону было неловко говорить с незнакомкой на эту тему, но ему требовалось получить ответы на возникшие вопросы, а сидящая перед ним женщина могла пролить какой-то свет. Но Синтия только покачала головой. Она знала еще меньше, чем он.

— Я никогда раньше не слышала это имя. Я даже не предполагала, что он сейчас в Лондоне. Последний раз, когда я с ним разговаривала, он находился в Нью-Йорке. Но мы сейчас не слишком близки, — тихо добавила она.

— Вы разведены? — спросил заинтригованный Гордон.

— Нет, но он много разъезжает и очень независим, — ответила Синтия. Не сообщать же этому чужому мужчине, что от ее брака давно осталась одна видимость.

— А вот моя жена почти не путешествует. У нас сын-инвалид, за которым она ухаживает в течение вот уже четырнадцати лет, так что она редко выходит из дома. Эта поездка была первой за долгие годы. Я думаю, все было вполне невинно. Скорее всего они познакомились в «Клэридже», возможно, в вестибюле. Вряд ли нам стоит делать какие-то далеко идущие выводы. Правда, вызывает удивление, что они оказались вместе в машине в два часа ночи. — Он разговаривал как будто сам с собой.

— Да, это действительно кажется странным, — задумчиво произнесла она. Было более чем вероятно, что Билл завел себе любовницу. За последние годы у нее самой было несколько любовников — ведь они много лет не вели супружеской жизни. Однако жена Гордона Форрестье никак не вписывалась в образ искательницы романтических приключений. Тут она заметила, что обе дочери с интересом прислушиваются к их беседе. — Жаль, что мы не можем их спросить, — промолвила Синтия, брошюры по искусству не выходили у нее из головы. Тут ей вспомнились счета из «Аннабелз» и бара «У Гарри». Возможно, эта женщина не так уж невинна, как представляется ее мужу, пусть даже у нее есть сын-инвалид.

— Если они умрут, мы никогда не узнаем ответ, — резко бросил Гордон.

— Если бы не авария, мы бы вообще ни о чем не узнали. Наверное, следует просто смириться с этим, — тихо произнесла Синтия. Она даже не была уверена, хочет ли разгадки тайны. Ведь и раньше были вопросы, на которые ей не хотелось отвечать, и вопросы, которые она не желала ему задавать. Сейчас, когда Билл отчаянно боролся за жизнь, тем более не следовало заглядывать в некоторые темные уголки их совместной жизни. Однако Гордон, которого загадка явно беспокоила, видимо, так этого не оставит.

— Вероятно, больше некому нас просветить, — задумчиво проговорил он.

— Мне кажется, нам нужно просто оставить все как есть и не искать никаких ответов. Главное, чтобы они выжили, а что случилось раньше, возможно, и не наше дело.

— Это очень благородно с вашей стороны, — недовольно поморщился Гордон. Он хотел знать наверняка, не обманывала ли его Изабель, — теперь он уже не был так уверен в ее верности.

— Мой муж — очень скрытный человек. Что бы ни случилось, он не станет афишировать свою личную жизнь.

— Не верю, что моя жена могла состоять в связи с каким-то мужчиной, — покачал головой Гордон, скорее отстаивая свою честь, чем репутацию Изабель, что сразу поняла Синтия. — Я убежден, что здесь есть какое-то совершенно невинное объяснение.

— Надеюсь, что так, — тихо сказала она и, решив окончательно объяснить Форрестье свою позицию, взглянула ему прямо в глаза. — Думаю, вы должны знать: я не собираюсь требовать никаких объяснений.

— А я намереваюсь расспросить жену, когда она выйдет из комы.

— Зачем? — к удивлению собственных дочерей, осведомилась Синди. — Какое это имеет значение? А если они умрут, нам это будет и вовсе ни к чему.

— Я должен быть уверен. Если она по отношению ко мне вела себя нечестно, я имею право об этом знать — так же, как и вы. А если они невиновны — тем более надо снять с них подозрения.

— Судить мужа — вовсе не мое дело. Он взрослый человек. Если у него была связь с вашей женой, естественно, это меня не обрадует, но в жизни есть и более страшные вещи.

— Я не разделяю вашей точки зрения, миссис Робинсон, — с неприязнью промолвил Гордон. Что же у них за семейная жизнь? Правда, по сути дела, она мало отличалась от его собственной, но он никогда никому не признался бы, что его брак давно превратился в фикцию. Если бы Изабель завела себе любовника, в этом не было бы ничего удивительного. Она молода и привлекательна, а насколько она одинока, Гордон представлял лучше всех — ведь он сам был тому причиной. Именно поэтому он и хотел понять, предала ли она его или просто по глупости отужинала с незнакомцем. В любом случае отступать было уже поздно. Где же они могли находиться в такое время? Допустим, днем или вечером они могли посетить какую-то выставку, но ведь не в два часа ночи!

Синтия ушла в палату к Биллу, девочки же молча на него смотрели. Через несколько минут, не выдержав, он подошел к стойке и сообщил дежурной, что возвращается в «Клэридж», где будет ждать их звонка. Он был сыт по горло больницей, и ему не нравилась Синтия Робинсон и ее слишком либеральное отношение к мужу. Вероятно, он регулярно ее обманывает, и она ничего против этого не имеет. Гордон не сомневался, что и она тоже наставляет ему рога.

Синтия тем временем со слезами на глазах стояла возле постели Билла, сердце у нее ныло. Пусть Гордон Форрестье уверяет себя, что между Биллом и Изабель ничего не было, но в глубине души Синтия в это не верила. Неужели она окончательно его потеряла? Она слишком долго относилась к нему с безразличием, иногда даже с жестокостью, вела себя с ним предельно холодно, чересчур критично относилась к тому, чем он занимался. Она давно не желала принимать участие в его жизни, но теперь, уже, возможно, потеряв его навсегда, Синтия хотела сказать Биллу, что все еще любит его. До вчерашней ночи она сама об этом не подозревала, а потом ее словно осенило, и он тоже должен об этом узнать. И еще она осознала, что потеряла его по собственной дурости и сама во всем виновата. Только сейчас Синди наконец поняла, как глупо вела себя все эти годы.

Глава 5

Вечер пятницы Гордон провел в «Клэридже», читая книгу, которую купил по дороге в гостиницу. Ему совершенно нечего было делать, а книга отвлекала от неприятных мыслей. В принципе можно позвонить лондонским друзьям, но он пока не хотел никому говорить об аварии, ожидая какой-то определенности. Вечером, перед тем как лечь спать, он позвонил в больницу, но ничего нового ему не сообщили. Улучшения не наступило, Изабель просто не стало хуже. Гордон подумал было съездить навестить ее, но, представив жену в ее теперешнем состоянии, немедленно от этой мысли отказался, хотя никому бы не признался, до чего отталкивает его нынешний вид Изабель.

Синтия все еще сидела с Биллом. Девочки уехали в «Клэридж», но она решила остаться. Время от времени она подходила к сестринскому посту, чтобы подкрепиться чашкой кофе. Там ее встречали очень приветливо, но Синди было о чем поразмыслить, и она предпочитала уединение. Глядя на бледное лицо мужа, она думала, сможет ли когда-нибудь сказать ему то, что хотела. Ей было что объяснять и было за что извиняться. Она догадывалась, хотя речь об этом никогда не заходила, что он был в курсе всех ее связей, — в некоторых случаях она даже не слишком их скрывала.

А вскоре, окончательно махнув рукой на свой брак, она пустилась во все тяжкие. Сейчас Синди даже не могла вспомнить, почему столь решительно оттолкнула мужа. Наверное, она просто завидовала той интересной жизни, которую он вел. Зависимость от Билла тяготила ее, и, вероятно, таким образом она пыталась доказать, что в нем не нуждается. К тому же он все время был очень занят и много разъезжал, и Синтия частенько чувствовала себя брошенной. Ее не устраивала роль домохозяйки с двумя детьми, она желала сделать свою жизнь более яркой. Но похоже, средства для этого применяла негодные, и сейчас ее больше всего волновало, можно ли еще что-то исправить.

Было уже около полуночи. Погруженная в свои мысли, Синтия сидела в углу палаты, и тут ей вдруг почудилось, что Билл пошевелился.

Вскочив, она подбежала к нему. Его ресницы дрожали. Через несколько минут вернулись сестры, которые ненадолго отошли, чтобы принести новую капельницу. Заметив возле кровати Синтию, они сразу взглянули на мониторы, но там не было никаких изменений.

— Все в порядке, миссис Робинсон? — спросила одна из них, прилаживая на стойку новую емкость.

— Кажется... я не уверена... может, это звучит нелепо, но мне почудилось какое-то движение.

Сестры внимательно посмотрели на пациента, но ничего нового не обнаружили. Тогда они снова занялись датчиками и мониторами, показания которых в последнее время несколько стабилизировались. После аварии прошло ровно сорок восемь часов, Синтия же провела здесь уже сутки, которые показались ей вечностью.

Старшая медсестра поправила датчик, следящий за работой сердца, и на этот раз сама почувствовала, как шевельнулась левая рука Билла. Тогда она направила тонкий лучик света на его глаза, и он слабо застонал, словно от боли. После аварии он впервые издал какой-то звук.

— Боже мой! — прошептала Синтия, когда он застонал, и глаза ее наполнились слезами. Она коснулась его пальцев, и ресницы Билла снова задрожали. Сестра нажала кнопку вызова дежурного врача, и через несколько секунд тот был уже на месте.

— Что случилось? — войдя в палату, спросил доктор, выглядевший довольно уставшим. — Есть какие-то изменения?

— Он два раза застонал, — сообщила сестра.

— А мне показалось, что минуту назад он шевельнул рукой, — добавила Синтия.

Доктор сам посветил Биллу в глаза. Билл опять застонал, и врач вопросительно посмотрел на сестру. Она в ответ кивнула. Пожалуй, еще рано сообщать об этом его жене, но, кажется, пациент возвращается к жизни. За прошедшие двое суток это первый всерьез обнадеживающий признак.

— Билл, ты меня слышишь? Это я, я с тобой... Я люблю тебя, милый. Ты можешь открыть глаза? Я хочу тебе кое-что сказать. Ты так долго не приходил в себя...

На этот раз он чуть дернул плечом и снова издал какой-то звук.

— Мистер Робинсон, сейчас я коснусь вашей руки. Если вы меня слышите, попытайтесь как можно сильнее сжать мой палец. — Врач низко наклонился над Биллом. Вложив палец в его руку, он стал ждать. Сначала ничего не происходило, затем медленно, очень медленно, пальцы Билла обхватили палец доктора. Было совершенно очевидно, что он услышал обращенные к нему слова и понял их.

— Боже мой! — Слезы текли по лицу Синди. — Ты слышишь меня, милый? Я здесь... пожалуйста, открой глаза...

В лице Билла ничто не изменилось, но потом он вроде бы нахмурился, медленно-медленно приоткрыл рот и провел языком по запекшимся губам. Все происходящее походило на чудо.

— Очень хорошо, мистер Робинсон, — сказал врач. — А теперь, пожалуйста, еще раз сожмите мой палец.

На этот раз стон Билла явно выражал недовольство, но он все-таки выполнил то, о чем его просили. Сестры и доктор обменялись торжествующими взглядами. Он возвращается. Пока невозможно определить, насколько он воспринимает окружающее, но реакция на внешние раздражители несомненна. Синтии хотелось запрыгать, что-то победное закричать, броситься Биллу на шею, но она осталась там, где стояла, — она боялась сглазить.

— Может, если очень постараться, вы откроете глаза, мистер Робинсон? Я был бы вам за это очень благодарен, — продолжал подстрекать его доктор.

Билл не отвечал, и Синтия уже испугалась, что он снова провалился в небытие. Тогда врач дотронулся до его ресниц, как бы напоминая о просьбе, и Билл, тихо вздохнув, открыл оба глаза.

— Ну, здравствуйте! — улыбнулся ему молодой врач. — Рад видеть вас, сэр.

Билл издал что-то вроде «хм-м», и веки его снова опустились, но секунду или две он все-таки смотрел прямо на доктора.

— Не хотите попробовать еще раз?

Билл громко застонал, что явно означало «нет», но через минуту все же подчинился.

— Нам очень хотелось вас увидеть, — с улыбкой объяснил ему доктор. Окинув взглядом палату, Билл заметил Синтию и, кажется, смутился.

— Привет, детка! Я здесь, я люблю тебя. Все будет хорошо.

И тут он снова закрыл глаза, как будто устал. Мгновение спустя Билл погрузился в сон — ему снилась Изабель.

Тем не менее произошло важное событие, у всех был радостный вид.

— Объясните же, что это значит? — выйдя из палаты вслед за доктором, спросила Синтия. От волнения она дрожала с головы до ног.

— Это означает, что он выходит из комы, хотя до выздоровления все еще далеко, — радуясь за нее, ответил молодой врач. — Это очень обнадеживающий признак.

— Он может говорить?

— Я уверен, что сможет. Больше всего пострадали шея и позвоночник, а сотрясение мозга двое суток продержало его в коме. Теперь его мозг должен адаптироваться к существующему положению. Когда он снова очнется, то скорее всего заговорит. Его организм перенес громадный шок. Это все равно что ветер сбил бы вас с ног, только с тысячекратной силой. За его речь я не беспокоюсь. — Доктора беспокоило все остальное. В будущем главной проблемой станут позвоночник и, конечно, ноги. А вот то, что Робинсон может двигать руками, очень хороший признак. — Он сейчас проспит несколько часов, а утром посмотрим на его движения. Думаю, вам нужно поехать в гостиницу и поспать, миссис Робинсон. Завтра предстоит еще один трудный день.

Но Синди была слишком возбуждена, чтобы уехать.

— А вдруг он снова очнется? Мне хотелось бы при этом присутствовать.

— От таких усилий он наверняка страшно устал. Для него это все равно что взойти на Эверест. Сейчас он достиг только первого базового лагеря, а в ближайшие недели предстоит еще взобраться ой как высоко! — Возможно, восхождение продлится и ближайшие несколько лет, но этого врач ей не сказал. Впереди долгий путь, хотя медиков весьма воодушевило то, что они сегодня наблюдали.

— Ладно, — согласилась Синтия. — Наверное, мне и в самом деле лучше вернуться в гостиницу. — Она уже несколько часов не видела дочерей. Они собирались заказать ужин в номер и до ее возвращения смотреть телевизор. Синтия обещала им позвонить, как только вернется к себе. Ей не терпелось сообщить девочкам о том, что произошло. Когда она, вернувшись в «Клэридж», это сделала, Оливия вскрикнула от радости, а Джейн даже затанцевала.

— Боже, мама, как это замечательно! Он что-нибудь сказал?

— Нет, просто пару раз открыл глаза и застонал. Еще он дважды сжал палец доктора и явно заметил меня. Но потом папа снова заснул. Доктор считает, что утром он заговорит. А сестра утверждает, что если он пришел в сознание, то дальше будет быстро выздоравливать.

На следующее утро, когда они приехали в больницу, Билл лежал с открытыми глазами и недоуменно разглядывал комнату.

— Привет, соня! — мягко проговорила Синди, подойдя к его кровати. — Мы целую вечность прождали, пока ты проснешься. — Билл заморгал, словно приветствуя ее, но вид у него был разочарованный, как будто вместо Синди он ожидал увидеть кого-то другого. — Ты сегодня чувствуешь себя лучше? — Он снова заморгал. Синди нежно дотронулась до его лица. — Я люблю тебя, Билл. Ты нас так перепугал... Но теперь все будет хорошо. — Несколько мгновений он неотрывно смотрел на нее, затем опять, как вчера, облизнул губы и закрыл глаза. Сестры на несколько минут оставили их одних, предупредив, чтобы она обращала внимание на датчики. — Может, тебе чего-нибудь надо? — спросила Синди, когда он вновь открыл глаза. У Билла был беспокойный вид, словно он хотел что-то сказать, и Синди нагнулась пониже, чтобы лучше слышать. Он действительно раскрыл рот, но не издал ни звука. — Чего ты хочешь, милый? Можешь говорить? — Она общалась с ним как с ребенком, а Билл явно стеснялся, что у него ничего не получается. Он долго молчал, словно собираясь с силами, а Синтия безостановочно говорила и говорила. — Девочки тоже здесь, — щебетала она. — Они приехали со мной в Лондон. — Он заморгал в знак того, что понял, и нахмурился, изо всех сил пытаясь разомкнуть челюсти. «Возможно, зажим на шее причиняет ему боль, — подумала Синтия. — Впрочем, непохоже, что у Билла сейчас что-то сильно болит».

— Где... — наконец прошептал он, в то время как Синтия терпеливо ждала. Пока он произнес следующее слово, прошла целая вечность. — Из... за... бель? — глядя на жену, с огромным усилием выговорил он. Синтия не могла понять, узнает ли он ее, — все внимание Билла было сейчас отдано женщине, которая ехала с ним в машине. Слова мужа — первые после катастрофы — поразили Синди в самое сердце; больше ей уже ничего не требовалось узнавать.

— Она жива, — тихо ответила она. — Я спрошу у сестры, как она себя чувствует.

В ответ он дважды моргнул, словно благодаря, и закрыл глаза. Когда мгновение спустя Синтия вышла в коридор, дочери накинулись на нее с расспросами:

— Ну как он, мам? Папа что-нибудь сказал?

— Ему явно лучше. Да, он пытается говорить. Я сообщила ему, что вы здесь. — Слова Билла совершенно потрясли Синтию. Вероятно, Изабель действительно много для него значит — ведь не из простого любопытства он сразу спросил именно о ней.

— И что же он сказал? — Девочки были в восторге от того, что их отец пришел в сознание.

— Он дважды моргнул, — с улыбкой, за которой она пыталась скрыть боль, сообщила Синди.

— И все? — разочарованно произнесла Джейн, которая внешне очень походила на мать. Оливия же являлась точной копией Билла.

— Он произнес пару слов, но пока и это для него слишком тяжело. Он сейчас отдыхает. — Пообещав девочкам, что через минуту вернется, она подошла к стойке. — Как там миссис Форрестье? — тихо спросила Синтия. Она сообщит Биллу о состоянии его спутницы. Даже если они с Изабель просто друзья, он имеет на это право. В конце концов, они вместе прошли через настоящий ад.

— Боюсь, не очень хорошо. Все примерно так же. Прошлой ночью у нее опять поднялась температура. Сейчас с ней муж.

— Она в сознании? — уточнила Синтия.

— Нет, но это неудивительно, учитывая ее ранения и перенесенную операцию.

Синтия поблагодарила сестру и направилась в палату Билла, который спал, тихо похрапывая во сне. Однако, словно почувствовав ее появление, он вдруг зашевелился и открыл глаза. Он только что снова видел во сне Изабель — как и в прошедшие дни.

— Я спросила насчет Изабель. С ней все то же самое. Она в коме, но есть надежда, что она все-таки придет в сознание.

Он заморгал в ответ, словно пытаясь кивнуть, и после долгой паузы снова стал выдавливать из себя слова.

— Сппп... асибо... Синнн... Я... ппринял... тттебя... за нее, — наконец выговорил Билл, в изнеможении закрыл глаза и снова погрузился в сон. Он не имел желания общаться с женой.

— Ты не хочешь увидеть девочек? — потревожила его сон Синди, и Билл три раза моргнул. — Я сейчас их приведу, — улыбнулась она, — они здесь, в холле. — Когда дочери вбежали в палату, Билл тоже улыбнулся. Да и слова давались ему с меньшими усилиями, чем раньше. К нему постепенно возвращалась способность говорить, а сознание его, несомненно, было совершенно ясным.

— Я... люблю... вас, девочки...

— Мы тоже тебя любим, папа, — ответила Оливия, а Джейн наклонилась и поцеловала его руку, к которой была прикреплена капельница. Датчики и трубки по-прежнему облепляли его с ног до головы, но девочки чувствовали себя уже гораздо увереннее.

— Моллодцы... ддевочки, — сказал он Синтии, когда дочери ушли.

— Ты и сам молодец, — удивив его, произнесла жена. — Ты нас здорово напугал, — продолжала Синтия. — Ты помнишь, что с тобой случилось? — Она только сейчас сообразила, что он может этого и не знать.

— Нет. — В памяти остался только вечер, который он провел с Изабель.

— В твой лимузин врезался автобус. Спасатели потратили два часа, чтобы извлечь вас оттуда.

— Я... боялся... что... она... умерла, — с трудом выговорил он, и у Синди мелькнула мысль, что по меньшей мере странно обсуждать подобные вещи с собственной женой. Билла это, однако, нисколько не смущало.

— По-моему, она была к этому очень близка. — Она не стала говорить ему, что Изабель в любую минуту может умереть. — Ее муж сейчас с ней, здесь. — Слова прозвучали как предупреждение о том, что пора вернуться к реальной жизни. У Изабель есть муж, а у него — две дочери и жена. И как бы он ни любил Изабель, у него есть перед ними определенные обязанности.

В этот момент в палату вошли медсестры, чтобы сделать какие-то процедуры, и Синтия вышла в коридор к девочкам. Ей нужно было переварить разговор с Биллом. Теперь ясно, что для него Изабель Форрестье вовсе не случайная знакомая, как надеялся ее муж, и даже не просто подруга. Очнувшись, он сразу спросил о ней, и глаза его были полны тревоги. Он даже принял жену за Изабель.

Дожидаясь, пока сестры закончат свои дела, Синди взяла в руки номер «Геральд трибюн». Там была статья о катастрофе, но рядом со снимком искореженного автобуса она с ужасом увидела фотографию, на которой был изображен Билл вместе с какой-то женщиной. В статье говорилось, что погибло одиннадцать человек и в лимузине, в который врезался автобус, находился известный политический деятель Уильям Робинсон. Подпись под фотографией гласила, что снимок сделан всего за несколько мгновений до столкновения. Билл с неизвестной женщиной находились в «Аннабелз», их машина столкнулась с автобусом в нескольких кварталах от этого заведения, и водитель погиб на месте. Имя Изабель не упоминалось, не говорилось также, пострадала ли она в катастрофе, но сомнений быть не могло — это она. На снимке она выглядела молодой и привлекательной, а Билл, улыбаясь, обнимал ее за плечи. Оба казались счастливыми и довольными жизнью, и это вновь напомнило Синтии о всей серьезности ситуации. Интересно, попалась ли газета на глаза Гордону Форрестье?

Увидев, что́ она читает, девочки молча обменялись взглядами. Чувствовалось, что они уже в курсе. Но они не сердились на отца — произошедшее с ним было настолько серьезно, что они готовы были простить ему почти все.

Синтия испытывала точно такие же чувства. Прошлое ее не беспокоило, ее волновало будущее. Синтия не верила в то, что они с Изабель просто добрые друзья.

Сестра позвала их к Биллу. Перед тем как войти, Синтия успела заметить, что из палаты Изабель вышел Форрестье. Синтия не посмела спросить его — хотя ей очень хотелось, — видел ли он «Геральд трибюн». Впрочем, у Гордона и без того был весьма озабоченный вид.

Состояние Изабель не улучшалось. Врач предупредил, что она еще долго пробудет в коме, и Гордон все больше беспокоился, что она может потерять рассудок. Кроме того, ему только что сообщили, что ее пульс стал неровен, а в легких скапливается жидкость. В любой момент могла начаться пневмония, а если это произойдет, Изабель не выжить. Ситуация явно ухудшалась. Гордон пробыл в палате целый час, разговаривал с врачами насчет новой операции и теперь возвращался в гостиницу.

После того как Синтия и девочки ушли, Билл снова спросил об Изабель — на сей раз у медсестры. Речь у него уже практически восстановилась. Дочери постоянно с ним заговаривали, и Биллу волей-неволей приходилось им отвечать.

— С ней все по-прежнему, — осторожно подбирая слова, ответила сестра, — она в коме. — У Билла было сломано больше костей, но у Изабель оказались повреждены практически все внутренние органы. И вот Билл уже почти наверняка перешел черту, отделяющую его от смерти, а жизнь Изабель по-прежнему висела на волоске.

— Можно мне ее увидеть? — тихо спросил Билл. Он думал об этом весь день — если не отвлекали Синди и девочки. За Изабель он был готов отдать жизнь.

— Вряд ли это возможно, — покачала головой медсестра. Хирург наверняка будет возражать. С такими повреждениями больному нужно лежать совершенно неподвижно, а Изабель о его визите все равно не узнает.

Но когда пришел доктор, Билл задал ему тот же самый вопрос.

— Только на минуту! Я просто хочу посмотреть, как она.

— Боюсь, что неважно, — честно признался доктор. — У нее множество травм. Я уже объяснял это сегодня ее мужу. Он хочет перевезти ее во Францию, но я сказал ему, что это ее убьет. — Слова доктора были для Билла как нож в сердце. Он не хотел, чтобы Изабель куда-то увозили, по крайней мере до тех пор, пока он снова ее не увидит. И уж совсем недопустимо подвергать ее такому риску. Форрестье просто сумасшедший, если такое предлагает. — Не думаю, что вам стоит ее сейчас видеть, мистер Робинсон, — с сочувствием произнес доктор. Он находил Билла очень приятным человеком — в отличие от Гордона Форрестье, высокомерного и грубого, успевшего оскорбить уже, кажется, весь персонал. Сегодня он начал с того, что предложил увезти Изабель во Францию, и сдался только тогда, когда заведующий отделением недвусмысленно заявил, что это настоящее безумие. Однако все считали, что от своей идеи Форрестье отказался лишь на время, — он слишком упрям, чтобы уступить.

— А разве нельзя ввезти мою кровать в ее палату, когда никого не будет? — умоляюще проговорил донельзя расстроенный Билл.

Доктор задумался. Об отношениях своих пациентов он ничего не знал и спрашивать об этом не собирался, но было очевидно, что Биллу очень нужно ее увидеть, а вреда это никому бы не принесло. Единственное, чего опасался врач, — это гнева Гордона Форрестье.

— Можно было бы отвезти меня туда прямо сегодня ночью. Я не собираюсь там задерживаться.

— Давайте подождем до завтра и посмотрим, как вы себя будете чувствовать. И она тоже.

Мысль о том, что она находится по другую сторону коридора, сводила Билла с ума. Если бы он мог, то сам бы добрался до палаты Изабель, но пока что это было исключено. Он даже не мог приподнять голову, и руки не очень его слушались. А ниже пояса он свое тело вообще совершенно не ощущал, и никто не мог сказать, пройдет ли это. С физической точки зрения Билл был беспомощен как младенец, но по-прежнему обладал хорошим даром убеждения.

— Я вижу, что не в состоянии вас отговорить, — наконец, сдавшись, улыбнулся доктор. Было уже за полночь, и в коридорах не осталось посетителей. Врач вышел из палаты, и вскоре туда вошли медсестра и двое здоровенных мужчин. Билл даже не успел толком испугаться, как они медленно покатили его кровать к выходу. Медсестра шла рядом.

— Куда мы едем? — с беспокойством осведомился он. Сестра только улыбнулась в ответ, и тогда он все понял — доктор пошел ему навстречу.

— Если вы обмолвитесь об этом хоть словом, я сам загоню вас обратно в кому, — тихо предупредил ожидавший в коридоре врач. — Это полное нарушение всех правил. — Но он считал, что Биллу такой визит все же пойдет на пользу, а Изабель не повредит — она все равно ничего не узнает.

Совершив сложные маневры, санитары подогнали кровать Билла вплотную к кровати Изабель. Отчаянно скосив глаза, он мог видеть лишь край ее обмотанной бинтами головы. Он изо всех сил вытянул левую руку и дотронулся до ее кисти.

Несколько минут подержав в руке пальцы Изабель, он наконец заговорил с ней, совершенно не обращая внимания на присутствующих. В глазах Билла стояли слезы.

— Привет, Изабель... Это я, Билл... Тебе пора просыпаться. Ты проспала слишком долго... нужно возвращаться... Я люблю тебя... — тихо добавил он. — Все будет хорошо. — Подождав еще несколько минут, его укатили обратно.

Поездка сильно утомила Билла, он вернулся к себе в палату бледным и крайне измученным. Лежа без сна, он долго думал об Изабель и вдруг вспомнил то, что ему недавно приснилось, — как они оба шли на яркий свет и как он заставил Изабель вернуться обратно. Сейчас он хотел бы повторить ей те же слова, что сказал тогда. Она должна вернуться, должна прийти в сознание. Мысль о том, что Гордон может увезти ее во Францию, приводила Билла в ужас. Даже ему было очевидно, что это ее убьет. Что ж, по крайней мере доктор заверил его, что ничего подобного не произойдет.

В эту ночь он заснул с улыбкой на губах, думая об Изабель. Лежа на его постели в «Клэридже», Синтия тоже думала о ней. А Гордон Форрестье в это время думал о Билле. Всем им было о чем поразмыслить, но ответить на некоторые вопросы могли только Билл и Изабель.

Глава 6

Когда на следующий день Синтия приехала в больницу к Биллу, сиделка как раз его кормила. Было уже воскресенье, с момента аварии прошло четверо суток. Билл выглядел неважно, но все-таки был жив и в сознании.

— Как дела, детка? — весело спросила Синди. На улице было жарко, так что она надела лишь футболку и шорты плюс сандалии, которые одолжила у дочерей. Оливия и Джейн собирались немного побродить по Лондону и побывать на барахолке. С их точки зрения, мать проводила в больнице чересчур много времени, сами они намеревались приехать сюда лишь во второй половине дня.

— Как ты себя чувствуешь? — подойдя ближе, поинтересовалась Синтия.

— Пожалуй, мог бы сыграть пару сетов в теннис, — с улыбкой ответил Билл. Голос его звучал хрипло, но вполне отчетливо.

Его только что в первый раз побрили, и он снова до некоторой степени почувствовал себя человеком, но лишь до некоторой степени. С утра он пожаловался врачу, что плохо видит, но эта жалоба не вызвала никакого удивления. Сотрясение мозга было значительным, и его последствия будут сказываться еще довольно долго. В ближайшее время его снова осмотрят специалисты, и в зависимости от их решения будет рассматриваться вопрос о новой операции. Теперь уже всем было ясно, что Билл выздоровеет еще очень не скоро, и в какой степени его здоровье восстановится, пока неизвестно. Этой темы они с Синтией до сих пор не касались, но оба понимали, что раз у него поврежден позвоночник, вполне возможно, что остаток жизни ему придется провести в инвалидной коляске.

Синди не спешила заговаривать об этом, но постоянно думала, на что теперь станет похожа их семейная жизнь. Она не имела понятия, вернется ли он к работе и что будет делать, если уйдет в отставку. Ни она, ни Билл не могли себе этого представить. Оставалось утешаться тем, что не случилось худшего — полного паралича. А нынче, слава Богу, выяснилось, что это ему не грозит.

— Как там девочки? — спросил Билл, когда Синтия пододвинула к кровати кресло и села.

— Прекрасно, они сегодня отправились на прогулку, а после этого хотят тебя навестить.

— Им пора возвращаться домой, Син. Что им здесь делать?

— Мы так или иначе собирались через пару недель в Европу. И вряд ли они согласятся сейчас тебя оставить. — Она улыбнулась, хотя Билл старался избегать ее взгляда. —

Может быть, если тебе станет получше, я на пару дней свожу их в Париж. Все равно ты скоро вернешься домой. — Она вовсе не была в этом уверена: врач предупредил ее, что Билл проведет в больнице еще не один месяц. Синди уже интересовалась, нельзя ли переправить его в Штаты на санитарном самолете, но все доктора единодушно заявили, что ее муж пока абсолютно нетранспортабелен.

— Не знаю, когда я попаду домой, Син. А девочкам ни к чему все лето торчать здесь. И тебе тоже.

— Лучшего занятия я пока не вижу, — непринужденно заметила она, и Билл улыбнулся:

— Тогда, значит, за последние дни что-то переменилось. Ты же обычно все время в движении, Син, — то участвуешь в теннисном турнире, то собираешься в гости, то устраиваешь вечеринку. Ты просто сойдешь с ума, если будешь сидеть тут со мной.

— Я не оставлю тебя здесь, Билл, — тихо сказала она. — Оливию с Джейн я в конце концов отошлю домой, если они не захотят сами куда-то поехать. «В горе и в радости» — помнишь эту фразу? А я помню. Я не собираюсь уезжать домой, оставив тебя здесь одного.

— Я уже большой мальчик, — без улыбки произнес он, и Синтия поняла, что сейчас он скажет нечто ужасное. — Я как раз собирался об этом поговорить — насчет «горя и радости». В последние годы мы испытали много этого самого горя — по моей вине, я все время был в отъезде. Я уделял слишком мало внимания тебе и девочкам. — Он действительно поначалу чувствовал себя виноватым, но потом они отдалились друг от друга, и вернуть прошлое оказалось невозможным.

— Мы к этому привыкли, и тебя никто не винит. Я не чувствую себя ущемленной, наша семейная жизнь меня вполне устраивает, — серьезно проговорила она. Как только они начали разговор, сестра оставила их одних.

— Тебе есть на что жаловаться, Син. И мне тоже. Наш союз больше не существует — не существует уже много лет. У нас нет общих дел, нет общих друзей. Я не ведаю, чем ты занимаешься большую часть времени, а с недавних пор и сам забываю сообщить тебе, где нахожусь. По правде говоря, я вовсе не уверен, что тебя это волнует. Увидев тебя здесь, я очень удивился — мне казалось, что ты будешь только рада моему исчезновению.

Ему без труда давались эти слова: ведь это была правда, тем более что он не упомянул о ее многочисленных связях, тогда как его единственный роман они в свое время обсуждали более чем достаточно. Синтия тогда взбесилась и заявила, что это ее унижает. Билл, однако, как истинный джентльмен, никогда не упоминал, что ее скоротечные романы с инструкторами по теннису, профессиональными игроками в гольф и мужьями подруг унижали его многие годы. Сначала она мстила ему за пренебрежение, может быть, даже пыталась таким образом привлечь к себе его внимание, но способ был выбран явно неудачно. В конце концов Билл просто заставил себя не обращать ни на что внимания и не переживать. Но хоть он и закрыл глаза на происходящее, не знать об изменах Синтии он не мог, и это окончательно убило его любовь к ней. От того, что он испытывал к жене тридцать лет назад, не осталось ничего, кроме дружеских чувств. Сейчас он был благодарен ей за ее приезд, но он ее не любил, и такая жизнь его больше не устраивала. За то время, что они пробыли с Изабель, он полностью это осознал.

— Нехорошо так говорить! — обиженно воскликнула Синди. — Как ты мог подумать, что я не приеду, если ты попал в аварию?! Неужели у меня нет сердца?

— Нет, детка, сердце у тебя есть, — печально улыбнулся Билл, — только оно уже давно не мое. Временами я жалел, что дело обстоит именно так, но теперь ничего не поделаешь. Я собирался обсудить с тобой это, когда вернусь домой.

Синтия смотрела на него сквозь пелену слез и не могла поверить своим ушам. Какая ирония судьбы: теперь, когда она поняла, что все еще любит его или же полюбила снова, он утверждает, что все кончено!

— Это связано с Изабель Форрестье? — осведомилась она, стараясь, чтобы голос звучал спокойно. — Ты ее любишь, не так ли? — Может быть, он собирается жениться на Изабель? Билл никогда не относился к любителям просто «сходить налево», и его тогдашняя связь с женой конгрессмена была весьма серьезной. Он разорвал ее только потому, что знал — в противном случае он лишится жены и дочерей.

— Это не связано с Изабель, — честно ответил он. — Это связано со мной. Я вообще не понимаю, почему мы до сих пор женаты. Может быть, все объясняется силой привычки, или ленью, или же тем, что девочки были до сих пор слишком малы, не знаю. Но разве так ты хотела бы жить? Мы перестали разговаривать. Не считая девочек, у нас нет общих интересов. Ты живешь своей жизнью, я — своей. По-моему, ты заслуживаешь большего, и я тоже.

Синтия не могла не согласиться с ним, но все равно его слова больно ранили.

— Но мы еще можем все изменить. После аварии я поняла, что по-прежнему люблю тебя. Какой дурой я была все эти годы! — Уточнений не требовалось, оба знали, о чем идет речь. — Наверное, поначалу я злилась, что ты так приятно проводишь время — без меня, — и решила сама немного поразвлечься. Да, я поступала глупо, вела себя как последняя дрянь, но теперь... Теперь я вижу, как много нас связывает, как сильно мы любим друг друга. — Слезы ручьем полились у нее из глаз, нагнувшись, она взяла его за руку. — Я так испугалась, когда поняла, что могу тебя потерять! Я люблю тебя, Билл. На наших отношениях слишком рано ставить крест.

Если бы он мог, то покачал бы головой, но выражение его глаз выдавало его мысли.

— Слишком поздно, Син. Нас реально связывают только девочки и дружеские отношения. Именно потому ты и находишься здесь, для тебя я бы сделал то же самое. Ты уже не можешь меня потерять, Син, это давно случилось. Вот почему я предлагаю положить этому конец. Если мы будем цепляться за наш брак, то в конце концов возненавидим друг друга, а я не хочу, чтобы такое случилось, — ни ради нас самих, ни ради девочек. А если мы покончим с этим сейчас, то навсегда останемся друзьями.

— Я твоя жена. — Она боролась изо всех сил, но понимала, что проигрывает. — Я не смогу быть тебе только другом.

— Разве у нас есть выбор? Однажды ты свяжешься с кем-то из моих друзей, и я серьезно обижусь и на тебя, и на него. После этого наши отношения только ухудшатся. — Его удивляло, что она до сих пор не влипла в какие-нибудь неприятности, но, по-видимому, она все-таки действовала достаточно осторожно.

— Я больше не буду так себя вести, — всхлипнула Синди. Как унизительно выслушивать от него про ее измены — ведь она всегда уверяла себя, что Билл в полном неведении. И еще она уверила себя, что он поступает точно так же. Но нет, для этого он слишком порядочен и слишком последователен. Возможно, поэтому он и полюбил Изабель. Именно из-за того, что он глубоко порядочный человек, это так опасно. Он всегда любит по-настоящему. — Я больше не стану заводить любовников, клянусь тебе. Сейчас у меня никого нет. — Последнего любовника, с которым Синди познакомилась в загородном клубе, она бросила после трех месяцев связи. У него были жена и трое детей.

Он сильно пил, но был хорош в постели. Синтии пришлось расстаться с ним из опасения, что тот по пьяной лавочке проболтается кому-то об их связи. А она не хотела скандала.

— Ты снова этим займешься. Возможно, ты и права. Мы оба дьявольски одиноки. Даже когда мы рядом, нас разделяет миллион миль. Человеку трудно так жить. — Он снова вспомнил об Изабель, о которой думал и днем и ночью, во сне. В своих снах Билл все время пытался ее найти.

— Ты собираешься на ней жениться? — прорыдала Синди. Биллу было ее жалко, но он решил идти до конца. Он понял это еще до аварии, и теперь пути назад не было. Нельзя, чтобы он от нее зависел. Станет только хуже, она в конце концов его возненавидит. Она не из тех женщин, кто способен годами ухаживать за больным, тем более на склоне лет. А он вполне может всю оставшуюся жизнь провести в инвалидной коляске. У него есть только один выход — порвать с Синтией и заботиться о себе самому.

— Нет, я не собираюсь на ней жениться. Если она и выживет, то не оставит Форрестье. Он, конечно, сукин сын, но у нее на руках больной ребенок. Дело не в ней — дело в нас. Когда-нибудь ты меня еще поблагодаришь — когда найдешь себе подходящую пару. Сначала мы с тобой прекрасно проводили время, но у нас слишком разные интересы. Я больше не верю в «единство противоположностей» — во всяком случае, не в нашем возрасте. Сейчас нам нужны единомышленники. Ты всегда хотела вести совсем другую жизнь. В юности я думал, что это не имеет значения, но теперь вижу, что ошибался. Тебе подойдет какой-нибудь жизнерадостный парень, который любит ходить на вечеринки и который может проводить с тобой много времени, а не маньяк, постоянно занятый своей работой и больше беспокоящийся не о собственных детях, а о том, кто будет следующим президентом. — Он до конца жизни останется виноватым перед девочками, как бы они к нему сейчас ни относились.

— Ты замечательный отец, Билл, и всегда прекрасно ладил с дочками. Сильнее, чем они тебя любят, любить просто невозможно. — И действительно, Оливия и Джейн буквально боготворили Билла, несмотря на то что редко его видели.

— Я слишком редко бывал с ними, — вздохнул Билл. — Вряд ли я когда-нибудь смогу наверстать упущенное, но в ближайшее время все-таки попробую это сделать. Надо немного сбавить темп. — Он понимал, что поезд уже ушел. Обе учатся в колледже, у них своя жизнь. К дочерям теперь надо относиться как ко взрослым, а это уже совсем другой разговор.

— Так что ты хотел мне сказать? — снова шмыгнув носом, растерянно спросила Синди.

— Я думаю, нам нужно развестись. Это единственный способ сохранить то немногое, что мы еще не растеряли. Я хочу остаться твоим другом.

— Да ну тебя! — улыбнулась она сквозь слезы. — Никогда не предполагала, что ты от нас уйдешь. — Три дня назад она мечтала только о том, чтобы он остался жив. На мгновение ей вспомнилось то утро в Коннектикуте, когда ей сообщили о катастрофе и она подумала, что если он станет инвалидом, то не захочет жить. А теперь он ее покидает... Может быть, это просто результат депрессии? Своего рода истерическая реакция на произошедший инцидент? — Ты уверен, что твое желание действительно таково? Ты пережил ужасный шок, и вполне естественно, что...

Он прервал ее прежде, чем она успела договорить.

— Это нужно было сделать еще много лет назад, Син, — спокойно сказал Билл. — Просто я никогда не мог набраться смелости.

— Что ж, очень жаль, что теперь у тебя смелости хватило. За эту неделю я снова в тебя влюбилась, а ты вот собрался уходить. Вот что я скажу тебе, Билл Робинсон: неподходящее время ты выбрал. — И она заплакала еще сильнее, как несправедливо обиженный ребенок. — Если ты все знал, то почему меня не остановил? Почему не вмешался? — Но оба понимали, что остановиться она должна была сама.

— Не знаю, что и ответить. Наверное, сначала я не мог взглянуть правде в глаза — придумывал какие-то невероятные оправдания. А потом просто привык. Возможно, я не желал быть сам с собой до конца честным. Но у меня больше нет сил рассказывать себе сказки. Даже если у меня больше никого не будет, по крайней мере мы перестанем жить во лжи. Ты не думаешь, что так будет лучше?

— Нет, не думаю, — честно сказала она. — Лучше я буду жить во лжи, чем потеряю тебя. И потом — зачем нам ложь? Дай мне шанс, и мы попробуем на этот раз все сделать правильно. — Сейчас она была снова похожа на ту девушку, на которой он когда-то женился, и это разрывало ему сердце. Он жалел, что не порвал с ней гораздо раньше, но тогда он еще не был к этому готов.

— Уже слишком поздно — для нас обоих. Ты пока что этого не осознаешь.

— И как я это объясню людям? — Для нее это был тяжелый удар. Перспектива развода казалась Синтии настолько унизительной, что ей хотелось куда-нибудь убежать и спрятаться.

— Скажешь, что наконец поумнела и дала мне коленом под зад. Следовало это сделать еще тогда, когда я свихнулся и перешел на стосорокачасовую рабочую неделю. Мы оба наделали много глупостей, это не только твоя вина. — Как всегда, он вел себя порядочно, и это усиливало ее боль. Она понимала, что такой приз ей больше в лотерее не выиграть. Такие, как Билл, встречаются очень редко.

— А что я скажу девочкам?

— Это уже будет потруднее. Пожалуй, тут нам есть над чем подумать. Они достаточно взрослые, чтобы все понять, но вряд ли поймут. Перемен никто не любит.

— И я тоже, — срывающимся голосом произнесла она. Она не понимала, что тяжелее всех придется именно ему, Биллу. Перед ним лежал длинный и трудный путь, который он собирался пройти в одиночку. Он не питал иллюзий насчет своего выздоровления и понимал, что скорее всего не сможет снова ходить, да и в любом случае ему придется тяжело, в особенности одному, но Синтия этого не выдержит. Весь потенциал сиделки, если он вообще у нее был, она уже потратила на девочек. Если он станет инвалидом, то жизнь с ним сведет ее с ума. Синди — не Изабель, она никогда не смогла бы ухаживать за ним так, как Изабель ухаживает за Тедди. Так что в любом случае нужно нести свою ношу самому.

Синди встала и подошла к окну, и тут в палату вошел американский посол Стивенс. Он слышал об аварии, читал о ней в «Трибюн», и вид у него был чрезвычайно расстроенный. Он заметил припухшие глаза Синтии, но ему и в голову не пришло, что он является свидетелем семейной драмы. Поспешно подойдя к кровати Билла, он взял его за руку.

— Боже мой, Робинсон, что с вами случилось? На прошлой неделе я как раз собирался с вами увидеться.

— Я вступил в схватку с автобусом, двигавшимся на большой скорости, и автобус ее выиграл. Это было чертовски глупо с моей стороны, — усмехнулся Билл, но вид у него был довольно усталым — разговор с женой его утомил. — Син, ты не побудешь с девочками? — спросил он. — Мне кажется, тебе лучше на время отсюда удалиться.

Не в силах говорить, она молча кивнула. Нельзя распускаться в присутствии посла, а если она останется, то обязательно заплачет. Общаться с дочерьми ей сейчас тоже было невмоготу, и Синтия решила поехать в гостиницу и там выплакаться всласть.

— Я вернусь вечером. — Она почувствовала, что слезы вот-вот хлынут из глаз, и поцеловала его в щеку. — Я люблю тебя, — прошептала она и поспешно вышла.

— Бедная Синтия, нелегко ей пришлось! — проводив ее взглядом, сочувственно заметил посол. Эту семью он знал много лет. Родом из Нью-Йорка, он как-то раз собрался баллотироваться на президентский пост, и тогда именно Билл его отговорил. Выиграть бы он не сумел, а вот с обязанностями посла справлялся хорошо и к тому же любил эту работу. В Лондоне он находился уже три года, и президент собирался просить его остаться еще на один срок.

— Как вы себя чувствуете? — озабоченно поинтересовался он.

— Уже лучше. — Билл не собирался сейчас разговаривать с Синтией на эту тему, он хотел обсудить ее по возвращении домой, но теперь считал, что поступил правильно. Катастрофа, как ни странно, только укрепила его решимость.

— Вам что-нибудь нужно? — присев в кресло, спросил посол. Жена велела ему не задерживаться.

— Так, ничего особенного. Новая шея, новый позвоночник, приличная пара ног, ну, и там еще кое-что по мелочам, — постарался отшутиться Билл, но глаза его смотрели грустно. Посол ободряюще улыбнулся в ответ — Билла Робинсона он считал хорошим человеком.

— Что вам говорят, какие перспективы?

— Практически ничего — о перспективах еще слишком рано судить. Но в конце концов если Франклин Рузвельт мог управлять страной не вставая на ноги, то и я как-нибудь справлюсь.

Но оба понимали, что это всего лишь шутка. Катастрофа, несомненно, повлияет не только на его карьеру. Все последствия трудно было предвидеть, и сейчас Билл не представлял, будет ли он снова ходить, а также сможет ли когда-либо заниматься любовью. Когда он говорил жене, что хочет развестись, он и это имел в виду. С подобным она никогда не сможет смириться. Впрочем, для развода у него были и более основательные причины.

— Вы хоть приблизительно предполагаете, сколько вас здесь продержат?

— По-видимому, долго, — вздохнул Билл. Это утро выдалось для него нелегким. Он не только порвал с женой, но и, вероятно, потерял Изабель, самого близкого человека. Впереди ничего хорошего не ожидалось — только отчаянная борьба за выздоровление. Но зато он остался жив.

— Ну, на нас вы можете положиться, — преувеличенно бодрым тоном промолвил посол. — Грейс тоже вас обязательно навестит, но сделает это попозже. Она боится вас утомлять. Если что-нибудь понадобится, просто звоните мне в посольство. Или пусть Синтия свяжется с Грейс. Как я понимаю, она будет здесь, с вами. — У бедной женщины был очень расстроенный вид. Впрочем, это неудивительно: ей наверняка трудно смириться с тем фактом, что муж навсегда останется инвалидом. — На днях Грейс обязательно ей позвонит.

Билл только улыбнулся в ответ, не объясняя, что хочет отправить Синтию вместе с девочками обратно в Коннектикут. С послом они старые друзья, но Билл не собирался никому сообщать о разводе, пока не поговорит с дочерьми.

Посмотрев на часы, а потом на Билла, посол решил, что чересчур задержался. Грейс была права — выглядит Робинсон ужасно. Через пять минут посол удалился. Всего несколько дней назад Биллу казалось, что он годится ему в отцы, а теперь посол выглядел молодым и полным жизни — и только потому, что мог самостоятельно выйти из комнаты.

После этого время потянулось нестерпимо медленно. Синди не появлялась, и Билл подозревал, что она в «Клэридже» — зализывает раны. Он был уверен, что принял правильное решение и в конце концов она это оценит.

Он немного поспал, затем в палате появился врач-специалист. Ничего особенно ободряющего он не сказал, просто перечислил все имеющиеся варианты — от худшего к лучшему. Судя по рентгеновским снимкам, Билл вряд ли сможет когда-либо ходить. Даже если он когда-нибудь будет чувствовать ноги, то стоять на них все равно не сможет. После соответствующей тренировки, возможно, удастся передвигаться при помощи костылей, но, по мнению врача, гораздо удобнее использовать инвалидную коляску. Эта новость была еще не из худших. Плохая же заключалась в том, что возможна и потеря всяких ощущений ниже пояса. Может также развиться артрит, и это приведет к постоянным болям. Однако в возрасте пятидесяти двух лет Билл имеет значительные шансы хотя бы частично восстановить функцию ног — даже если не сможет ходить. По оценке врача, для восстановления подвижности шеи потребуется от четырех до шести месяцев, а реабилитация ног займет по меньшей мере год. Можно, конечно, сделать еще пару операций, но польза от них будет минимальной, а риск — чересчур большой. В случае неудачи Билл останется полностью парализованным, поэтому врач экспериментировать не советовал. Он предупредил Билла, что некоторые хирурги могут пообещать ему улучшения, но, как прямо сказал доктор, надо быть полным дураком, чтобы принять их слова на веру. Билл согласился. Картина, которую ему нарисовали, была достаточно живой и красочной, но не слишком приятной. Врач честно предупредил Билла, что ближайший год ему придется работать как проклятому, но со временем, при условии упорной работы над собой, Билл наверняка сможет жить более или менее нормально. Если, конечно, сумеет психологически приспособиться к тем ограничениям, с которыми придется столкнуться. Врач сказал, что все это будет чертовски неудобно, но все же не конец света.

А затем, словно прочитав мысли Билла, он ответил на вопрос, который тот так и не осмелился задать. Ясно, что он никогда больше не сможет ходить и будет прикован к инвалидной коляске. Но Билл не имел представления о том, сможет ли он вести половую жизнь, и от этого впадал в тихую панику. Врач откровенно заявил, что Билл с большой долей вероятности сможет восстановить сексуальную чувствительность и вести относительно нормальную половую жизнь, хотя об этом еще рано говорить. Тем не менее он всячески старался его подбодрить.

— Если ваша жена немного потерпит, — с улыбкой заметил доктор, — все будет хорошо. — Билл не стал объяснять ему, что скоро у него не будет жены и вряд ли он позволит себе эксперименты с другими женщинами. Впрочем, когда он выздоровеет, то сможет прибегнуть к безотказному средству — с головой погрузиться в работу. Теперь это все, что у него осталось.

Когда доктор ушел, Билл долго лежал и думал. Сейчас он находился в глубокой депрессии. За последние часы произошло слишком много событий, и требовалось все это переварить. Было трудно смириться с мыслью об инвалидной коляске. Но он понимал, что могло быть хуже. Его могло полностью парализовать, он мог умереть, мог, наконец, стать умственно неполноценным. Но несмотря на тот подарок судьбы, за который он, по-видимому, должен быть чрезвычайно благодарен, больше всего его волновало, будет ли он полноценным мужчиной. Он снова и снова возвращался мыслями к Изабель, вспоминал о том времени, которое они провели вместе. Трудно поверить, что это было всего четыре дня назад. Четыре дня назад он танцевал с ней в «Аннабелз», а теперь она лежит без сознания, а ему уже никогда больше не придется танцевать. Неужели он никогда не услышит ее голос, не увидит ее милое лицо? Билл заплакал. Слезы все еще лились по его лицу, когда в палату вошла сиделка. Зная, что врач был у него довольно долго и вряд ли мог сообщить пациенту что-то приятное, она решила, что Билл расстроился, и мягко попыталась его подбодрить. Какой, наверное, ужас для такого красивого, энергичного мужчины стать совершенно беспомощным!

— Не хотите обезболивающего, мистер Робинсон? — спросила она.

— Нет, я чувствую себя прекрасно. Как там миссис Форрестье? Есть какие-нибудь изменения? — Он спрашивал об Изабель каждый раз, когда видел кого-либо из сестер, и никто не понимал, делает ли он это потому, что считает себя виноватым в случившемся, или же потому, что питает к ней какие-то чувства. Все терялись в догадках. Правду знала только сестра, дежурившая в ту ночь, когда Билл навещал Изабель, но доктор взял с нее слово, что она будет молчать.

— Все то же самое. Приходил ее муж, недолго побыл и снова ушел. Он, наверное, на несколько дней отбыл в Париж. Он все равно ничем помочь не может. — Разве что быть с ней рядом и умолять поскорее вернуться. Когда Билл вспоминал о Гордоне, его охватывала ненависть — уж слишком безобразно тот вел себя с Изабель. Но если он уехал, то можно навестить ее снова. Он сказал об этом сестре. Она знала, что Билл навещал Изабель прошлой ночью, причем с разрешения врача, но сомневалась, разрешит ли доктор на этот раз. Однако, увидев выражение лица Билла, она все поняла, и ее сердце дрогнуло.

— Посмотрим, что можно сделать. — И сестра тут же исчезла. Через пять минут она вернулась с двумя санитарами, которые сняли кровать с тормозов и медленно покатили к двери. Пришлось снять часть датчиков, но теперь Билл уже мог некоторое время обойтись и без них.

Дежурившая у Изабель сестра открыла им дверь, и санитары осторожно вкатили кровать в палату. Сестры деликатно отошли в угол комнаты, оставляя их наедине. Повернувшись насколько можно, Билл, как и прошлой ночью, сжал пальцы Изабель.

— Это я, Изабель... ты должна проснуться, любовь моя. Надо возвращаться. Ты нужна Тедди, нужна мне. Мы так давно не разговаривали, я так по тебе скучаю! — По щекам Билла текли слезы. Замолчав, он продолжал сжимать ее руку и, кажется, стал постепенно засыпать. Уже собрались увозить его обратно, когда дверь палаты неожиданно распахнулась и на пороге появился Гордон Форрестье. Сестры вздрогнули, санитары поспешно удалились.

— Будьте добры немедленно вернуть мистера Робинсона в его палату! — приказал Форрестье. Билл не произнес ни слова. Ситуация была ясной до предела, и, проезжая мимо Форрестье, Билл ощутил в груди неприятный холодок. Наверняка Гордон воспрепятствует их свиданиям с Изабель. Впрочем, он скоро уедет в Париж... Билл лежал в своей палате, размышляя об этом, а также о том, как ужасно выглядела Изабель, когда в помещение ворвался ее муж.

— Если я снова обнаружу вас в ее палате, Робинсон, или узнаю, что вы там были, я выброшу вас из этой больницы. Вам это ясно? — Форрестье весь трясся от гнева, лицо его было белым. Билл вторгся на его территорию, и это было возмутительно. Изабель была его собственностью, и он не собирался подпускать к ней Билла, какими бы ни были их отношения.

— Меня это не пугает, мистер Форрестье, — спокойно произнес Билл, твердо глядя ему в глаза. — Думаю, посол Стивенс сумеет за меня постоять. Впрочем, не стоит ему сражаться вместо меня. С Изабель мы просто друзья, причем уже давние. Уверяю вас, что она не позволила себе ничего такого, что могло бы вызвать ваше недовольство. — Не считая поцелуя в машине, но Гордону об этом знать не обязательно. — Я очень о ней беспокоюсь. Вам исключительно повезло. Она замечательная женщина, и я не меньше вашего хочу, чтобы она выжила, может быть, даже больше. Вот я и пытаюсь хоть чем-то ей помочь — поговорить с ней, побыть рядом, просто пожелать ей выздоровления.

— Оставьте ее в покое. Вы и так ее чуть не убили. Что вы с ней делали в машине в такой час? Неужели вы не понимаете, как это выглядит? Дав себя сфотографировать папарацци, вы выставили дураками и себя, и меня. Наверное, вы надеялись, что все обойдется, так вот, не обошлось. Так что лучше держитесь подальше и от ее палаты, и от нашей жизни. Скандал с вашим участием никому не нужен.

— Никакого скандала с моим участием быть не может! — резко возразил Билл.

— Я в этом не уверен. В любом случае я запрещаю вам посещать ее палату. Я ясно выразился?

— Почему вы ее так ненавидите? — тихо спросил Билл, когда Гордон уже подошел к двери. Тот замер на месте, затем медленно повернулся.

— Вы что, сошли с ума? Я вовсе ее не ненавижу. Она же моя жена. Зачем тогда, по-вашему, я здесь?

— А что вам остается? Как иначе делать вид, будто ее судьба вас заботит? Мы оба знаем, почему вы здесь. Вы просто соблюдаете приличия. Судьба Изабель вас абсолютно не волнует, Форрестье, и я сильно сомневаюсь, что вообще когда-либо волновала.

— Вы сукин сын! — прорычал Гордон и выбежал за дверь. Его не оставляла мысль, что о его отношении к жене Билл мог узнать только от самой Изабель. Что еще ему известно об их семейной жизни? Наверное, немало.

Билл все еще находился под впечатлением своей перепалки с Форрестье, когда его пришли навестить Синтия и девочки. Оливия и Джейн побывали в магазинах, где накупили кучу всякой ерунды, Синди же тем временем гуляла в одиночестве, размышляя над их разговором. В присутствии дочерей о разводе не упоминалось — еще слишком рано. Когда наступило время ужина, Оливия накормила его с ложки. Билл пытался есть самостоятельно, но мешал громоздкий зажим на шее.

— Что сказал доктор? — уже перед уходом тихо спросила Синтия.

— Что тебе лучше держаться подальше, — прошептал он в ответ, и глаза жены снова наполнились слезами. — Да нет, я шучу. Он говорит, что если буду много работать, то смогу частично восстановить функцию ног. Перспектива довольно интересная. Кто знает? Может, случится чудо и я смогу ходить. — Он все еще надеялся, хотя ситуация надежды не внушала. — Терапию и реабилитацию всерьез начнут через три недели — они хотят, чтобы все как следует зажило.

— Ты можешь этим заняться дома, — мягко проговорила она, все еще веря, что со временем он смягчится.

— Не знаю. Посмотрим, — неопределенно промолвил он, не желая продолжать эту тему в присутствии дочерей. — А как насчет тебя? Когда ты собираешься домой? Ты об этом уже думала? — У Билла был подавленный вид — тяжелое утро не прошло для него бесследно.

— Девочки хотят остаться еще на неделю. Если с тобой все будет в порядке, я, пожалуй, съезжу с ними на несколько дней в Париж, а потом вернусь к тебе. — Она бросила на него умоляющий взгляд, однако Билл держался твердо. Он ни о чем не сожалел, считая, что так будет лучше для них обоих.

— Не надо, — мягко сказал он. — Со мной все будет прекрасно. Ты должна уехать вместе с девочками. Ты же собиралась навестить своих родителей в Мэне. Я все равно скоро вернусь в Штаты. — Ему многое предстояло сделать. Нужно будет найти подходящее медицинское учреждение, где он смог бы провести ближайшее время, а потом найти жилье. Но пока об этом рано даже думать. В первую очередь надо сообщить Оливии и Джейн об их решении. И сделать это непременно вместе с Синтией, чтобы дочери поняли: мать и отец остаются друзьями. Для Билла это многое значило, да и для них наверняка тоже.

Жена с девочками отправились в гостиницу, а Билл всю ночь пролежал без сна. Ему хотелось снова увидеть Изабель, но он не желал рисковать, поскольку Гордон мог еще оставаться в городе. Да и в любом случае Билл сегодня слишком устал. День выдался очень тяжелым. За этот день он узнал, что скорее всего больше не сможет ходить, что, возможно, когда-нибудь вернется к занятиям сексом, он видел Изабель, имел стычку с ее мужем и сообщил своей жене, что хочет развестись. Даже на фоне аварии, которая так радикально все изменила, эти события трудно было назвать мелкими.

Глава 7

Гордон Форрестье улетел в Париж рано утром в понедельник. Перед отъездом в аэропорт он позвонил в больницу и вновь услышал, что изменений пока нет. Все вещи Изабель он забрал с собой, решив, что в ее нынешнем состоянии ей ничего не понадобится. Пролетая над

Ла-Маншем, Гордон думал о том, что за время его пребывания в Лондоне ничто так и не прояснилось. Врачи по-прежнему не знали, придет ли Изабель в сознание, умрет или так и останется лежать в коме. То, что через пять дней после аварии она все еще оставалась жива, было хорошим признаком, причем каждый новый день прибавлял ей шансов, но состояние ее по-прежнему считалось критическим. Когда самолет приземлился в парижском аэропорту имени Шарля де Голля, Гордон пришел к выводу, что придется сообщить детям о случившемся. Надеясь на улучшение, он откладывал этот разговор со дня на день, но теперь понял, что никакого улучшения в ближайшее время не предвидится. Выкручиваться и дальше он не мог. Софи уже достаточно взрослая, чтобы знать правду, а Тедди волей-неволей придется с ней столкнуться. Считая, что сестра сможет как-то его утешить, Гордон собирался поговорить с ним о матери после возвращения Софи из Португалии — чтобы она поддержала брата. Ему самому никогда не приходилось выполнять подобную миссию, он даже не представлял, с какого бока за это взяться, тем более что с сыном он практически не общался.

Отдав водителю такси чемоданы, свой и Изабель, Гордон снова вспомнил дерзкого американца и произошедшую между ними стычку. Его все еще возмущала наглость Робинсона, позволившего себе осведомиться, почему он, дескать, ненавидит свою жену. Не посвященному в их жизнь человеку такое бы и в голову не пришло, так что Гордон склонялся к мысли, что с Биллом поделилась своими мыслями Изабель. На самом деле он не питал к ней ненависти. Она просто перестала для него существовать после рождения Тедди. В его сознании она была неотделима от всех последующих ужасов. С его точки зрения, Изабель из его жены превратилась в сиделку Тедди.

Возможно, мысль о том, что он якобы ее ненавидит, оправдывала в глазах Изабель ее связь с Биллом или по крайней мере флирт. Если они действительно были вместе в «Аннабелз», как утверждают газеты, то их отношения вовсе не так невинны и Билл Робинсон лжет. В голове Гордона по-прежнему крутились сотни вопросов, но толку-то... Билл Робинсон явно не собирался ничего ему рассказывать. Ситуация раздражала Гордона, хотя вряд ли можно было назвать это ревностью: уже много лет он не чувствовал к Изабель ни романтического, ни сексуального влечения.

Уезжая из больницы, он категорически запретил вводить к ней в палату американца. Сестра все тщательно записала, но у Гордона сложилось неприятное впечатление, что его пожелание выполнено не будет. К нему там почему-то никто не испытывает симпатии, а вот Робинсону симпатизируют все — и как человеку, и как политику. Да, Билл Робинсон и вправду очень влиятелен.

Из аэропорта Гордон прямиком направился в свой офис, откуда сделал несколько звонков. Секретарше он наконец объяснил положение дел, а она, конечно, не стала говорить о том, что уже видела в «Интернэшнл геральд трибюн» фотографию Изабель и Билла, — себе дороже. По поручению Гордона она набрала португальский номер Софи, который он обнаружил в записной книжке Изабель.

Софи жила с подругами на квартире в Синтре. Когда Гордон позвонил, она где-то гуляла, так что ему пришлось оставить ей сообщение. Дочь перезвонила только в шесть часов, когда он уже уходил со службы. Перед тем как взять трубку, он глубоко вздохнул, собираясь с духом.

— Как там Лондон? — весело защебетала Софи. — Хорошо вы там с мамой провели время?

— А откуда ты знаешь, что я ездил в Лондон? — Он не говорил об этом абсолютно никому, только сыну и его сиделке.

— Я звонила домой в выходные и общалась с Тедди. Разве он тебе об этом не сказал?

— Я его еще не видел. Я поехал в банк прямо из аэропорта. — Гордон мучительно обдумывал следующую фразу.

— Тогда я сейчас позвоню домой. Мне нужно кое-что спросить у мамы...

— Она не сможет с тобой поговорить, — прервал ее Гордон. Последние дни казались ему настоящим кошмаром. А теперь он должен впутывать в это и детей.

— Почему? Она куда-то вышла?

— Нет, твоя мать в Лондоне.

— Вот как? Она там осталась? — Странно, что мама покинула Тедди на целых шесть дней. Ведь она должна была приехать еще во вторник. — И когда она вернется? — неуверенно спросила Софи.

— Пока неизвестно. — Он сделал еще один, последний, вдох и, наконец решившись, произнес: — Софи, твоя мать попала в аварию. — На другом конце провода наступило молчание, Софи с замиранием сердца ждала. — В очень серьезную аварию. Я думаю, тебе надо вернуться домой.

— Как это произошло? С ней все в порядке? — задыхаясь, с трудом выговорила Софи.

— Она была в машине, которая столкнулась с автобусом. — Теперь уже бессмысленно скрывать правду. — Она сейчас в коме, и никто пока не дает никаких прогнозов. У нее очень серьезные травмы, так что всякое может случиться. Жаль, что приходится говорить это по телефону. В общем, тебе следует как можно быстрее вернуться в Париж. — Несмотря на свои чувства к Софи, Гордон говорил спокойно, словно он назначал деловую встречу. Он изо всех сил старался отгородиться от той боли, которую сейчас испытывала его дочь. Он не мог себе позволить страдать вместе с ней.

— Боже мой... Боже мой! — В голосе Софи звучали истерические нотки, что было совершенно ей несвойственно. Обычно она вела себя рассудительно, скорее даже бесстрастно, как и ее отец. Но то, что случилось, не могло ей присниться и в страшном сне. Всю свою жизнь Софи готовилась к тому, что потеряет брата, но мать... Она любила Изабель гораздо больше, чем показывала и чем признавалась самой себе. Ничего ужаснее не представить. — Папа, ты думаешь, она умрет? — Судя по звукам, Софи плакала, и Гордон не сразу нашелся с ответом.

— И такое возможно, — наконец растерянно промолвил он. На него вновь нахлынули воспоминания о том, как умерла его мать, и он отчаянно гнал их от себя. — То, что мама до сих пор жива, вселяет некоторую надежду, но состояние ее весьма неважное, и улучшений пока нет, — честно сказал он. Софи заплакала еще сильнее, а он терпеливо ждал, пока она успокоится, и не думал как-то ее утешить. Не стоит обманывать дочь и вселять ложные надежды, ведь правда состояла в том, что Изабель может умереть в любой момент.

— А Тедди знает? — вдруг со страхом воскликнула Софи. Когда она разговаривала с ним в воскресенье, Тедди, судя по голосу, был в хорошем настроении. До сих пор он ее никогда не обманывал, и Софи не могла представить, чтобы брат сумел утаить от нее такую новость.

— Нет. Я сообщу ему об этом, когда ты приедешь домой. Думаю, тебе надо как можно быстрее собираться в дорогу. Там кто-нибудь может тебе помочь?

— Не знаю, — растерянно промолвила она. — Я хочу в Лондон, увидеть маму, — тоном пятилетней девочки добавила она, внезапно почувствовав себя сиротой.

— А я хочу, чтобы ты сначала приехала домой! — твердо заявил Гордон. Нужно, чтобы она была рядом, когда он скажет о случившемся Тедди. Гордон не собирался в одиночку нести этот груз.

— Хорошо, — со слезами в голосе ответила Софи.

— Позвони мне, когда определишься с отъездом. Я пошлю кого-нибудь тебя встретить. — Ему и в голову не пришло сделать это самому. Даже при таких обстоятельствах и даже ради своей дочери, которая была ему ближе всех, Гордон не желал вылезать из своей скорлупы.

— Я постараюсь приехать сегодня вечером, — пообещала Софи. До Лиссабона два часа езды, но если поспешить, то можно будет успеть на последний рейс. Иначе придется ждать до утра.

Через несколько секунд разговор закончился, и Гордон велел водителю ехать домой. Тедди как будто пребывал в хорошем настроении, но, как только увидел Гордона, сразу же спросил о матери.

— А где мама? Внизу? — Когда он заговорил об Изабель, глаза его загорелись.

— Нет, она в другом месте, — неопределенно ответил Гордон. — Вечером из Португалии приедет Софи.

— Правда? — обрадовался мальчик, но отвлечь его внимание удалось ненадолго. — Мама говорила, что Софи приедет через две недели. Почему она возвращается раньше? — насторожился Тедди. Когда они разговаривали по телефону, Софи не упоминала о приезде. Удивленный, он снова задал тот же вопрос: — Где мама?

Гордон не посмел сказать, что она все еще в Лондоне: Тедди сразу заподозрит неладное. Мальчик слишком сообразителен, чтобы его можно было долго водить его за нос. Оставалось надеяться только на приезд Софи.

— Я скоро вернусь, — уклонился от ответа Гордон. — Мне нужно сделать несколько звонков. — И он сразу исчез, от чего мальчик еще больше забеспокоился.

— Где мама? — закрывая за собой дверь, слышал Гордон. Как дотянуть до появления Софи? Форрестье решил переждать в библиотеке. Однако час спустя он с изумлением увидел медленно входящего бледного и возбужденного Тедди. Мальчик настоял на том, чтобы спуститься вниз самостоятельно, и сиделка не смогла его остановить.

— Ты что-то скрываешь, — бессильно прислонившись к креслу, произнес Тедди. Гордон всю жизнь относился к нему с пренебрежением, но сейчас от него уже не отмахнешься. Решительный вид сына напомнил Гордону об Изабель. Таким Гордон его еще никогда не видел — Тедди больше не выглядел ребенком. — Я хочу знать, где моя мама, — сев, требовательно повторил он. Он был готов ждать ответа хоть всю ночь. Отсюда его можно будет удалить только силой.

Гордон посмотрел на сына с раздражением, хотя в глубине его души таился страх. Присутствие мальчика всегда его смущало — уж слишком тот был хрупким и эфемерным, но сейчас Тедди, пожалуй, выглядел лучше, чем обычно. Полгода назад он просто не смог бы спуститься вниз.

«Теперь объяснения не миновать», — со вздохом подумал Гордон.

— Твоя мать сейчас в Лондоне, — честно сказал он, молясь о том, чтобы можно было избежать продолжения. Но, встретившись глазами с сыном, он понял, что его надежды тщетны.

— Почему?

— Она поехала туда, чтобы посмотреть выставку, — отведя взгляд, нехотя продолжил Гордон.

— Я знаю. Но это было шесть дней назад. Почему она не вернулась вместе с тобой? — Форрестье поднял глаза и будто увидел сына впервые.

Он красивый мальчик, но с ним всегда было что-то не так, и его слабость страшила отца. И вдруг та боль, которая светилась в глазах Тедди, тронула Гордона. Он не мог больше скрывать от него правду, хоть и не хотел брать на себя ответственность за возможные последствия ужасного сообщения. Жизнь Тедди всегда висела на волоске, и Гордон не желал быть тем, кто перережет этот волосок.

— Она попала в аварию, — не глядя на сына, тихо сказал Гордон. Тот затаил дыхание.

— Но с ней все в порядке? — Голос Тедди упал до чуть слышного шепота. Он уже понимал, что случилось нечто скверное, и боялся того, что ему предстоит услышать.

— Надеюсь, все обойдется. Пока ничего точно сказать нельзя. Она очень плохо себя чувствует. Мне жаль, что так случилось, — неловко добавил Гордон. Что ж, по крайней мере Тедди не стал плакать. Он просто неподвижно сидел и пристально смотрел на отца.

— Не дай ей умереть, — наконец шепотом вымолвил он, словно от Гордона могло что-то зависеть.

— Это не в моей власти. Ты же понимаешь: я не хочу, чтобы с ней что-то случилось. — Однако взгляд Тедди говорил о другом. Он прекрасно знал о том, как несчастлива его мать, хотя она никогда ему об этом не говорила. За два дня Гордона уже второй раз обвиняли в плохом отношении к Изабель, и это ему совсем не нравилось.

— Значит, Софи из-за этого возвращается домой? — спросил Тедди, и Гордон кивнул. Он сидел в другом конце комнаты, но ему и в голову не приходило подойти к сыну и обнять его. Подобные вещи ему были совершенно чужды в отличие от Изабель, которая в подобной ситуации обязательно обняла бы сына. — Я хочу поехать в Лондон с Софи или с тобой, — решительно заявил Тедди. — Когда ты туда собираешься? — В том, что отец снова поедет в больницу, Тедди не сомневался — мама не должна оставаться там одна.

— Не знаю, — пожал плечами Гордон. — Я решил, что должен быть с тобой. — Но Тедди не обратил внимания на его слова, он все еще пытался переварить услышанное. То, что мальчик не стал плакать, произвело на Форрестье сильное впечатление. Сын оказался крепче духом, чем он думал.

— Я хочу с ней поговорить. Мы можем сейчас ей позвонить? — спросил Тедди, но отец только покачал головой:

— Нет. С момента аварии она не приходила в сознание. Она в коме — из-за ушиба головы.

— Господи! — воскликнул Тедди и наконец заплакал. До него только теперь дошла вся серьезность положения. — Я хочу сейчас же к ней поехать! — возбужденно проговорил он.

— Она даже не почувствует, что ты рядом, — практично заметил Гордон, — а для тебя это опасно. Ты не настолько здоров, чтобы выдержать такую поездку. — Такова реальность. Поездка в Лондон не для Тедди.

— Нет, я вполне здоров, — вытерев глаза, с вызовом заявил сын. — Мы нужны ей там, в больнице. Она всегда была рядом со мной, теперь мой черед. Не следует оставлять ее одну, папа. Нельзя так с ней поступить. — Внезапно он вновь стал похож на ребенка, растерянного и беспомощного.

— Давай подождем, пока вернется Софи, — устало повторил Гордон. — А пока тебе лучше подняться наверх и полежать. Это может плохо для тебя кончиться, — обращаясь к нему как к взрослому, добавил Гордон, но мысли Тедди были заняты другим. Единственное, чего он сейчас хотел, — это побыстрее оказаться рядом с матерью, и ничто не могло его остановить. Он не переставая говорил об этом, поднимаясь на маленьком лифте, который соорудили специально для него рядом с лестницей, говорил, уже лежа в постели. Он никак не мог остановиться, и когда после ужина сиделка померила ему температуру, она оказала повышенной. Новость чересчур взволновала больного. Именно такой реакции и опасался Гордон.

Тедди еще не спал, когда приехала Софи. Она успела на восьмичасовой рейс и к полуночи была уже в Париже.

Услышав шум подъезжающей машины, Форрестье вышел в переднюю. Увидев отца, Софи бросилась к нему в объятия и заплакала:

— Пожалуйста, папа... не дай ей умереть... — Он никогда не видел ее такой расстроенной. Немного успокоившись, Софи сразу же отправилась наверх, к Тедди, который ждал. Брат и сестра встретились так, словно не виделись много лет. Случилось нечто немыслимое, невообразимое. Обнявшись, они плакали до тех пор, пока в комнату не вошел вконец измученный Гордон. Сегодняшние переживания отразились на нем не меньше, чем на детях.

— Я поеду с вами в Лондон, к маме, — тихо сказал сестре Тедди, чувствуя на себе мрачный взгляд отца. Реакция детей оказалась даже хуже, чем он предполагал.

— Ему не стоит этого делать, — возразил Гордон. — Он будет чувствовать себя еще хуже. — Он говорил о Тедди так, будто его здесь не было.

— Мама бы этого не одобрила, — погладив брата по голове, заметила Софи и тут же ощутила его жар. — Если ты заболеешь, она очень расстроится, и это плохо на нее подействует, — рассудительно продолжила она.

— Я хочу в любом случае ее увидеть, даже если она без сознания. Она все равно узнает, что я рядом. — Этой же теории придерживался Билл, но Гордон был с ними не согласен и считал поездку Тедди совершенно бессмысленной.

— Она ничего не узнает, — спокойно возразил Гордон. Посмотрев на жену, он в этом полностью уверился и вовсе не собирался позволять мальчику куда-то ехать. Для такого путешествия он слишком слаб, ему опасно даже выходить из дома.

— Тогда зачем ты поедешь, если она не узнает о твоем присутствии? — допытывался у сестры Тедди.

— Потому что Софи здорова, — рассудительно проговорил Гордон. — Она полетит в Лондон, а с тобой останусь я.

— Разве ты не?.. — Софи явно была шокирована, но, когда отец молча покачал головой, ничего не сказала.

— Я подожду до тех пор, пока ты вернешься домой. Ты можешь побыть там завтра и задержаться на ночь, если захочешь.

— Я намереваюсь пробыть там несколько дней.

— Смотри по обстоятельствам, но не слишком задерживайся, — кивнул Гордон и вышел из комнаты. Он не собирался надолго оставаться наедине с сыном. Он предпочитал, чтобы дочь взяла на себя эту ношу.

Ночь Софи провела у Тедди, в его постели, а утром встала очень рано, и к тому моменту, когда он проснулся, была уже готова к отъезду в аэропорт.

— Ты уезжаешь? — сонно спросил он. — Я тоже хочу с тобой. — Но от слабости он не мог даже подняться. Прошедшая ночь далась ему нелегко, Тедди давно уже не выглядел так плохо.

— Я скоро вернусь, — прошептала Софи и поспешно вышла из комнаты. Она хотела попрощаться с отцом, но тот уже уехал в свой банк. Билет она купила накануне, номер в «Клэридже» также был зарезервирован. Деньги от поездки в Португалию еще оставались, в какой больнице лежит мать, было известно — в больнице Святого Фомы. Водитель отца ждал ее внизу, и через полчаса она была в аэропорту.

Ровно в полдень по местному времени самолет приземлился в Хитроу. Машина из «Клэриджа» доставила ее прямо в больницу. Хотя Софи была хорошо одета и чувствовала себя вполне взрослой, сейчас она всем казалась ребенком, взирающим на мир большими испуганными глазами.

В отделении ее с улыбкой встретила дежурная медсестра. Когда Софи назвала себя, другая сестра повела ее прямо в палату, где лежала Изабель. Дверь напротив была открыта, лежавший там мужчина все время смотрел в коридор. Собственно, у него не было выбора: его положили на бок, а повернуться он не мог.

На цыпочках войдя в палату Изабель, Софи сделала несколько шагов и замерла: она была потрясена увиденным. Лицо матери было смертельно бледным, голова забинтована. На лице респиратор, по всему телу датчики и трубки. Со слезами на глазах Софи подошла к кровати и долго стояла рядом, держа мать за руку, пока наконец одна из сестер не догадалась пододвинуть ей кресло, и тогда девушка села. Непроизвольно она начала говорить с Изабель, надеясь, что мать все-таки сможет ее услышать. Она говорила ей о том, как ее любит, умоляла не умирать. Но Изабель не подавала никаких признаков жизни. Единственное, что двигалось, — это респиратор и светлячки на мониторах. Все оказалось еще страшнее, чем представляла себе Софи. Было трудно поверить, что мама выживет.

Она просидела так еще долго и отошла от кровати Изабель только в четыре часа. Мужчина из палаты напротив снова смотрел на нее. Сестры сказали ему, кто такая Софи, но он и сам об этом догадался — перед ним была юная Изабель.

— Софи! — позвал мужчина, и девушка вздрогнула, удивляясь, что ее здесь кто-то знает по имени. Медленно подойдя к дверям, она остановилась на пороге.

— Да, это я, — нерешительно сказала она, все еще находясь под впечатлением от состояния Изабель.

— Меня зовут Билл Робинсон. Мы друзья с вашей матерью, я был с ней в той машине, — сообщил он, словно извиняясь. — Мне очень жаль, что так случилось. — Не отрывая от него взгляда, Софи кивнула. Она не помнила, чтобы мама когда-либо упоминала его имя, но Робинсон показался ей приятным человеком. Он, видимо, тоже сильно пострадал в аварии, хотя в отличие от Изабель все же находился в сознании и его жизни как будто ничто не угрожало.

— Как вы себя чувствуете? — по-прежнему не заходя в палату, осторожно поинтересовалась Софи. Она так и не поняла, кто он такой и почему был вместе с ее матерью.

— У меня повреждены шея и позвоночник. Но вашей маме досталось гораздо больше, чем мне, — печально проговорил он. — Я бы все отдал, чтобы поменяться с ней местами, Софи. Если бы мог, я бы отдал за нее жизнь.

Его слова тронули девушку. Но каким образом Робинсон и ее мать могли подружиться? Ведь мама никуда не выходит.

— Как Тедди это воспринял? — спросил Билл. — Ему сказали?

— Отец вчера вечером сообщил ему об этом, — ответила Софи. Удивительно: он их всех знает, а они его нет. — Он очень расстроен. Вчера вечером у него повысилась температура, но он все равно рвался сюда. Из-за него мне завтра придется вернуться домой. Я хотела бы задержаться, но я нужна ему. — Она уже заняла место Изабель, и у Билла слезы на глаза наворачивались — так она была похожа на свою мать.

— Могу ли я для вас что-нибудь сделать? — Он чувствовал себя таким же беспомощным, как и она. Прошлого уже не изменишь, а придет Изабель в сознание или нет, зависело только от Бога.

— Нет, спасибо, у меня все в порядке, — ответила Софи, но вид у нее был очень печальный.

— Где вы остановились?

— В «Клэридже».

— Там мои жена и дочери. Если у вас возникнут какие-нибудь проблемы, позвоните им. — Как только он это сказал, к палате подошли Синтия и девочки. Билл представил всех друг другу, и Софи тут же заявила, что ей пора идти, — она не хотела им мешать. Дочери Билла ей в общем-то понравились. Машинально отметив про себя, что Джейн примерно одного с ней возраста, она вежливо попрощалась со всеми и пошла к выходу. Позднее она вернется, чтобы снова увидеться с матерью, больше ей ничего не нужно.

— Это ее дочь? — тихо спросила Синди.

— Да. У нее еще есть сын, но он очень болен. — Ничего не ответив, Синтия принялась наводить порядок в палате — больше ей нечем было заняться, а девочки разговорились с отцом.

Завтра они собирались уезжать в Париж. Там они пробудут неделю, а обратно поедут через Лондон и снова навестят его. Билл считал такой расклад очень удачным и от души желал им весело провести время. С женой он договорился о том, чтобы сообщить дочерям о разводе на обратном пути — не хотелось портить им впечатление от Парижа. Сегодня же вечером Синтия собиралась свозить девочек на ужин, используя его членство в баре «У Гарри». Одно упоминание об этом заведении вновь напомнило Биллу об Изабель.

Позднее вечером он снова думал о ней, когда в больницу вернулась Софи. На этот раз она все же зашла в его палату.

— Как вы себя чувствуете, мистер Робинсон? — вежливо осведомилась она.

— Все по-старому, — улыбнулся он. — А вы?

В ответ Софи пожала плечами, но глаза ее блестели от слез. При одном только взгляде на мать сердце ее разрывалось. Никаких признаков улучшения не замечалось, никто не мог сказать, очнется ли она когда-нибудь. Как сообщили Биллу сестры, Изабель могла пролежать так не один год и умереть, не приходя в сознание. Ему это казалось крайне несправедливым. Впервые после аварии Билл подумал о том, что лучше бы он тогда умер, а она осталась бы жива.

— А как вы познакомились с моей мамой? — Софи подошла к его кровати. Она не переставала думать об этом с того момента, когда он заговорил с ней сегодня днем. Отец не упоминал о том, что в машине был еще кто-то, и девушку мучила эта загадка.

— Мы познакомились довольно давно, в американском посольстве в Париже. — Ему внезапно захотелось поговорить об Изабель, и он был рад, что Софи дала для этого повод. — Несколько раз в году мы встречаемся за ленчем, а иногда разговариваем по телефону. Она мне много рассказывает о Тедди и о вас.

Софи хотела спросить его, любят ли они друг друга, но, поскольку оба состояли в браке, посчитала этот вопрос бестактным. Но отчего же мама никогда не упоминала его имени?

— Вы и с моим отцом знакомы? — поинтересовалась она. Улыбнувшись, Билл предложил ей сесть.

— Да, знаком. Он очень зол на меня из-за этой аварии. Он считает, что если бы мы тогда не поехали на ужин, с ней ничего бы не случилось. На его месте я думал бы точно так же.

— Вы не виноваты. Медсестра сказала, что ваш водитель погиб. Все это так ужасно! Не понимаю, как такое могло случиться. — Она снова чуть не заплакала. — Моя мама такая хорошая, это очень несправедливо.

— Да, она очень хорошая. — Желая ее утешить, он взял девушку за руку. Как ни странно, для него сейчас это было все равно что коснуться Изабель. Сходные чувства испытывала и Софи — Изабель соединяла их неразрывной связью.

— Я не всегда хорошо вела себя с ней, — призналась после паузы Софи. — Я часто на нее злилась. Когда я была маленькой, то считала, что она мной пренебрегает, из-за того, что она много времени уделяла Тедди. — Билл понимал, что ей надо кому-то об этом рассказать.

— Она очень вас любит, Софи. Она всегда говорила, что вы замечательная девочка. — Он старался ее всячески подбодрить — больше он ничего не мог для нее сделать.

— Той ночью она была счастлива? — печально спросила Софи. Это был странный вопрос, и Биллу сразу вспомнился их первый и последний поцелуй.

— Да. В тот день мы ходили на замечательную выставку, и она была переполнена впечатлениями. А потом мы отправились ужинать. Я приехал в Лондон, чтобы встретиться с американским послом, — солгал Билл, — мы с вашей мамой случайно столкнулись в «Клэридже» и решили вместе посмотреть картины и поужинать. — Он не собирался говорить Софи, что в Лондоне они встретились не случайно и что он любит Изабель. — Мы ведь давно не виделись.

— У моей мамы в жизни не так уж много развлечений. Она все время ухаживает за Тедди и ничего не видит, кроме дома.

— Я знаю. Она не может вести себя иначе, потому что очень любит вас обоих.

Софи согласно кивнула. Они долго молчали, потом она наконец встала. Девушка все еще толком не поняла, кто такой Билл, но чувствовала, что в его лице обрела нового друга.

— Я зайду к вам завтра, — пообещала она. — Я приеду утром, перед отлетом.

— Буду очень рад. Спасибо, что поговорили со мной, Софи. — Он сам не до конца осознавал, насколько важна для него эта встреча. Прежняя жизнь кончилась. Он никогда больше не будет ходить, прыгать, танцевать, просто бродить по улицам. Его брак распался, он потерял женщину, которую любил. Сейчас ему не за что было зацепиться, он оказался в открытом море, и нигде не было видно спасительного берега. Те минуты, что он провел с дочерью Изабель, послужили ему настоящим утешением. Даже если они больше не увидятся, что было вполне возможно, он благодарен судьбе за эту встречу.

На следующее утро Синтия и девочки заехали к нему попрощаться по дороге в аэропорт. Софи появилась в больнице как раз после их ухода. Просидев у матери больше часа, она зашла к Биллу. Заметив его подавленный вид, она решила, что это связано с отъездом родных — он снова остался один. Софи не подозревала, что истинная причина его печали — Изабель, хотя у нее закрадывалась мысль, что Билл ее любит.

— До свидания, мистер Робинсон, — собравшись уходить, вежливо попрощалась она. — Надеюсь, вы скоро поправитесь. — Он не стал спрашивать, когда она вернется, это казалось неуместным: ведь неизвестно, выживет ли Изабель.

— Берегите себя... ради вашей мамы, Софи. Я уверен, что сейчас она очень беспокоилась бы за вас. И позаботьтесь о Тедди, — со слезами на глазах промолвил он — с той же интонацией, как ее мать, когда Софи собиралась в поездку. — Я буду думать о вас.

— Я помолюсь за вас, когда приду в церковь, — тихо пообещала она. Софи было жаль его покидать. Он такой милый, ей было хорошо в его обществе, и она рада, что он дружил с ее матерью.

— Я тоже за вас помолюсь. — Взяв руку Софи, он нежно ее поцеловал. Застенчиво улыбнувшись, девушка вышла из палаты, а Билл еще долго лежал с закрытыми глазами и думал о ней.

Чуть позже его снова прикатили в палату Изабель. Она лежала все такая же молчаливая и неподвижная, а Билл рассказывал ей о своей встрече с Софи.

— Твоя дочь — замечательная девушка. Теперь я понимаю, почему ты ею так гордишься, — сказал он, словно Изабель могла его слышать, впрочем, он на это очень надеялся. Затем он долго лежал, думая об Изабель. Когда его отвезли в палату, Билл чувствовал себя сильно уставшим.

У персонала больницы его частые визиты уже не вызывали недоумения. Все воспринимали их как должное, а некоторые сестры даже считали, что если кто-то и способен вернуть Изабель к жизни, так это именно Билл

Глава 8

По пути в Париж Софи много думала о Билле. Неудивительно, что он понравился ее матери, — судя по всему, он очень порядочный человек. Одна из медсестер сказала Софи, что он отныне не сможет ходить, но сам Билл не упомянул об этом ни словом и больше сокрушался по поводу состояния Изабель.

Когда самолет приземлился в аэропорту, мысли ее переключились на мать и брата. Сердце разрывалось между ними, и Софи никак не могла решить, кому из них она нужнее. В конце концов она решила, что побудет несколько дней дома, а потом снова полетит в Лондон.

Когда она на такси добрался до улицы Гренель, там царило странное спокойствие. Нигде ни звука, в комнатах отца темно. Она поднялась к Тедди и была потрясена его состоянием.

— Доктор только что ушел, — объяснила сиделка. — Он предупредил, что если температура ночью не спадет, то придется положить Тедди в больницу.

Софи, только что побывавшей в больнице у матери, сама мысль об этом показалась невыносимой.

— Что случилось? — без сил опустившись в кресло, спросила Софи. За эти сутки она как-то сразу повзрослела. Не подозревавший о ее присутствии Тедди крепко спал — ему дали успокоительное.

— Он расстроился из-за матери, — шепотом пояснила сиделка. — Уже несколько дней толком не спит, не хочет ни есть, ни пить. — Доктор собирался поставить ему капельницу, но Тедди стал так плакать, что договорились подождать еще день с условием, что он по крайней мере попытается принимать пищу. Выглядел мальчик ужасающе худым и слабым.

— А где отец? — рассеянно проведя рукой по волосам, осведомилась девушка. В последние дни она все больше становилась похожей на Изабель.

— Куда-то уехал, — ответила сиделка. Вообще-то она не видела его со вчерашнего дня, но не стала говорить об этом дочери. — Как там мадам? — с беспокойством поинтересовалась она.

— Все то же самое, — вздохнула Софи. — И неизвестно, что будет дальше. Говорят, она может пробыть в коме очень долго, а потом все-таки выздороветь. — В ее голосе звучала надежда, но в больнице сказали, что Изабель может в любой момент умереть. Остается только ждать и молиться. — Через несколько дней я собираюсь обратно.

Кивнув, сиделка снова нащупала пульс Тедди. Биение было частым и неровным, мальчика, вероятно, все-таки придется госпитализировать. Софи с этим согласилась — надо подстраховаться.

Она долго ждала отца, надеясь обсудить с ним состояние Тедди, и была очень удивлена, когда в полночь он все еще не вернулся домой. Тогда она спросила сиделку, знает ли он о болезни Тедди.

— Я сегодня звонила ему в офис, — без всякого выражения ответила та. — Наверняка он скоро приедет.

Но даже в три часа ночи Гордон так и не появился. Незадолго до этого Софи позвонила в Лондон, в больницу, но ничего нового не услышала. Она чуть было не попросила к телефону Билла, но сразу засмущалась и повесила трубку.

На следующее утро Софи, проснувшись, обнаружила, что сидит одетая в комнате Тедди, как часто делала мать. Правда, она случайно провела ночь таким образом: просто ждала отца и нечаянно уснула. Вероятно, он не стал ее будить, да и откуда ему было знать, что она у Тедди?

Когда сестра выходила, мальчик не спал и чувствовал себя немного лучше. По словам сиделки, температуру удалось сбить.

В спальне отца не оказалось.

— Отец сегодня ночевал дома, Жозефина? — спросила удивленная Софи у служанки, но та только молча покачала головой и поспешила исчезнуть. Неужели это правда? Шторы опущены, свет погашен, постель не смята. На миг Софи охватила паника. А вдруг и с отцом что-то случилось? Куда он мог запропаститься? Час спустя она позвонила в офис — Гордон был там, и голос его звучал совершенно спокойно.

— Тедди заболел, — сказала она тоном прокурора, но на отца это мало подействовало.

— Я знаю. Мне вчера сообщила об этом Марта. А сегодня я беседовал с врачом, который его смотрел. — Гордон не собирался чувствовать себя виноватым перед восемнадцатилетней девчонкой.

— Ты сегодня не ночевал дома, — резко произнесла Софи.

— Мне и это известно, — с сарказмом ответил Гордон. — Я был с друзьями за городом, задержался допоздна и решил, что лучше будет остаться там, а не тащиться домой.

А ведь он, наверное, был пьян, решила Софи. Что ж, учитывая произошедшее с матерью, ехать домой в таком состоянии действительно было бы неразумно.

— Я только что говорила с Лондоном, — тихо сказала она, — там никаких изменений. — Она все еще не могла простить ему ночного отсутствия. Если бы с Тедди что-нибудь случилось, что бы она делала одна? А ведь отец даже не предупредил, где его можно отыскать! Но Гордон, по-видимому, не испытывал никаких угрызений совести, и Софи пришло в голову, что, возможно, он регулярно не ночует дома. Ведь она никогда не видела его ночью или рано утром. Как же мало она знает о своих родителях! Софи вдруг показалось, что вся ее прежняя жизнь дала трещину, и не только из-за аварии. Для нее отец всегда был чем-то вроде полубога, а сейчас выяснилось, что у него есть какие-то непонятные секреты. Может быть, не только из-за Тедди мама все время сидит дома и спит в отдельной комнате?

— Ты приедешь вечером домой? — с тревогой спросила она отца.

— Да, приеду. У меня намечен деловой ужин, но я постараюсь вернуться домой еще до того, как ты уснешь.

— Если Тедди понадобится госпитализировать, я без тебя не справлюсь, — пояснила Софи.

— Доктор как будто немного успокоился. Думаю, у Тедди просто был шок и ему нужно время, чтобы от него оправиться.

— Нам всем оно нужно, — печально согласилась Софи. — Когда ты собираешься в Лондон?

— Через несколько дней. Все равно там сейчас ничто не меняется. Если что-то случится, нам позвонят.

Но в этом случае, подумала Софи, потребуется не один час, чтобы добраться от Парижа до Лондона, и мама может умереть одна. Софи очень хотела к маме, но как ей оставить Тедди? А теперь, когда выяснилось, что отец не всегда ночует дома, ее присутствие стало просто необходимым.

Весь день она провела с братом: читала ему, рассказывала разные истории, разговаривала с ним о маме. Девушка старалась изо всех сил, но оба понимали, что заменить Изабель ей не под силу. К тому времени когда вернулся отец, Софи чувствовала себя словно зомби. Он, как ни странно, не поднялся к ней наверх, а остался в библиотеке — выкурить сигару. Обычно он держался с ней очень мило, но в последние дни стал ощутимо отстраняться.

— Как прошел день, папа? — осторожно поинтересовалась она. Самой Софи этот день не принес никакой радости.

— Ничего особенного, — налив себе бокал портвейна, промолвил Гордон. — А у тебя?

— Я все время была с Тедди. — Она ожидала, что он станет расспрашивать ее, но при одном упоминании о сыне он сразу поскучнел.

— А чем еще ты занималась? — сосредоточив все внимание на сигаре, спросил он. Было очень странно вот так с ним сидеть и разговаривать, словно ничего не случилось. Мама без сознания, у брата подскакивает температура, а отца как будто ничто не беспокоит. Глядя на него, Софи вспомнила выражение отчаяния на лице Билла Робинсона, когда тот заговорил об Изабель.

— Больше я ничего сегодня не делала, папа. Я была с Тедди. Он очень расстроен.

Гордон молча кивнул. Тут зазвонил телефон, и у Софи оборвалось сердце — теперь она боялась любых телефонных звонков. Но звонили не из Лондона. Взяв трубку, Гордон спокойно сказал неизвестному собеседнику, что скоро перезвонит.

— Тебе надо лечь спать, — сделав еще глоток портвейна, повернулся он к дочери. — У тебя был трудный день. —

Разговаривать с ней он явно не собирался, и Софи почувствовала себя как никогда одинокой.

— Так когда ты собираешься в Лондон? — уже встав, тихо спросила она.

— Когда сочту нужным, — нахмурившись, резко бросил Гордон. Дочь его раздражала — она стала слишком похожа на свою мать.

— Я хотела бы поехать вместе с тобой, — сказала Софи, кожей ощущая его раздражение. Но сейчас оно ее не беспокоило.

— Ты нужна здесь — своему брату.

— Я хочу увидеть маму! — тоном капризного ребенка проговорила она.

— Ей это все равно, а мне нужно твое присутствие дома. Избавь меня от постоянных забот об этом мальчике и его сиделках. Они все время названивают мне в банк, а мне некогда, Софи. Возьми это на себя. — Он не просил ее, он давал указания, не сомневаясь, что они будут исполнены.

— «Этот мальчик» — твой сын, папа. И ему нужен отец, а не только мы с мамой. А ты с ним даже не разговариваешь. — Софи слишком устала, чтобы сдерживаться.

— Что он может мне сказать? — со злостью воскликнул Гордон, наливая себе еще бокал портвейна. — И не тебе учить меня, как себя вести. — За прошедшие годы Изабель много раз заводила подобный разговор, но в конце концов сдалась. Гордон категорически не желал поддерживать с сыном никаких отношений. Софи тут ничего не в силах изменить. Если бы Тедди был здоровым и сильным, тогда другое дело. А сейчас он не представляет для Гордона интереса и в его жизни почти не существует. Сын его всегда только раздражал, хотя сейчас он в какой-то мере испытывал к нему жалость. Гордон считал, что заниматься мальчиком должна была Изабель, но никак не он. А теперь, в отсутствие Изабель, — Софи.

Опечаленная, Софи направилась к себе в спальню. Отец недвусмысленно дал понять свое отношение к Тедди. Они с братом часто говорили об отце и все время спорили, но теперь она понимала, что была не права. Тедди говорил, что отец — холодный эгоист, который ненавидит собственного сына. А она до сих пор не желала этого видеть. С точки зрения Гордона, такой сын, как Тедди, — лишняя обуза. И он предпочел вычеркнуть его из своей жизни, так же он поступил и с женой.

Надев ночную рубашку, Софи вернулась в комнату Тедди. Сиделка сообщила, что у него вновь повысилась температура, и девушка легла в постель к брату и обняла его. Никогда еще ей не было так грустно и одиноко. Единственное, на что оставалось надеяться, — что мама скоро очнется и пойдет на поправку. Она совершенно не представляла себе, как они будут жить, если мама умрет.

Глава 9

В лондонской больнице Святого Фомы дела шли своим чередом. К Биллу приходили врачи, чтобы оценить его состояние и наметить план реабилитации. Его часто поворачивали с боку на бок, чтобы улучшить циркуляцию крови и предотвратить пневмонию, но все равно дни тянулись очень монотонно — кроме того времени, когда его отвозили в палату Изабель. Делалось это раз или два в сутки. На протесты Форрестье сестры не обратили никакого внимания, а некоторые из них всерьез считали, что такие посещения только пойдут больной на пользу. Другие же полагали, что это никому не повредит, а настроение Билла, во всяком случае, повысит. После визитов к Изабель он действительно чувствовал себя лучше и тут же с нетерпением начинал снова ожидать, когда придет время следующего краткого «свидания».

У него самого дела постепенно шли на поправку. Спина и шея все еще сильно болели, но он уже мог немного двигаться и даже чуть-чуть чувствовал ноги. Несмотря на это, прогноз по-прежнему оставался неутешительным. Стараясь себя подбодрить, Билл думал о том, что будет делать, когда вернется в Штаты, однако окружающая обстановка отнюдь не настраивала его на оптимистический лад.

У сестер он пользовался большой симпатией. Все время строя догадки по поводу их отношений с Изабель, они, однако, никак не могли прийти к какому-то определенному выводу. Большинство считали их любовниками, а одна из сестер слышала, как он говорил жене насчет развода, но в любом случае персоналу Билл нравился, и все находили его очень приятным мужчиной.

— Я от него просто млею, — заявила одна из девушек, когда они пили кофе в больничном кафетерии. — Он такой милашка! — Хотя в отношении медичек Билл не делал никаких авансов, был всегда ровен и доброжелателен, чем, в частности, вызывал всеобщее расположение. Не осталось незамеченным и то, что его несколько раз навещал американский посол.

— А чем мистер Робинсон занимается? — смущенно поинтересовалась ее собеседница. Она знала, что их пациент — большой человек, но не ведала, в какой именно области.

— Вроде политикой, — ответила одна из сиделок Изабель. — Он, должно быть, от нее без ума. Такая жалость! — Все немедленно с этим согласились.

Синтия с дочками уже успели вернуться из Парижа, а Форрестье так и не появился в больнице, впрочем, как и Софи. Сообщение о том, что их родители собираются разводиться, повергло Оливию и Джейн в настоящий шок.

— Как же так? — с плачем повторяла Оливия. — Вы же любите друг друга... разве нет? Мама! Папа!

Девочки всегда были уверены в любви родителей друг к другу, и Биллу пришлось объяснять, что они уже давно живут практически отдельно и для обоих будет лучше, если это официально оформить. Он не стал говорить об изменах матери или рассказывать о том, насколько оба несчастны. Сообщив дочерям о предстоящем разводе, Билл почувствовал, что у него гора упала с плеч. Правда, жена перед отъездом дала ему понять, что он вправе в любой момент передумать. Однако Билл остался непреклонен — все его мысли теперь принадлежали только Изабель.

— Так будет лучше, — настаивал он, но убитую горем Синди это не убеждало. Ему не хотелось объяснять, что ей не подойдет роль жены инвалида, а самое главное — что он ее не любит. Билл больше не хотел жить во лжи. Пусть они никогда и не соединятся с Изабель — даже если она выздоровеет, — но теперь он знал, какова на вкус настоящая любовь, и не мог дольше тянуть опостылевшую семейную лямку.

Когда родные ушли, Билл долго лежал, задумчиво глядя в потолок. По дороге в гостиницу девочки задумались: а не является ли папино решение следствием аварии? Может, он немного сошел с ума и скоро передумает? Печально улыбнувшись, Синтия покачала головой:

— Он совершенно нормален. Скорее, я в свое время сошла с ума. Я была ему плохой женой, — призналась она. — Я принимала все как должное, а его успех и независимое поведение меня только раздражали. — Девочки слушали, широко распахнув удивленные глаза, их ужасала мысль о том, что мама с папой теперь будут жить отдельно.

— Как же папа справится один? — забеспокоилась Джейн. Ведь им сказали, что он вряд ли сможет ходить.

— Не знаю, — вздохнула мать. — Но он очень гордый и очень способный. Он что-нибудь придумает. И я точно знаю, что он не передумает. Папа никогда не меняет своих решений, он стоит на своем до конца. Даже если совершил ошибку. Хоть я и против развода, думаю, он понимает, что делает. — По сути дела, он добился того, чего хотел: они разводятся, сохраняя дружеские отношения. И даже в этом Синтия не могла им не восхищаться. Но было жаль девочек, и пугало собственное будущее. Она прекрасно понимала, что никогда не сможет найти такого мужчину, как Билл.

— Ты думаешь, у него была связь с Изабель Форрестье? — поинтересовалась Оливия, и Синди на мгновение задумалась — далеко не в первый раз.

— Честно говоря, не знаю. Он утверждает, что не было, а он никогда не лжет. Вероятно, он ее любит, но вряд ли дело зашло слишком далеко. Скорее всего с ее стороны это было всего лишь увлечение или просто дружба.

— А папа женится на ней, если она выживет? — озабоченно осведомилась Джейн.

— Вряд ли эта тема сейчас актуальна, — проговорила Синтия. Бедная женщина чуть жива. — Но мне это кажется маловероятным. Твой отец говорил, что она никогда не оставит Форрестье, к тому же вся ее жизнь посвящена сыну-инвалиду.

— Что же папа будет делать, когда вернется домой... то есть в Штаты? — печально спросила Оливия.

— Не знаю. Наверное, найдет себе жилье и снова начнет работать. Ему придется пройти долгий курс реабилитации. В ближайшие два месяца он вряд ли выберется отсюда. Врачи собираются заняться им всерьез.

Оставшуюся часть пути они проехали молча. Сестры все еще не могли свыкнуться с переменами, да и Синди никак не верилось, что решение Билла окончательно.

Это вполне в его духе — идти к поставленной цели, невзирая ни на какие трудности. Синтия испытывала к Биллу глубокое уважение. Жаль, что она раньше не поняла, какое сокровище ей досталось. Хоть Билл и готов взять вину на себя, основная ответственность за развод лежит на ней.

На следующий день они улетели в Штаты так рано, что не смогли заехать в больницу. Они позвонили Биллу уже из аэропорта. Закончив разговор, девочки заплакали.

Билла их отъезд тоже опечалил. Теперь он остался совсем один. Правда, ему пришлось сделать несколько деловых звонков, кроме того, время от времени ему звонили знакомые, случайно услышавшие об аварии, но в целом было ощущение полной изоляции, словно его поместили в какой-то кокон. Вокруг только врачи и медсестры, а через коридор лежит Изабель, чья душа все еще бродит в каких-то других измерениях. Впереди его ждал изнурительный труд по восстановлению собственного здоровья, и мысли об этом отнюдь не улучшали его настроения.

Тем не менее через две недели после аварии состояние Билла значительно улучшилось. Так как Гордон Форрестье все не появлялся, Билл навещал Изабель уже дважды в день. Лежа рядом, кровать к кровати, он несколько минут говорил с ней, надеясь все же достучаться до ее заплутавшего где-то сознания, а потом его увозили обратно.

Сестры сообщили, что Форрестье не приезжает из-за болезни Тедди, поэтому Билл постоянно думал о мальчике и очень желал, чтобы все обошлось. Часто думал он и о Софи.

На третьей неделе он уже почти потерял надежду на то, что Изабель когда-нибудь очнется. Перевозить ее в Париж в таком состоянии было чересчур опасно. Билл уже начал беспокоиться: когда он уедет в Штаты, Изабель останется совсем одна. А доктора считали, что через месяц-другой он уже будет вполне транспортабелен. Ему была невыносима мысль о том, что придется ее оставить. Кто же тогда навестит ее, поговорит с ней, утешит?

К его визитам в больнице уже все привыкли. Когда Билла привозили в палату Изабель, дежурящие там сестры улыбались и с удовольствием с ним болтали.

Вот и сегодня все было так же, как обычно. Держа Изабель за руку, Билл говорил ей о том, как она красива, как он хотел бы побеседовать с ней, услышать ее смех... Сквозь открытые окна доносился уличный шум. Он вспоминал ту ночь, когда они ездили в бар «У Гарри» и «Аннабелз», и отчаянно хотел перевести стрелки часов назад.

— Помнишь, как нам было хорошо? — прошептал Билл, целуя ее ладонь. — Я люблю танцевать с тобой, Изабель. Когда ты поправишься, мы с тобой непременно снова пойдем танцевать. — Он все еще вспоминал тот вечер, когда почувствовал, как рука Изабель слегка сжала его пальцы. Сначала Билл подумал, что это чисто рефлекторное движение, но снова почувствовал слабое пожатие. Потрясенный, он на минуту замолчал, но затем вновь заговорил.

— Я почувствовал, как ты только что сжала мою руку, и прошу, чтобы ты сделала это снова, — сказал он. Ему показалось, что он ждал очень долго, но никакой реакции не последовало. Вошедшая в палату медсестра деликатно отвела взгляд. — Сделай это еще раз, Изабель! Сожми мою руку, хотя бы немножко... Пожалуйста, попробуй. — И тут, словно возвращаясь к нему из другого мира, она снова чуть-чуть пошевелила рукой. На лице Билла появилась широкая улыбка, правда, глаза подозрительно заблестели. — Прекрасно, — подбодрил он ее. — А теперь открой глаза. Хоть чуть-чуть... Посмотри на меня, Изабель, как я сейчас смотрю на тебя. — Ее лицо оставалось безжизненным, но пальцы шевельнулись снова. Билл уже было подумал, что это все-таки рефлекторное движение, но тут Изабель наморщила нос, хотя глаза ее по-прежнему оставались закрытыми. Сердце Билла пустилось в галоп — Изабель возвращается! — Что ж, неплохо, совсем неплохо. Может, слегка улыбнемся? — Слезы текли по щекам Билла, всю свою энергию, всю любовь он сейчас стремился передать Изабель. Дежурная сестра замерла на месте. Она тоже заметила гримасу на лице больной. — Может, улыбнешься, любимая? Ради меня. Или хотя бы приоткрой глаза... Я так по тебе скучал... — умолял Билл, пытаясь вытащить ее из бездны. Без видимых результатов он проговорил так с полчаса и очень устал, но все равно не сдавался. — Все в порядке, Изабель... Сделай опять смешное лицо... наморщи нос. — Она, однако, немного приподняла руку и снова ее уронила, как будто сделанное ею оказалось непосильным. — Прекрасно, просто прекрасно! Ты много поработала, так что теперь отдохни, милая. Потом мы попробуем снова. — Он не отпускал ее, упрашивая то моргнуть, то открыть глаза, то снова сжать его руку. Долгое время ничего не происходило, затем веки Изабель слегка дрогнули. — Боже мой! — прошептал Билл, а сестра тут же побежала за доктором.

После трехнедельного балансирования на грани смерти Изабель возвращалась к жизни, и именно Билл нежно, но настойчиво вел ее вперед.

— Изабель! — вновь позвал он. — Ты должна открыть глаза, любимая. Я понимаю, что это трудно, но пора просыпаться. Я хочу, чтобы ты на меня посмотрела. Я хочу, чтобы ты меня увидела. Ну, приоткрой же глаза — хоть чуточку. — И она тут же его послушалась, чего Билл, по правде говоря, никак не ожидал, он был готов удовлетвориться гораздо более скромными достижениями. — Ну вот, хорошо... хорошо, — сказал он, когда веки Изабель слегка приподнялись. — Теперь открой их немного пошире... ну давай, дорогая... открой свои прекрасные глаза... — Появившийся в палате врач стоял в стороне и ни во что не вмешивался — Билл и сам прекрасно справлялся. — Ну же, Изабель! Я жду, когда ты на меня посмотришь. Я очень давно этого жду. — Издав протяжный вздох, она полностью открыла глаза и, даже не взглянув в его сторону, снова опустила веки, словно они были чересчур тяжелыми. — Давай, милая, не закрывай их подольше, взгляни на меня! Пожалуйста, любимая... — настаивал Билл.

И вот наконец свершилось: повернув голову и слегка застонав, она посмотрела на него, улыбнулась и попыталась что-то сказать. Ей долго не удавалось это сделать, но потом она едва слышным голосом выговорила его имя:

— Билл...

Поцеловав ее руку, он с трудом подавил рыдание. Нет, нужно поговорить с ней, нужно вознаградить ее за то, что она вернулась.

— Я очень люблю тебя, Изабель... Ты молодец — ты так старалась.

— Да, — не открывая глаз, прошептала она. — Я тоже тебя люблю... — И она снова произнесла его имя, словно это доставляло ей удовольствие.

— Кажется, именно на этом мы и расстались, — улыбаясь сквозь слезы, заметил он. С тех пор как они поцеловались, казалось, прошла целая вечность. — Ты отсутствовала слишком долго, любимая. Я очень по тебе скучал.

— Поговори со мной, — попросила она, и все присутствующие — Билл, сестра и доктор — рассмеялись. Все эти три недели он только и делал, что с ней разговаривал, не уступая судьбе. — Мне... хочется... тебя услышать, — с усилием произнесла Изабель, и Билл подумал, что она, вероятно, очень устала.

— Как приятно снова слышать твой голос! Я так долго ждал этого момента! Где ты была? — все еще держа ее за руку, мягко спросил он.

— Далеко, — краешком губ улыбнулась она и вопросительно посмотрела на Билла: — Сколько времени прошло?

— Три недели, — честно ответил он, и на лице Изабель отразилось удивление.

— Так долго? — Она с трудом подбирала слова, но, в общем, получалось неплохо. Наблюдавший за ней сейчас доктор наверняка бы это подтвердил.

— Так долго. — Билл столько хотел бы ей сказать, но понимал, что пока еще рано — она только-только вернулась очень, очень издалека.

Как бы вспомнив о чем-то, она обеспокоенно нахмурилась:

— А Тедди... и Софи?

— С ними все в порядке. — Билл надеялся, что это правда, на самом деле он уже давно о них ничего не слышал, да и Тедди был вовсе не в порядке. Но он был уверен: от хороших новостей мальчику сразу станет лучше. — Софи здесь была — приезжала тебя навестить. Она замечательная девушка и очень на тебя похожа. — Улыбнувшись, Изабель закрыла глаза, а когда снова открыла, в них можно было прочитать еще один вопрос. — Он тоже приезжал, — ответил Билл.

Кивнув, Изабель поморщилась:

— Голова... болит.

— Еще бы! — В это было легко поверить.

— И... не только голова.

Заинтересовавшись, доктор задал ей несколько вопросов насчет самочувствия, после чего предложил обоим немного отдохнуть. Но когда пришли санитары, чтобы увезти Билла в его палату, Изабель сразу забеспокоилась.

— Нет... не надо... — проговорила она и еще крепче сжала его руку.

Билл вопросительно взглянул на врача:

— Нельзя ли мне остаться?

Наступила долгая пауза — доктор обдумывал ответ. Собственно, для отказа не было никаких серьезных причин.

Они взрослые люди, друзья, да и сестры всегда могут за ними присмотреть. В конце концов, для Робинсона это было бы наградой за проявленные нынче усилия.

— Думаю, что это неплохая идея. — Биллу уже не требовались датчики, ему нужны были только капельница и болеутоляющие — если попросит, а он обычно их не просил.

— Я хочу, чтобы ты спал рядом со мной, — сказала Изабель. Это была самая счастливая ночь в его жизни. Изабель выжила, и теперь они снова вместе. Обследовавший ее доктор остался доволен. Он задал еще несколько вопросов, и Изабель пожаловалась, что внутри все как будто сдавлено. Доктор объяснил, что это результат травмы внутренних органов и постепенно все нормализуется. А пока обоим нужно отдохнуть.

Сиделка погасила лампы, оставив только ночник, другая повернула Билла на бок. Он был рад этому: теперь он лежал лицом к Изабель. Спать не хотелось, а хотелось всю ночь смотреть на нее и держать за руку.

— Ты такая красивая, — прошептал Билл. — Я так тебя люблю. — Он ничуть не сожалел, что прождал ее эти три недели, а до этого еще целую жизнь.

— Я скучала по тебе там, — прошептала она в ответ.

— Откуда ты это знаешь? — удивился Билл.

— Просто знаю, и все.

Доктор и вторая сестра тихо вышли из палаты. На пороге они оглянулись — пациенты словно дети перешептывались в полутьме. Медики обменялись многозначительными взглядами. Произошло маленькое чудо — никто не ожидал, что Изабель останется в живых.

Из ординаторской доктор сразу позвонил в Париж, чтобы сообщить радостную весть Гордону. Но Форрестье дома не оказалось, и врач попросил снявшую трубку сиделку передать, что звонили из больницы. Больше ничего сообщать он не стал.

Они как будто так всегда и жили — так непринужденно чувствовали себя в обществе друг друга.

— Что с тобой случилось? — спросила Изабель, только сейчас заметив огромный зажим на шее у Билла.

— Я повредил себе шею и спину. Ничего, я уже почти поправился, — улыбнулся он. Действительно, по сравнению с ней он чувствовал себя совершенно здоровым. К тому же то, о чем он мечтал сутками напролет, уже произошло, остальное мелочи.

— Точно?

— Точно. Я еще никогда не чувствовал себя так замечательно, как сейчас.

— Я тоже. Но я ничего не помню, — задумчиво глядя на него, призналась она. — Как мы сюда попали?

— Это, любовь моя, слишком долгая история, так что поговорим о ней завтра. В нас врезался автобус. — Он не собирался пока сообщать ей о том, что погибло одиннадцать человек и что она почти наверняка должна была оказаться двенадцатой. — Последнее, что я помню, — как тебя целовал, а потом я уже очнулся здесь.

— Я это тоже помню, — зевнув, сказала она и сонно улыбнулась. Биллу хотелось бы снова ее поцеловать, но он не мог двигаться. Единственное, что было в его силах, — это коснуться ее руки или лица. — Когда-нибудь я снова тебя поцелую, — мечтательно произнесла она, но Билл не ответил. Наступила долгая пауза, во время которой он обдумывал, сколько же у него шансов остаться полноценным мужчиной. И тихо держал ее за руку — больше он пока ничего не мог ей предложить. — Надеюсь, с детьми все в порядке, — наконец промолвила Изабель, не догадываясь о терзающих Билла мрачных мыслях.

— Как только они узнают о твоем возвращении к жизни, все вообще станет в порядке, — заверил ее Билл.

Изабель крепче сжала его руку.

— Но тогда и он снова сюда приедет, — печально заметила она. Билл не стал говорить, что ее муж не появлялся в больнице две недели. Он уже начинал ненавидеть этого человека за все страдания, причиненные Изабель.

— Давай пока не будем об этом думать, — прошептал Билл. — Лучше закрой глаза и постарайся заснуть. — Ему хотелось погладить ее волосы.

— Ты хотел, чтобы я проснулась, — пошутила она. После аварии, чуть ее не погубившей, и трехнедельной комы Изабель нисколько не изменилась. Дух ее по-прежнему был силен. Именно это — и любовь Билла — вернуло ее к жизни.

— Лучше спи, тебе пока что вредно так много разговаривать. — Глядя на нее, Билл не мог удержаться от улыбки — Изабель казалась ему еще прекраснее, чем прежде.

— Я готова говорить с тобой всю ночь, — усмехнулась она и вспомнила еще об одном. — Я хочу снова танцевать с тобой.

— Когда-нибудь станцуем, — заверил он, на мгновение поверив в реальность обещания.

— А еще я хочу в бар «У Гарри».

— Прямо сейчас? — чувствуя себя совершенно счастливым, поинтересовался Билл.

— Ну ладно, завтра. А потом в «Аннабелз». Нужно наверстать упущенное время. Я уже целых три недели не танцевала, — вздохнула Изабель.

— Ты должна хорошо себя вести, а то доктора будут ругаться.

— Я просто хочу побыть рядом с тобой, — ответила она и тихо засмеялась: — Теперь мы сможем сказать, что провели вместе ночь!

— Ты очень плохо себя ведешь, — притворно нахмурился Билл. — Тебе сейчас не следует думать о подобных вещах. — Ему хотелось ее обнять. В душе он уже считал ее своей — с сегодняшней ночи. Что бы ни случилось в дальнейшем, больше он ее не потеряет.

— Я шла с тобой на очень яркий свет... мы шли по узкой тропинке... и тут дети стали нас звать, и ты заставил меня повернуть назад. — Эти слова Изабель как громом поразили Билла: ведь перед пробуждением ему представлялось то же самое.

— Расскажи поподробнее.

— Очень яркий свет... я чувствовала себя ужасно уставшей... Села на камень и не могла идти дальше, но ты продолжал меня тянуть и уговаривать, что мы придем сюда в другой раз... Я не хотела вставать, но ты меня заставил. — И в эту ночь произошло то же самое. В тот раз он увел ее от смерти, а теперь окончательно вывел из кромешной тьмы. То, что она рассказывала о камне и ослепительном свете, совпадало с его собственными воспоминаниями.

— Я тоже там был, Изабель. — Она не понимала, почему у него такой ошеломленный вид. — Я видел точно такой же сон. Именно такой, как ты описываешь.

— Конечно, ты там был. — Ей это казалось совершенно естественным. — Я тебя видела, держала за руку, я вернулась с тобой вместе.

— Почему? — Билл пытался понять, что с ними произошло. Разве такое бывает? О подобных вещах рассказывали многие, но чтобы два человека видели один и тот же сон, один и тот же яркий свет, один и тот же камень, одну и ту же тропинку... По-видимому, это означало, что где-то в другой жизни их души встретились и соединились.

— Я вернулась потому, что ты так велел, — тихо сказала Изабель. — Но потом я снова заблудилась, наверное, заснула возле тропинки.

— Наверняка, и если когда-нибудь ты сделаешь это снова, я очень рассержусь на тебя, Изабель. Больше никогда от меня не уходи.

— Не уйду, — согласилась она и поцеловала его руку. — Спасибо за то, что ты меня ждал, и за то, что вернул обратно. — Несколько раз зевнув, она внезапно погрузилась в глубокий сон. Глядя на нее, Билл снова вспомнил их сон. Ему тогда пришлось напрячь все свои силы, и вот она снова вместе с ним. Он не понимал, что все это означает, но твердо знал, что это сродни чуду. Глядя на спящую Изабель, Билл думал о том, как ему повезло.

Глава 10

Врач снова позвонил Гордону Форрестье на следующий день, в восемь часов утра, но тот же самый голос сообщил, что месье нет. В конце концов Гордона удалось поймать в десять часов на службе. Новость его явно удивила. Сказав, что он очень рад, Форрестье захотел немедленно поговорить с Изабель, но выяснилось, что у нее в палате пока нет телефона. Доктор пообещал, что телефон ей скоро принесут и после полудня Гордон сможет с ней связаться.

— Дети обязательно захотят с ней поговорить, — задумчиво глядя перед собой, проговорил Форрестье. Он уже смирился с тем, что Изабель никогда не выйдет из комы, и теперь был страшно удивлен. Нет, он, разумеется, был за нее рад, но новая ситуация требовала осмысления и каких-то действий.

— Как же это случилось? — счел нужным поинтересоваться Гордон. Доктор ответил не сразу, ему не хотелось упоминать об участии в этом событии Билла Робинсона.

— Совершенно для всех нас неожиданно, — наконец произнес врач. Гордона такой ответ вполне устраивал.

— Отличный результат, — одобрил он, словно речь шла о теннисном матче или турнире по гольфу. Голос Гордона звучал совершенно бесстрастно, как будто он говорил о ком-то малознакомом. Было трудно поверить, что Изабель — его жена. Вероятно, в этом причина ее отношений с Робинсоном. Доктор предпочитал не проявлять излишнего любопытства, а теперь, после сегодняшней ночи, в этом и вовсе не было нужды — все стало предельно ясно. Интересно, когда Форрестье собирается приехать в Лондон? Доктор надеялся, что еще не скоро. Он успел привязаться к Биллу и Изабель — было невозможно остаться равнодушным, видя перед собой любовь, которая совершила невозможное. Такие чувства испытывают немногие, это драгоценный дар судьбы. — Передайте жене, что я позвоню в конце дня, когда приеду домой. — Вот и все, что сказал Гордон, и доктор заверил его, что обязательно передаст.

Когда в палату принесли телефон, сестра сообщила об этом разговоре Изабель. Изабель, конечно, не терпелось поговорить с детьми, но отнюдь не с мужем.

— И что же мы теперь будем делать? — спросила она Билла, составлявшего ей компанию во время ее самого первого больничного обеда, которым служил очень жидкий суп. Изабель отвыкла от пищи и совсем не хотела есть.

— Что ты имеешь в виду? — уточнил Билл. — Партию в крокет или гольф, прогулку в парке? — Он, как обычно, шутим, но на этот раз Изабель не улыбнулась.

— Как только я стану лучше себя чувствовать, Гордон заберет меня в Париж. — Разумеется, она соскучилась по детям, но покидать Билла ей совсем не хотелось.

— Думаю, это произойдет не скоро, — стараясь сохранять спокойствие, заговорил Билл. — Вряд ли ты сможешь прямо сейчас вскочить с постели и выбежать за дверь. — Утром доктор сказал, что она пробудет в больнице еще приблизительно месяц. Столько же собирались продержать и Билла.

— А потом? — спросила Изабель, когда сестра накормила ее супом — собственные руки пока что отказывались ей служить. Правда, такая слабость не удивляла никого, кроме самой Изабель.

— А потом посмотрим. — Он так и не поделился с ней тем, что его ожидала мрачная перспектива — вряд ли он сможет снова ходить. Зачем ей лишние огорчения? Так или иначе она все равно вернется к Гордону, а вернее, к детям. Конечно, он по-прежнему сможет ей звонить, но Билл не хотел, чтобы Изабель его жалела, видя в инвалидной коляске. Он даже подумывал о том, чтобы после выписки из больницы больше с ней не встречаться, ограничившись телефонными разговорами. Пока что она считает, что скоро его состояние изменится. Что ж, пусть так считает и впредь. О разводе Билл тоже не стал сообщать — вдруг ей покажется, будто он на нее давит? Главное сейчас с толком использовать подаренное им судьбой время.

Когда Форрестье позвонил, Билл был в своей палате. Гордон сразу заявил, что очень рад ее выздоровлению, и это звучало так, будто речь шла о какой-нибудь ангине или гриппе. Но даже он понимал, что Изабель вернулась с того света. Гордон уже начал считать себя вдовцом, и теперь, чтобы перевести часы назад, ему требовалось сделать над собой некоторое усилие. Судя по странному тону мужа, он сердился на нее из-за Билла и хотел, чтобы она это почувствовала. Разговор у них вообще явно не клеился, зато с Тедди и Софи дело обстояло совсем иначе. Услышав голос матери, Софи заплакала, да и Тедди с трудом сдержал рыдание. Изабель обеспокоило состояние сына, и она попыталась узнать о нем у Гордона поподробнее.

— Ну, с Тедди теперь все будет в порядке, — небрежно ответил тот. На пожелание Софи снова навестить маму Гордон заявил, что это ни к чему, мама все равно скоро вернется домой. — Сколько они еще собираются тебя там продержать? — бесстрастно осведомился он.

— Врачи говорят, что около месяца, все зависит от организма. — Вообще-то состояние ее все еще оставалось достаточно серьезным, но это Гордона не заботило. Теперь, когда Изабель вышла из комы, остальное не имело для него значения.

— А тебе не кажется, что месяц — это чересчур? Я уверен, что тебе позволят выписаться раньше, если, конечно, ты об этом попросишь, — заявил Гордон, подозревавший, что Изабель намеренно тянет время, чтобы не расставаться с Биллом. Он не собирался этого терпеть. — Ничего, я сам поговорю с врачом. Необходимую медицинскую помощь ты можешь получить и здесь. — На этом разговор закончился. Охваченная паникой, Изабель поспешила поделиться с лечащим врачом: муж собирается настоять на ее отправке в Париж.

— А сами-то вы что бы предпочли, Изабель? Собственно, где-то через неделю мы можем переправить вас в парижскую больницу, но домой вам пока рано.

— Я хочу остаться здесь, — призналась она, и оба прекрасно понимали почему.

— Тогда я об этом позабочусь, — заверил ее доктор. Он действительно хотел помочь ей и Биллу, которые побывали в аду и вернулись обратно. Дети пока подождут.

Чуть позже Изабель призналась Биллу, что ее беспокоит Тедди: судя по разговору, его самочувствие не из лучших. Она полностью доверяла его врачу и сиделкам, но мысль о том, что она так надолго покинула сына, который отчаянно в ней нуждается, сводила Изабель с ума. Билл, как всегда, выразил ей сочувствие.

— Я уверен, что он очень тяжело это пережил. Один Бог знает, как ему подал новость Гордон. Но теперь, когда

Тедди услышал твой голос и узнал, что через несколько недель ты вернешься домой, ему наверняка станет лучше.

Его слова немного успокоили Изабель.

— Надеюсь, что так! — вздохнула она. — Какое счастье, что с ним Софи! Она хотела меня еще раз навестить, но вряд ли стоит это делать. Сейчас она нужна Тедди больше, чем мне. — Ведь у Изабель есть Билл. Она хотела бы как можно дольше пробыть с ним вместе, но, конечно, не за счет детей. — А что твоя жена? Она еще приедет сюда?

— Нет. — Билл не стал объяснять почему. — А девочки все лето будут заняты. Мы увидимся, когда я вернусь в Штаты. — Он также попросил доктора держать в тайне его истинные перспективы. Изабель не должна знать о двух вещах — о его ногах и о разводе. Нужно выждать. Пусть Изабель считает, что на выздоровление ему требуется очень много времени — полгода или год.

Если бы она могла оставить Гордона, тогда все было бы по-другому. Тогда он сказал бы ей насчет ног. А при теперешнем положении дел к чему ей лишнее беспокойство — ей и так хватает хлопот с Тедди. Теперь ее жизнь с мужем может стать еще тяжелее. Познакомившись с ним лично, Билл абсолютно в этом уверился. Этот человек не был способен ни на любовь, ни на сострадание. Он даже не в силах оценить, какое сокровище ему досталось. Наверняка Форрестье захочет наказать Изабель за те грехи, которые, по его мнению, она совершила. Ей нужно быть очень осторожной и в то же время суметь за себя постоять, иначе Гордон превратит ее жизнь в сущий ад. Чего еще можно ожидать от человека, который не удосужился побыть с умирающей женой даже несколько дней?

В состоявшейся вскоре беседе доктор заверил Форрестье, что Изабель нельзя трогать с места по меньшей мере месяц. Гордону это не понравилось, и он упрекнул врачей в перестраховке. В ответ доктор запугал его некими ужасными осложнениями, предположив даже, что Изабель может снова впасть в кому. «Я могу из-за этого лишиться лицензии!» — со смехом процитировал он себя, пересказывая их разговор Изабель и Биллу. Доктор считал, что они выстрадали свой маленький островок счастья, тем более что мучения Билла еще далеко не кончились. Врач прекрасно знал, какие муки ему предстоят. По возвращении в Нью-Йорк он должен был снова лечь в больницу, где попытаются насколько можно восстановить функцию ног. И для Изабель, и для Билла будущее казалось весьма туманным.

А пока у них есть месяц, чтобы излить свою нежность, окружить друг друга заботой, разговаривать, смеяться и наслаждаться атмосферой любви и покоя. Для обоих больница стала своего рода тихой гаванью, где они могли немного побыть в безопасности, прежде чем вновь пуститься в плавание по бурному житейскому морю.

Следующую ночь они снова провели у Изабель, а потом «переселились» в палату Билла. Днем они делились подробностями из своей жизни, своими мечтами и надеждами, потом играли в карты и читали книги. Питались они также вместе. У Изабель печень постепенно начинала функционировать нормально, сердцебиение же по-прежнему оставалось неровным, хотя и не столь учащенным, как раньше. Временами она испытывала сильнейшие головные боли, легко уставала и много спала. Биллу приходилось по-прежнему носить на шее безобразный фиксатор, спина у него часто болела, и тогда Изабель осторожно растирала ее. Она уже заметила, что он практически не шевелит ногами, но Билл заверил ее: к следующей, послебольничной их встрече он обязательно будет ходить. И она поверила ему, потому что хотела поверить. Да и что ж тут удивительного — ведь с момента аварии прошел всего месяц.

Однажды солнечным утром они лежали бок о бок на его кровати. С того момента как Изабель очнулась, прошло две недели. На дворе стоял июль, день был жарким, окна были раскрыты настежь. Лежа рядышком, они рассказывали друг другу о своем детстве. Изабель лениво водила пальцем по руке Билла. Когда она добралась до его спины, он вдруг лукаво улыбнулся.

— Почему ты так на меня смотришь? — спросила она, увлеченная рассказом. — Мой дедушка действительно был очень хорошим человеком.

— Я в этом не сомневаюсь. Просто я перестал тебя слушать минут пять назад, — честно признался он. — Желание сводит меня с ума. — И он нежно поцеловал ее в губы. Он уже мог наклоняться к ней, и они часто целовались, особенно ночью, когда лежали бок о бок. — Изабель, — тихо сказал он, — я не уверен, что это получится, но я хотел бы попробовать заняться с тобой любовью. — Последние полчаса его прямо-таки переполняло желание, несмотря на то что оба были еще очень слабы. Собственно, он уже давно мечтал об этом, еще задолго до аварии, но тогда Билл не позволял себе касаться этой темы, а сейчас его глаза с надеждой смотрели на нее.

— Хорошо, любимый. — После всего совместно пережитого она не могла, да и не хотела отказать ему в этом. Значит, вот что было у него на уме. — Может, запрем дверь? — На дверях были замки, которыми никто не пользовался, но теперь они могли очень пригодиться.

— А нас не выкинут из больницы? — ухмыльнулся Билл, когда она встала и заперла дверь. В последние полчаса желание стало настолько сильным, что ни о чем другом он и думать не мог. Он сильно нервничал, но противиться порыву оба были не в состоянии.

— Не уверена, что врачи имели в виду именно это, когда разрешили нам спать в одной комнате, — с лукавой улыбкой заметила Изабель.

— Они сглупили. — От волнения его бросило в дрожь.

В ответ она нежно поцеловала его в губы.

— На всякий случай предупреждаю, что я все в тебе люблю. То, что сейчас происходит, — это не главное. Главное — это ты.

Он не имел представления, сможет ли заняться с ней любовью, но отчаянно хотел попытаться. Доктор говорил, что это возможно, и Билл надеялся, что он прав. В противном случае их обоих ждет огромное разочарование, в особенности его. Но он не стал делиться с Изабель своими сомнениями и страхами. Тогда она станет его жалеть, а этого Билл допустить не мог.

Очень осторожно она сняла с него больничный халат. Они абсолютно не стеснялись друг друга — слишком многое им довелось вместе испытать. Когда Изабель начала его ласкать, Билл откликнулся, но насчет остального он был по-прежнему не уверен. Она сняла свой халат, и Билл взял в ладони ее груди. Их изувеченные тела вдруг перестали чувствовать боль. Изабель начала целовать его — сначала в губы, потом постепенно спустилась ниже. Нежность переполняла его. Стараясь не причинить боли, она всячески пыталась его возбудить, но, к отчаянию и стыду Билла, желаемого эффекта никак не удавалось достичь.

Несмотря на всю страсть, которую он испытывал, тело ему не подчинялось. Нарушился какой-то контакт, но где именно — в мозгу или в позвоночнике? Постепенно Билла начала охватывать паника, он уже бранил себя за то, что поддался безумному желанию.

Изабель, в общем, представляла себе, что с ним творится. Главное, казалось ей, дать Биллу почувствовать, что его любят. Она прекрасно понимала, что у них может ничего не получиться, по крайней мере в первый раз. Билл получил серьезные травмы, и вполне естественно, что не все его способности восстановятся сразу. Изабель хотела дать ему надежду, но в его глазах читалось только отчаяние.

— Все в порядке, любимый... все в порядке... просто нужно время, — прошептала она, но Билл отстранился от нее и отвернулся. Он был целиком сосредоточен на своем позоре, и никакие утешения Изабель помочь не могли. Несмотря на всю ее нежность и любовь, он чувствовал себя униженным и подавленным. Это был худший день в его жизни. Он перестал быть мужчиной. Ничто на земле не заставит его сделать новую попытку, тем более с Изабель.

— Оденься, — попросил он, но она медлила, все еще надеясь. Затем Изабель поняла, что любая попытка доставить ему удовольствие или утешить только расстроит Билла еще больше. Поэтому она молча легла рядом, накрывшись той же простыней.

— Ничего страшного, Билл, — нежно прошептала Изабель. — В конце концов получится. Это только начало. — Она поцеловала его в щеку, но Билл отстранил ее, пытаясь справиться со слезами. Сейчас он с радостью убежал бы прочь, но и это было невозможно.

— Нет, это не начало, — зло проговорил он. Злился он только на себя, отнюдь не на нее. — Это конец.

— Никакой это не конец, — сказала она так, словно разговаривала с ребенком. — Ведь доктор предупреждал тебя, что нужно время.

Но Билл был в ужасе. Женщине трудно представить себе, что это значит. Конечно, как и у любого мужчины, у него время от времени случались осечки — когда он слишком уставал, расстраивался или чересчур много выпивал. Но сегодня был особый случай: он впервые должен был заняться любовью с Изабель и к тому же доказать самому себе, что он по-прежнему мужчина. Сегодняшний день изменил для него все — теперь он был уверен, что им нужно расстаться. В эту ночь он потерял уважение к себе и все надежды на будущее с Изабель.

Для нее же ничто не изменилось. Изабель не сомневалась, что когда-нибудь все наладится. А если и нет, она все равно готова была смириться с обстоятельствами и любить его. Если бы она узнала о тех выводах, к которым пришел Билл, это показалось бы ей настоящим безумием. Секс в жизни Изабель ничего не значил. Более того, теперь она любила Билла еще больше — нежность ее была бесконечна.

Глава 11

Неудача сильно повлияла на настроение Билла. И хотя они продолжали спать в одной палате, он был твердо настроен больше попыток не повторять: нового унижения он бы не выдержал. Изабель осторожно старалась его подбодрить. Если Билл сразу не прерывал ее, она говорила о том, что все его способности в конце концов восстановятся, нужны только время и терпение. Что и в этот раз ощущения Билла были слишком сильными, чтобы считать, будто он навсегда останется импотентом. Но Билл категорически отметал все надежды, считая, что мужчиной он быть уже перестал. С Изабель они по-прежнему оставались близки, но опасных экспериментов он больше не проводил.

А время неумолимо бежало. С Биллом начали работать физиотерапевты, а Изабель подвергли самым разнообразным обследованиям. Оба понемногу выздоравливали, и неизбежно им вскоре предстояло расстаться. За возможность провести вместе эти два месяца они заплатили высокую цену, зато к концу этого срока Изабель и Билл чувствовали себя почти что мужем и женой.

Он провожал ее на обследования, по утрам они вместе читали газету и завтракали, а по ночам спали на сдвинутых вплотную кроватях. Единственное, чего не хватало в их супружеской жизни, — это секса, что по-прежнему мучило

Билла. Изабель же никогда еще не чувствовала себя такой счастливой.

— Мне кажется, будто я работаю где-нибудь на курорте, — добродушно заметила одна из сестер, когда они возвращались после солнечной ванны. Вообще процесс выздоровления шел у Изабель достаточно гладко. Гордон все больше настаивал на ее возвращении в Париж, и она, как и Билл, понимала, что это уже вопрос дней. Конечно, могли возникнуть еще какие-то обстоятельства, которые позволили бы ей здесь задержаться, но Изабель старалась на это не рассчитывать. Ей ужасно не хотелось расставаться с Биллом, ведь никто не знал, когда они смогут встретиться снова.

Со своими детьми она разговаривала каждый день, и ее крайне беспокоило, что голос Софи звучал непривычно напряженно. Вся ответственность за Тедди теперь целиком лежала на ее плечах. Самочувствие мальчика значительно ухудшилось с тех пор, как Изабель в последний раз видела его. И она чувствовала себя виноватой за то, что так долго находится вдали от дома, хотя застряла на два месяца в лондонской больнице отнюдь не по своей вине.

Иногда они касались темы грядущего расставания, и Изабель утверждала, что они смогут и впредь встречаться так же, как в нынешнем июне. Отношений с Биллом она не собиралась прерывать, пусть даже они смогут видеться всего несколько раз в году. На все подобные рассуждения Билл реагировал достаточно неопределенно. Сейчас он даже думать об этом не мог. Хотя его состояние постепенно улучшалось, Билл выздоравливал гораздо медленнее, чем Изабель, и настроен был гораздо пессимистичнее. По мнению Билла, прежде чем планировать будущее, стоило посмотреть, как пойдет процесс реабилитации. Он не хотел быть ей в тягость, но и плохо представлял себе, каково потерять ее навсегда. После их нынешнего совместного пребывания в больнице трудно было вообразить, что они смогут ограничиться одними телефонными разговорами.

— По-моему, ты не очень ясно оцениваешь реальность, — однажды заявил он. — Гордон знает, что в ночь аварии мы были вместе. Когда он был здесь, то в самых решительных выражениях потребовал, чтобы я к тебе не приближался. Вряд ли тебе удастся так легко ускользнуть из дома. Я уверен, теперь он будет постоянно начеку. — Возможно, он даже станет подслушивать ее телефонные разговоры. Известие о том, что Изабель под самым его носом завела дружбу с каким-то мужчиной, Гордона, чувствуется, потрясло до глубины души.

Билл знал, что если он будет на всю жизнь прикован к инвалидной коляске, то не станет обременять ее жизнь. И не только ее. Именно это обстоятельство стало одной из основных причин его развода.

Если он когда-нибудь снова станет ходить, то сможет тайно встречаться с Изабель где-нибудь во Франции. Но только в том случае, если доктора в реабилитационном центре окажутся в состоянии ему помочь и он снова станет мужчиной. Иначе о продолжении отношений с Изабель не может быть и речи. В последние дни пребывания в больнице Билла чрезвычайно мучили обе эти проблемы — сможет ли он ходить и сможет ли спать с женщиной. Он старался не показывать своего мрачного настроения, но Изабель все понимала и без слов.

Доктору он все же сообщил о своем неудачном эксперименте и о том, каким горьким было разочарование. Врач, как мог, постарался его утешить.

— То, что вы рассказали, — проговорил он, — на самом деле звучит довольно обнадеживающе, учитывая характер травмы. По-прежнему весьма вероятно, что в течение года вы достигнете и эрекции, и оргазма. Пожалуй, вы просто немного поторопились. — Слова доктора звучали утешительно, но Билл ему не поверил и продолжал цепляться за свои страхи.

Несмотря на его страдания, они с Изабель продолжали жить в одной комнате. Она, в свою очередь, много размышляла о будущем. Было ясно, что из-за Тедди и Софи она никогда не разведется с Гордоном, но в то же время она не собиралась терять Билла. Быть его любовницей? Изабель никогда не представляла себя в этой роли, но теперь это ее больше не шокировало, тем более что ничего другого не оставалось. С Биллом она испытала то, чего раньше даже и представить себе не могла. Ей часто казалось, что у них одна душа на два тела, и ничто на свете не могло ее заставить от этого счастья отказаться.

С Гордоном она общалась раз в несколько дней. Чтобы «держать руку на пульсе», он поручил своей секретарше ежедневно звонить на сестринский пост. Но Изабель и сама ему звонила, обычно на службу, в основном для того, чтобы узнать о состоянии Тедди. Голос Гордона во время разговора с ней всегда звучал холодно и отстраненно. У Изабель каждый раз складывалось впечатление, что она позвонила ему не вовремя и отвлекла от каких-то важных дел. Чувствовалось, что он ей больше не доверяет, хотя он ни разу не заявил об этом открыто. Изабель понимала, что по возвращении в Париж ей еще придется с ним объясниться. Тот факт, что они с Биллом посещали «Аннабелз» и бар «У Гарри» и в такой час вместе находились в лимузине, говорил сам за себя. Но только однажды Гордон позволил себе заметить: «Ты не та женщина, на которой я женился, Изабель. По сути дела, я вообще не знаю, кто ты». Временами она чувствовала себя виноватой и понимала, что ей не следует поддерживать отношения с Биллом, но это было выше ее сил, без него ей и жить не стоило.

Однажды ночью она массировала Биллу ноги. По его словам, какая-то чувствительность в них сохранялась, а иногда они даже болели, как после длительной ходьбы. Изабель рассказала Биллу о последней беседе с Гордоном. Сегодня он был особенно сух.

— Вряд ли он когда-нибудь вновь станет мне доверять, — вздохнула она. — По-своему он прав. Не представляю, что меня ждет дома. А как насчет Синтии? Она сильно злится? — Она заметила, что Билл никогда не упоминает о жене — только о дочерях. Правда, у них с Синтией совсем другие отношения — каждый живет своей жизнью.

— Думаю, она уезжала не слишком радостной, — честно признал Билл. — Я не стал скрывать от нее своих чувств к тебе.

— И это ее не взволновало? — удивилась Изабель.

— Наверняка взволновало, но она понимает, что ничего не поделаешь. В ее прошлом хватает разных секретов. — Он улыбнулся. — За любовь в тюрьму не сажают. А Синтия уже давно живет сама по себе. И в последние десять лет делает это довольно энергично.

— Сомневаюсь, чтобы Гордон когда-либо меня обманывал, — задумчиво произнесла Изабель. — Для этого он слишком консервативен и добропорядочен.

Билл не разделял ее мнения. Было бы странно, если бы мужчина, столь равнодушный к собственной жене, не стал бы искать утешения на стороне. И вообще, Форрестье не производил впечатления человека, который может хранить верность кому бы то ни было. Скорее всего существование любовницы и объясняет его отвратительное отношение к Изабель. Но делиться с ней этими соображениями Билл не стал.

— Почему ты так думаешь? — осторожно спросил он Изабель, не желая тревожить ее подозрениями, тем более что она возвращается к мужу. Ей незачем затевать войну с этим человеком.

— Любовь для него ничего не значит, так же как и секс, — откровенно сказала Изабель. — Мы уже много лет не спим вместе.

Билл улыбнулся. Изабель слишком честная, слишком порядочная, ей никогда не понять своего мужа.

На следующей неделе стало ясно, что их странной идиллии приходит конец. Изабель назначили множество анализов, и если результаты будут удовлетворительными, она уедет домой. Стояли последние дни лета, Билл и Изабель провели в больнице уже два месяца. Гордон день ото дня становился агрессивнее, открыто обвиняя врачей в том, что они специально медлят с выпиской его жены. А Билла ждали в центре реабилитации. Таким образом, ей вскоре предстояло вернуться в Париж, а ему — в Штаты. С мыслью об этом нелегко было смириться.

— Ты обещаешь, что будешь звонить мне каждый день? — печально спросила она, когда они ночью лежали в постели. На следующий день Изабель предстояло последнее обследование. Печень уже не доставляла беспокойств, сердце, судя по последним данным, работало нормально, легкие тоже пришли в норму.

— Если смогу, то буду звонить тебе по десять раз в день, — крепко прижав ее к себе, пообещал Билл. — Но и ты тоже меня не забывай.

— Конечно. Я буду вставать очень рано, чтобы успеть тебя перехватить, прежде чем ты ляжешь спать. — Но если она будет звонить слишком часто, то Гордон или его секретарь обязательно обратят внимание на номер Билла в телефонных счетах.

За эти два месяца они стали одним целым, и мысль о разлуке приводила ее в ужас. Когда они смогут снова увидеться? Врачи говорили, что Биллу предстоит провести в реабилитационном центре целых полгода или даже год, — для них это звучало как пожизненное заключение.

— Давай побыстрее выздоравливай, — снова поцеловав его, сказала Изабель. — Ты должен как можно скорее приехать в Париж. — В Нью-Йорк она полететь не могла. Софи и так достаточно долго несла на себе груз ответственности за Тедди, к тому же ей скоро в университет. Нет, в ближайшее время ей не покинуть Париж. Тут Изабель ощутила, как она соскучилась по Тедди. Судя по голосу, он день ото дня становился слабее.

Когда она упомянула о его приезде во Францию, он никак не отреагировал, чего, правда, Изабель не заметила. Он хотел сначала узнать, что скажут врачи, когда он приедет в Штаты, — ему до сих пор не верилось, что отныне он будет навсегда прикован к инвалидной коляске. Но если это все-таки произойдет, он постепенно уйдет из ее жизни — второй инвалид Изабель совершенно ни к чему.

Биллу была невыносима мысль о том, что она станет его жалеть или за ним ухаживать так же, как за больным сыном, — с нее вполне достаточно последних четырнадцати лет. Но даже если он никогда больше ее не увидит, он не мог представить, как обойдется без их телефонных разговоров. Не мог он представить, как будет просыпаться без нее утром или ночью, что больше не увидит ее улыбку... Время, которое они провели вместе, было самым счастливым в его жизни. Теперь оставалось только мечтать о том, чтобы состояние Тедди улучшилось, а Гордон не слишком следил за Изабель. Вообще у него на этот счет было много мечтаний, но Билл боялся, что ни одно из них не воплотится в жизнь.

Последние дни, проведенные ими в больнице, казалось, промелькнули со скоростью звука. У Изабель все тесты оказались положительными, она чувствовала себя хорошо. Были уже сделаны все необходимые приготовления к ее отъезду. Гордон сначала собирался сам забрать ее из больницы, но в последнюю минуту передумал, заявив, что у него слишком много дел. Но Изабель была этому только рада: значит, в последнюю ночь ее не разлучат с Биллом.

Сестры оставили их одних. Изабель уезжала утром, Билл — на следующей неделе.

— Неужели я завтра уеду? — с горечью произнесла Изабель. Они лежали, крепко обнявшись. Изабель с удовольствием занялась бы сейчас с ним любовью, но боялась снова травмировать психику Билла. Теперь она была даже рада тому, что Гордон держался от нее на расстоянии. Изабель уже едва помнила, что значит жить с Гордоном, Билл казался ей ее настоящим мужем.

— Береги себя, любимая, — сказал он, еще крепче прижав ее к себе. Прежний, огромный, фиксатор заменили на другой, поменьше, и теперь Билл мог немного двигать головой. Обоим были не нужны слова — они и без них все прекрасно понимали. Теперь им придется отвыкать друг от друга, отвыкать от нежных прикосновений и объятий. Уже завтра она столкнется с суровой реальностью — когда переступит порог дома на улице Гренель.

— Я не могу, — со слезами на глазах прошептала она. — Без тебя не могу.

— Ты сможешь. Я буду от тебя на расстоянии телефонной трубки. — Но он сам не верил тому, что сказал. Теперь все изменится. Гордон говорил с ней таким ледяным тоном, что Изабель была уверена — он будет мстить ей, как будто то, что с ней случилось, не является само по себе достаточным наказанием.

Они долго молчали, глядя на плывущую по ночному небу полную луну. Утро настало слишком быстро. Они лежали вместе до последней минуты, пока не пришла сестра и не напомнила Изабель, что пора. Приняв душ и одевшись, она села завтракать вместе с Биллом, но оба не могли есть. Они просто сидели и молча смотрели друг на друга, пока Изабель не разразилась рыданиями.

— Все будет хорошо, моя дорогая. Я сегодня вечером тебе позвоню, — ласково проговорил Билл, сам едва сдерживаясь. — Не плачь, любимая, не плачь...

Гордон прислал из Парижа кое-что из одежды: черное платье от Шанель, которое теперь стало велико Изабель, и черные кожаные туфли, казавшиеся чересчур широкими. Изабель сильно похудела, но Биллу она представлялась как никогда прекрасной. Длинные темные волосы были заколоты в аккуратный пучок, на лице никакой косметики, кроме губной помады. Глядя на нее, Билл вспоминал тот первый июньский день, когда они поехали на ленч, а потом в бар «У Гарри». С тех пор столько всего произошло — они едва не умерли, а затем снова обрели друг друга. И вот их короткое счастье кончилось. Обоим предстояло вновь вернуться в реальный мир, в мир, где они не могут быть вместе.

— Береги себя, — обнимая его, сказала Изабель. — И скорее возвращайся ко мне, — шепотом добавила она. — Не забывай, как крепко я тебя люблю.

— Будь сильной, Изабель... Я тоже тебя люблю, — прошептал Билл.

Чувствуя себя так, словно ее разрывает на части, Изабель решительно двинулась к двери, остановилась, последний раз взглянула на Билла, улыбнулась сквозь слезы и вышла.

Она поблагодарила сестер, попрощалась с врачами, специально вышедшими ее проводить, и в сопровождении нанятой Гордоном сиделки направилась к лифту. Изабель отчаянно хотелось вернуться в свою палату, повернуть назад стрелки часов, даже снова впасть в кому — все, что угодно, лишь бы остаться с Биллом. Наклонив голову, чтобы не было видно слез, она помахала медикам рукой, и дверца лифта закрылась.

Из уважения к Биллу после ее отъезда к нему долго никто не заходил. Именно поэтому никто не видел, как он плачет. Если бы в тот момент кто-то стоял под дверью, то обязательно услышал бы звуки рыданий — это умирала надежда. Это плакал мужчина, который знал, что больше никогда не увидит любимую женщину. Когда через несколько часов сестры наконец вошли в его палату, Билл уже крепко спал.

Глава 12

Самолет приземлился в аэропорту имени Шарля де Голля в два часа с минутами. У Изабель не было с собой никакого багажа, только небольшой саквояж, где лежали туалетные принадлежности и несколько книг, а также фотографии детей и Билла. Едва взглянув на ее паспорт, таможенник махнул рукой — можете идти. В аэропорту Изабель никто не встречал. Сам Гордон, конечно, и не собирался, а Софи он не сообщил номер рейса.

Начав путь к присланной за ней машине, Изабель была поражена собственной слабостью — она едва передвигала ноги. Конечно, отчасти это нервы, но до полного выздоровления ей явно еще было далеко. Настояв, чтобы она села в инвалидную коляску, сиделка повезла ее через здание аэропорта. Всю дорогу Изабель думала только о Билле. Перед тем как забраться в машину, она попыталась ему позвонить, но дежурная сестра сообщила, что он спит. Собственно говоря, Изабель нечего было ему сказать, не считая того, что она его любит и страдает без него. Ей действительно очень его недоставало, а ведь она еще даже не доехала до дома! Впрочем, когда она туда доберется, радость от встречи с детьми наверняка хоть на время вытеснит грустные мысли.

По дороге в Париж они с сиделкой почти не разговаривали. Задав своей подопечной несколько вопросов, та погрузилась в чтение какой-то книги. Ее наняли в той же лондонской больнице — сопровождение Изабель для нее было просто подработкой. В шесть часов вечера она собиралась улетать обратно в Лондон. Билл считал присутствие сиделки очень разумным. В конце концов, Изабель столько времени провела в постели. Если бы у нее закружилась голова, если бы она упала или чего-то испугалась, присутствие сопровождающего могло оказаться просто необходимым.

Проезжая по городу, Изабель испытывала странное ощущение — ее вовсе не радовала встреча с Парижем, а знакомый вид Эйфелевой башни не вызвал в ее душе никакого отклика. Сейчас ей хотелось быть на другом берегу Ла-Манша, в больнице — рядом с Биллом. Нет, так нельзя, и усилием воли она заставила себя думать о Тедди и Софи. Но когда машина повернула на улицу Гренель, Изабель вдруг испытала непонятное возбуждение — наконец-то она увидит детей!

Ведущие во внутренний двор большие бронзовые ворота сегодня были открыты — по-видимому, для нее. Когда машина въехала во двор, Изабель окинула взглядом окна, но ничей силуэт не маячил за стеклом. Правда, комнаты детей, как и ее собственная, выходили в сад, а Гордона в такой час она и не ожидала застать дома. Он предупредил ее, что приедет, как обычно, в шесть — у него сегодня очень много работы. Изабель сказала, что понимает, и она действительно его понимала. Таким образом муж давал ей понять, что изменить что-либо в его жизни не в ее власти.

Когда Изабель вышла из автомобиля, никто не поздравил ее с возвращением, только консьерж поклонился и молча коснулся рукой фуражки. Поднявшись на крыльцо (сиделка неотступно шла следом), Изабель позвонила в дверь, и через несколько секунд на пороге появилась домоправительница, Жозефина. Она взглянула на хозяйку, заплакала и бросилась ее обнимать.

— О, мадам... — Женщина уже не чаяла узреть Изабель, которую мысленно похоронила. За те годы, что она прослужила в этом доме — а это было без малого двадцать лет, — Жозефина успела ее искренне полюбить.

— Так приятно снова вас видеть! — проговорила Изабель. Войдя в знакомый холл, она оглянулась по сторонам. Все здесь, как ей показалось, изменилось — стало монументальнее, темнее и даже как будто печальнее. Странно, но дом больше не казался ей уютным, скорее, каким-то чужим. Единственное, что удерживало ее здесь, — это дети.

Поблагодарив сиделку за то, что она ее проводила, Изабель стала медленно подниматься по лестнице. Постояв немного на середине, чтобы перевести дух, она двинулась дальше и вдруг услышала в отдалении голоса. На мгновение все вокруг нее словно померкло, остался только голос сына, который с кем-то разговаривал. Подойдя к его комнате, она без стука открыла дверь.

Тедди заметил ее не сразу. Лежа в постели, он разговаривал со своей любимой сиделкой, Мартой. Еще не видя сына, Изабель по голосу определила, что он чувствует себя не слишком хорошо. Ни слова не говоря, она с улыбкой переступила порог.

Вскрикнув от радости, Тедди вскочил с постели, подбежал к матери и обнял ее так крепко, что она чуть не потеряла равновесие.

— Мама! Ты вернулась! — Он все обнимал и целовал ее, так что сиделка даже предупредила: мол, надо поосторожнее.

— Боже мой, я так по тебе скучала... — со слезами на глазах говорила Изабель. — Не могу поверить... Тедди, мой хороший... — Наконец она все-таки почувствовала, что вернулась домой. На миг оторвавшись от сына, Изабель присела на кровать и тут обратила внимание, какой он бледный. Тедди похудел и выглядел не слишком бодрым, а когда начал кашлять, то никак не мог остановиться.

Длинный ряд стоящих на тумбочке пустых флакончиков из-под лекарств и сиропов подтверждал, что дела идут плоховато. А ведь перед ее отъездом в Лондон Тедди был в такой прекрасной форме! Да, эти два месяца не прошли для него даром.

— Почему ты в такое время в постели? — забеспокоилась Изабель.

— Доктор не разрешает мне вставать, — не отрывая от нее счастливых глаз, ответил Тедди — так небрежно, словно это не имело никакого значения. Теперь, когда мама вернулась домой, совершенно не важно, как он себя чувствует. — Я говорил ему, что это глупо. Вчера я хотел выйти в сад, а Софи мне не разрешила. Она беспокоится обо мне еще больше, чем ты, — вообще ничего не дает делать.

— Это не так уж плохо, — улыбнулась Изабель. — Значит, пока меня не было, она хорошо о тебе заботилась.

— А с тобой все в порядке? — озабоченно спросил Тедди. Он перестал кашлять, но, присмотревшись, Изабель заметила, что руки мальчика дрожат. Скорее всего это было вызвано каким-то лекарством. Такое с ним и раньше бывало, когда он принимал средства для облегчения дыхания. Они к тому же плохо действовали на сердце, и Изабель старалась их избегать. Но Софи об этом не знала. — Папа сказал, что ты была в коме, а потом очнулась и теперь с тобой все в порядке.

— Так оно и есть. К сожалению, это произошло не слишком быстро, но теперь у меня действительно все в порядке.

— Каково это — быть в коме? — со странной задумчивостью поинтересовался Тедди. — Там красиво? Ты что-нибудь помнишь?

— Нет. Я помню только один сон, в котором видела тебя. Там был ослепительно яркий свет, я шла к нему, но ты заставил меня вернуться. — Это был тот самый сон, о котором они столько раз вспоминали с Биллом. Изабель вновь ощутила острую тоску. Жаль, что он не может познакомиться с Тедди, они столько о нем говорили. Просто несправедливо, что они никогда не встретятся, хотя... кто знает?

— Тебе было очень больно? — продолжал спрашивать мальчик. С мягкими вьющимися волосами, Тедди напоминал Маленького Принца из книги Сент-Экзюпери. В свои четырнадцать лет он никогда не бывал в школе, редко выходил из дома, не завел друзей. У него вообще не было никого, кроме родителей и Софи. А больше всех он доверял именно Изабель.

— Больно было только вначале. А потом я много отдыхала, сдавала анализы и принимала лекарства. Когда почувствовала себя совсем хорошо, то уехала домой — к тебе.

— Я ужасно по тебе скучал, — просто сказал он. Но эти слова не могли передать, как стремился он к ней и как боялся, что она никогда не вернется домой.

— Я тоже по тебе скучала, — промолвила Изабель. В его комнате она чувствовала себя вполне уютно — не то что в холле или даже в собственной спальне. Именно здесь она обычно проводила все свое время. — А где Софи?

— Ей нужно сделать несколько заданий. Она ведь на следующей неделе начинает учиться. Ты вернулась как раз вовремя. Папы постоянно не было дома, и Софи это просто бесило.

— Что ж, тогда мы с тобой вволю почитаем, и еще есть несколько замечательных головоломок. Пусть все занимаются своими делами, а мы будем общаться друг с другом, — внешне спокойно произнесла Изабель, хотя известие о том, что Гордон все время отсутствовал, ее всерьез взволновало. Где же он был? Впрочем, Тедди мог и преувеличить.

Они все еще разговаривали, смеялись и обнимались, когда в комнату со стопкой журналов вошла Софи. Увидев маму, лежащую на кровати рядом с братом, она вскрикнула от восторга:

— Мамочка! — Уже бросившись к ней, она сообразила, что надо быть поосторожнее, чтобы не причинить матери боль. Изабель показалась ей крайне изможденной. — Как ты похудела!

— В больнице ужасно кормили, — улыбнулась Изабель. Она не стала говорить, что Билл несколько раз заказывал чудесные обеды. Просто у нее не было аппетита. Одежда теперь болталась на Изабель как на вешалке.

— Ты хорошо себя чувствуешь? — встревожилась Софи. Пока мать была в больнице, девушка успела стать семейным ангелом-хранителем.

— Сейчас, когда снова вас вижу, я чувствую себя замечательно, — искренне ответила Изабель. Прошел еще час, прежде чем она отправилась в свою комнату, чтобы полежать. С непривычки она, конечно, устала, и Марта напомнила, что неплохо бы немного позаботиться и о себе.

Сбросив туфли, Изабель прилегла и привычно огляделась. Стены комнаты были обиты шелковыми обоями — розовые и белые цветы лаванды на светло-желтом фоне. Вся мебель была в стиле Людовика XV. Все-таки приятно вернуться домой. Когда она увидела детей, у нее немного отлегло от сердца, но тоска по Биллу не проходила и даже усилилась. Ей хотелось слышать его голос, видеть его улыбку, почувствовать прикосновение его рук. Когда теперь они встретятся? Очень и очень не скоро.

Собираясь прилечь всего на несколько минут, Изабель против ожидания крепко заснула и проснулась, только когда пришла Софи и осторожно коснулась ее плеча:

— Тебе нехорошо, мама? — За это лето она стала совсем взрослой, в одночасье распрощавшись с детством. С Изабель она обращалась по-матерински заботливо. Повернувшись на спину, Изабель улыбнулась: как близка ей стала Софи.

— Я чувствую себя прекрасно, милая. Просто немного устала, вот и заснула.

— Не позволяй Тедди тебя утомлять. Он так счастлив тебя видеть, что ведет себя как игривый щенок. Недавно у него опять поднималась температура, — с беспокойством добавила Софи.

— Он очень похудел, — заметила Изабель, жестом приглашая дочь присесть.

— И ты тоже, — окинула ее внимательным взглядом Софи. Действительно, Изабель сильно изменилась, как будто явилась из какого-то другого мира. Собственно, так и произошло. Она чуть не умерла, а потом заново родилась. Кроме того, она полюбила замечательного человека. Перемены эти, оказывается, были заметны даже ее восемнадцатилетней дочери.

— Ты прекрасно заботилась о Тедди, — похвалила Изабель, и похвала была совершенно заслуженной. Лучше, чем кто-либо другой, Изабель знала, как нелегко ухаживать за таким больным ребенком. Пусть он добрый и ласковый, но у него масса потребностей, и за ним нужно постоянно наблюдать. Его опекун не имеет буквально ни минуты покоя. — Прости, что я так задержалась в Лондоне, — мягко проговорила Изабель.

— Я рада уже тому, что ты жива, — устало улыбнулась Софи.

— Тебе необходимо хоть немного отдохнуть, — озабоченно произнесла Изабель. — Завтра я снова составлю Тедди компанию. А ты перед учебой немного развлекись.

На этот раз улыбка Софи соответствовала ее возрасту. Ей не хотелось рассказывать матери, как тяжело ей пришлось, какой одинокой она себя ощущала. И не с кем было поделиться своими заботами — разве что с подругами, по телефону. Правда, сначала они ее навещали, но через несколько недель им это надоело. К тому же летом в основном все девочки были в отъезде. Да, для Софи эти два месяца выдались очень трудными, тем более что отец ей совершенно не помогал. Он не желал ничего слышать о Тедди и вел себя так, будто у него вообще нет семьи. Все это время он весьма редко снисходил до разговора с Софи, и она чувствовала себя не столько его дочерью, сколько постоянно перерабатывающей подчиненной.

Изабель встала, умылась, причесалась и собралась позвонить Биллу, но решила, что не успеет переговорить с ним до приезда Гордона. Муж, однако, приехал лишь около семи. Изабель сидела в комнате у Тедди и читала ему сказку, когда мимо, не останавливаясь и не издав ни звука, прошествовала знакомая высокая фигура, — Гордон с ней даже не поздоровался!

Дочитав страницу, Изабель отложила книгу. Софи недавно ушла куда-то с подругами — впервые за последние два месяца. Нежно поцеловав в щеку уставшего Тедди и пообещав вскоре вернуться, Изабель вышла в коридор. Мужа она нашла в его гардеробной — он с кем-то разговаривал по телефону. Увидев жену, он как будто удивился, словно забыв о ее возвращении домой. Изабель это покоробило, хотя такое невнимание было вполне в его стиле. Уезжая, он никогда не заходил попрощаться, а по возвращении обыкновенно сразу уходил к себе. Сегодняшний день, видимо, не представлялся ему каким-то необычным. Рассудив, что она находится у Тедди, он решил, что успеет увидеться с ней, когда сочтет нужным. Он явно никуда не спешил.

— Как прошла поездка? — спросил Гордон, не двигаясь с места.

— Прекрасно. — Они говорили так, будто этих двух месяцев не было вовсе, точнее, будто он не заметил ее двухмесячного отсутствия и того, что его жена чуть не умерла. — Спасибо сиделке. Без нее поездка оказалась бы очень трудной. Дети как будто выглядят неплохо, — тихо заметила Изабель. Если не считать того, что Тедди сильно похудел и только что оправился от лихорадки, а Софи на пять лет повзрослела. Но она знала, что муж не желает об этом слышать, — то, что касалось дома и детей, его не волновало.

— Как ты себя чувствуешь? — озабоченно спросил он, и это удивило Изабель — она ожидала, что Гордон сделает вид, будто она и вовсе не болела. Болезнь навевала на него воспоминания о детстве, накрепко связанные с болезнью матери.

— Хорошо, только устала. Думаю, понадобится еще некоторое время, чтобы окончательно прийти в себя. — На прошлой неделе доктор предупредил ее, что при малейшей головной боли следует обратиться к врачу. По его словам, полное выздоровление может наступить не раньше чем через год.

— Ты прекрасно выглядишь, — желая показаться любезным, промолвил Гордон. По целому ряду причин он хотел бы вычеркнуть из памяти эти два месяца. Он так и не подошел к жене, а она так и осталась стоять в дверях. Изабель не понимала, сердится ли он на нее. Ведь теперь он знал о них с Биллом. Тем не менее он не задал ей никаких вопросов, а о Билле не упоминал вовсе. Видимо, эта тема отныне является запретной. — Ты поужинала? — холодно осведомился муж.

Она покачала головой, что вызвало слабое головокружение и напомнило, что любые резкие движения ей пока противопоказаны.

— Еще нет. Я ждала тебя. Тедди уже поел, а Софи пошла погулять.

— Я считал, что ты сразу по приезде ляжешь в постель, — нахмурился Гордон. — Для тебя этот день был очень тяжелым. А у меня сегодня деловой ужин — с одним важным клиентом из Бангкока.

— Что ж, хорошо, — кивнула Изабель. Он так и не пригласил ее войти. Гордон давно уже требовал, чтобы в его комнаты никто не входил без особого приглашения, и это распространялось даже на нее. — Я сейчас попрошу Жозефину, чтобы она принесла мне поесть. Хотя я вовсе не голодна. — Пожалуй, ей вполне хватит тарелки супа или, может быть, тостов с яйцом.

— Правильно, так и сделай. Вместе мы поужинаем завтра. — Раньше Изабель сочла бы нормальным то, что Гордон никак не реагирует на ее возвращение домой, пусть даже после долгого отсутствия. Теперь же, после продолжительного общения с Биллом, черствость мужа ее поражала. Ни поздравлений по случаю выздоровления, ни цветов. Он даже ни разу не обнял ее. Поэтому Изабель очень удивилась, когда муж на минуту заглянул к ней перед выходом из дома. На нем были темно-синий костюм, белая рубашка и темно-синий галстук от Гермеса.

— Ты поела? — Этот вопрос служил признаком небывалой заботливости, так что Изабель была даже тронута. В прошлом таких ничтожных знаков внимания ей вполне хватало.

— Я съела яйца и немного супа, — вежливо ответила она, и Гордон одобрительно кивнул.

— Отдыхай. Не надо всю ночь проводить у Тедди. У него ведь есть сиделка.

Изабель с радостью отправилась бы к Тедди, но сознавала, что для этого ей пока не хватает сил.

— Он уже заснул, — сообщила она Гордону. Она заходила к сыну как раз перед тем, как лечь в постель.

— Тебе стоит сделать то же самое, — сказал он, попрежнему не приближаясь. Он редко к ней прикасался, никогда не обнимал, уже много лет не целовал и вообще держался от нее на расстоянии, даже находясь в одной комнате. Свою привязанность он за последние годы выразил ей только раз, и то на публике. Тогда она решила, что он смягчился, но когда они приехали домой и закрыли за собой дверь спальни, Гордон снова стал так же холоден, как обычно. Конечно, такое поведение резко контрастировало с поведением Билла, в каждом движении которого сквозила нежность. — Увидимся завтра, — немного помедлив, пообещал Гордон. Изабель вдруг показалось, что он собирается к ней подойти, но вместо этого он развернулся и поспешно вышел. Да, не о таком замужестве она мечтала, но тут уж ничего не изменишь, надо вновь к этому приспосабливаться.

Через несколько минут после ухода мужа она подняла трубку и набрала Лондон. На этот раз ее быстро соединили с Биллом. Голос его звучал мрачно, но, узнав ее, Билл страшно обрадовался.

— Я вот лежу и думаю о тебе, — бодро сообщил он, и Изабель невольно сравнила его интонацию с бесстрастным тоном Гордона. — Как там дети?

— Прекрасно, — улыбнулась она. Билл говорил так, словно был ее мужем, который находится в командировке и беспокоится о доме. — Были очень рады меня увидеть. Бедная Софи выглядит совсем уставшей.

— А как Тедди?

— Очень похудел. У него опять повысилась температура. Но сегодня ему как будто стало немного лучше. Завтра я собираюсь провести с ним весь день.

— Не перетрудись. Тебе еще рано набирать полную скорость.

— Я знаю, милый. А как у тебя прошел день?

День прошел ужасно, но он не стал ей этого говорить. После ее отъезда Билл чувствовал себя очень одиноким, но к этому следовало привыкать. Теперь у них оставались только телефонные звонки — собственно, как и раньше, но после двух месяцев совместной жизни это казалось такой малостью!

— Прекрасно, — солгал он. — Только очень скучал по тебе. На следующей неделе меня хотят выписать. Я чувствую себя так, словно собираюсь отправиться в камеру пыток. — Он выбрал реабилитационный центр с самой жесткой программой восстановления, так как считалось, что именно такой подход может дать наилучшие результаты. От этого зависело его будущее — их с Изабель совместное будущее. Билл все еще надеялся, что в Штатах он услышит что-нибудь более обнадеживающее, тамошним врачам он больше верил.

Они еще немного поговорили о ее возвращении домой, о детях и о том, что сегодня звонила Джейн, которой удалось немного поднять ему настроение. И только в конце разговора Билл упомянул Гордона:

— Как там он?

— Гордон есть Гордон. Он поздно вернулся с работы, а потом куда-то уехал. Ну ничего страшного. — Свое сердце она оставила в Лондоне, за исключением той его части, которая принадлежала детям. Для мужа не осталось ничего. Так было бы, даже если бы она не встретила Билла. От ее брака осталась лишь одна видимость, пустая оболочка.

— Он на тебя не сердится? — Билла это беспокоило. Когда Форрестье приезжал в Лондон, то очень злился на Билла.

— Внешне — нет. — Но он никогда не стал бы этого показывать. Свои эмоции он обычно проявляет совершенно неожиданно. Расплата, по-видимому, наступит позже. — Пока что все спокойно. Гордон держится отчужденно, но так он ведет себя всегда.

— Не дай Бог, он возьмет тебя в оборот из-за того, что ты оказалась со мной в машине. Я знаю, что это его сильно расстроило. И не без оснований. — А теперь оснований стало еще больше, правда, Форрестье об этом не знает.

— Ты говорил с Синтией? — как бы между прочим поинтересовалась Изабель. Она еще в Лондоне заметила, что жена никогда ему не звонит. Втайне от Изабель Билл в больнице несколько раз встречался со своим адвокатом и заполнил необходимые для развода документы.

— Джейн сказала, что она сейчас в Саутгемптоне. Я увижусь с ней уже в Нью-Йорке.

— Надеюсь, что так. — Его невнимание к жене поразило Изабель.

Он обещал позвонить ей на следующий день — она никуда не собиралась выходить. Пока это не составляло проблемы — между Парижем и Лондоном всего час разницы во времени. Когда он уедет в Нью-Йорк, будет труднее, но Изабель считала, что они справятся, не в первый раз. Прежде чем повесить трубку, Билл сказал, что любит ее, и потом, лежа в постели в своей комнате, она снова почувствовала себя здесь чужой. Ее дом был в Лондоне, с Биллом.

В эту ночь она не слышала, как Гордон возвратился домой, и неудивительно — она спала очень крепко. Изабель столкнулась с ним на следующий день в коридоре, направляясь к Тедди. Проснулась она позже обычного, только в девять часов. Гордон приветственно махнул рукой, продолжая говорить по сотовому телефону. Через минуту она услышала шум отъезжающей машины.

С Тедди они прекрасно провели время. Изабель читала ему, лежа рядом, и это немного напоминало ей о лондонской больнице. Кроме того, они разговаривали и играли в разные игры, а после ленча вместе вздремнули. Их разбудил пришедший к Тедди доктор. Осмотрев мальчика, он нашел, что с приездом матери его состояние несколько улучшилось, но когда они вышли в коридор, лицо доктора помрачнело.

— Вы понимаете, что его дела неважны, Изабель?

Она надеялась, что это лишь временно. Теперь, по возвращении домой, Изабель была полна решимости вернуть сына в то состояние, в котором он находился два месяца назад. В ее отсутствие Софи хорошо за ним присматривала, но она не знала всех тонкостей, ведомых Изабель.

— Он бледный, он похудел, но вы сами заметили, что ему сегодня лучше, — с надеждой сказала она.

— Он просто рад вашему появлению. Но он постепенно слабеет, вы должны это понимать. Сердце работает все хуже, а легкие все лето были в плохом состоянии.

— И что же? — с беспокойством спросила Изабель.

— Его организм за ним не поспевает. По мере того как он растет, легким и сердцу приходится все труднее.

— А если сделать пересадку?

— Он ее не выдержит, а без этого его дни сочтены. — Да, дома ее ждали не слишком приятные вести, а ведь она сама еще тоже не пришла в норму. — Было бы неплохо, если бы он хоть немного набрал вес, — продолжил доктор, — да и вы тоже, Изабель.

— Я постараюсь. Мы будем толстеть вместе, — улыбнулась она, обдумывая его слова. Для Тедди это лето выдалось очень трудным, но теперь, когда они снова вместе, она приложит все усилия и переломит ситуацию. Она уверена, что сможет это сделать.

— Через день-два я к вам заеду. Если будут какие-нибудь проблемы, звоните, не стесняйтесь.

Но возникшие у нее проблемы были связаны вовсе не с Тедди. Причиной их послужил Гордон. Этим вечером он пришел домой сильно не в духе, но ничего объяснять не стал. Поужинал один, в своей комнате, вниз не спускался. С Изабель он не разговаривал, к ней в комнату не заходил.

А позднее, когда она уже лежала в постели, размышляя над происходящим, она услышала, как хлопнула входная дверь. Она не имела представления, куда он в такое время направился, и снова увидела его лишь утром. Изабель наткнулась на него, когда спускалась вниз, чтобы позавтракать. Гордон сидел в столовой с чашкой кофе и читал газету. Долгое время он делал вид, что ее не замечает. У Изабель создалось впечатление, что он на нее злится, но она не представляла за что.

— Ты разговаривала со своим лондонским другом? — вдруг резко спросил он, и она вздрогнула от неожиданности. Она не собиралась ему лгать, но и не хотела обсуждать эту тему.

— Да, — кивнула она. То, что Гордон упомянул о Билле, ее сильно удивило. До этого он не сказал о нем ни слова, но теперь, похоже, был в бешенстве.

— Тебе не кажется, что это неприлично, Изабель? Я думал, у него есть хоть какая-то совесть. Ведь он чуть тебя не убил, черт возьми!

— Нас обоих чуть не убил автобус. Он ни в чем не виноват.

— Если бы ты с ним не поехала, этого бы не произошло. Вряд ли тебе было бы приятно, чтобы твои дети узнали, что в момент аварии ты была с чужим мужчиной. — В его словах звучала скрытая угроза — он ее предупреждал.

— В этом ты прав, а в остальном — нет. Мы были с ним всего лишь друзьями, — спокойно проговорила она, хотя ее сердце бешено стучало.

— То есть ваша дружба кончилась?

— Я этого не говорила. Мы многое пережили вместе. — Она осторожно посмотрела на мужа. Зная его мстительность, Изабель не желала начинать с ним войну. Если война начнется, то он обязательно выиграет. Он всегда побеждает. Власть и сила на его стороне. Значит, не стоит раскрывать перед ним все карты. — С его стороны тебе нечего бояться. Я ведь уже дома.

— Дело не в этом. Я предупреждаю: не играй с огнем, Изабель. Ты рискуешь меня рассердить. Я этого не потерплю.

— У меня нет желания тебя злить. Мне жаль, что сложилась такая неловкая ситуация. — Говоря это, она опустила глаза.

— Любопытные у тебя формулировки! — пристально глядя на нее, произнес Гордон. — Да уж: попасть в катастрофу в тот момент, когда обманываешь мужа, — действительно неловко.

— Я тебя не обманывала. Я просто ездила поужинать, — мягко поправила она.

— И потанцевать. Ведь было два часа ночи!

Она не стала спрашивать, где ночевал он сам. Она никогда ни о чем не спрашивала — не смела. В самом начале их семейной жизни как-то само собой решилось: только он устанавливает правила и обладает свободой. По молчаливому уговору она не должна была задавать вопросы или сомневаться в его праве на власть или независимость — наказание было бы ужасным. В их семье всегда царил диктат, и теперь тоже ничто не изменилось. Изабель это понимала. Единственное, что ее сейчас удивляло: как она долгие годы мирилась с подобным укладом? Разве это семья?

— Ты ведь замужняя женщина, — напомнил ей Гордон, — и должна соответственно себя вести. Надеюсь, ты сделала выводы.

Изабель не могла понять, в чем, собственно, должны состоять эти выводы. В том, что на нее обязательно налетит автобус, если она будет ужинать с посторонним мужчиной? Любопытно, что бы он сделал с ней, если бы узнал, что в больнице они практически жили в одной комнате с Биллом? Впрочем, он высказался достаточно определенно.

Он ожидает от нее образцового поведения и за любое непослушание будет беспощадно наказывать — молчанием, угрозами, оскорблениями, а возможно, даже разводом. А если он с ней разведется, это отразится на Тедди — единственное, что по-настоящему трогало Изабель.

— Твое счастье, что я готов тебя простить. Но если я узнаю, что ты позволяешь себе что-то неподобающее или что он тебя навещает, наши отношения окажутся под угрозой. Ты должна сказать ему, чтобы он перестал звонить.

Но Изабель знала, что никогда этого не сделает. Их телефонные разговоры — это все, что у нее есть. От Гордона ей не дождаться ни поддержки, ни даже обычного человеческого отношения.

Встав из-за стола, он взял свой портфель и вышел из комнаты. Он сделал все, что хотел, — выразил ей свое недовольство.

Изабель еще долго сидела в столовой, пытаясь собраться с мыслями. Если раньше она не могла разобраться в ситуации, то теперь зато ориентировалась великолепно. Сейчас она словно заключенный, выпущенный на поруки, и если снова совершит какой-то проступок, ее накажут по всей строгости. Гордон может, например, развестись с ней и забрать себе Тедди — худшего кошмара Изабель не могла и представить. А ведь он на такое способен. Ей хотелось позвонить Биллу, но она не смела и поэтому ждала его звонка.

Билл позвонил ровно в полдень, после физиотерапии. Голос его звучал устало, но достаточно бодро.

— Привет, детка, чем ты там занимаешься? — весело поинтересовался он, но, услышав ее, сразу понял: произошло неладное. — Что случилось?

— Нет, все в порядке, — солгала она, но когда Билл стал настаивать, не выдержала и все рассказала.

— Он просто пытается тебя запугать. Пытается править с помощью террора. — Значит, Гордон не показывался в больнице именно для того, чтобы наказать жену и вселить в нее неуверенность и беспокойство. Однако он не предполагал, что для них это обернулось подарком судьбы. — Он ничего не сможет сделать. Он не сможет забрать Тедди. — Билл тщетно старался ее подбодрить, но страх по-прежнему звучал в голосе Изабель.

— Здесь суды настроены в пользу отцов. Возможно, он сумеет убедить их, что я плохая мать. — Ее тревожный тон разрывал Биллу сердце.

— И как же он убедит их, что ты плохая мать? Рассказав, что ты четырнадцать лет день и ночь ухаживала за сыном? Милая, не говори глупостей. Он просто пытается тебя запугать, и у него это получается.

Гордон с первой встречи внушал ей безотчетный страх. Он казался Изабель таким всесильным и всезнающим!

— Ему всегда удавалось воздействовать на меня.

— А на меня нет! — зло бросил Билл. Он бы с удовольствием поговорил по душам с Форрестье насчет его отношения к жене. Ничего особенного этот надутый индюк собой не представляет. — Просто старайся не обращать на него внимания и занимайся своими делами.

— Я так и делаю.

— Ты сегодня с ним ужинаешь?

— Не знаю. Он никогда меня не предупреждает.

Страдания Изабель сводили Билла с ума, но он ничем не мог ей помочь. Он знал, что она по собственной инициативе никогда не разведется с Гордоном. Ей было что терять, к тому же она слишком боялась мужа, что ему и требовалось Билл попытался это ей объяснить, но Изабель возражала, что полностью от него зависит. У нее нет своих денег, а на руках ребенок-инвалид, которому необходимо крайне дорогое лечение. Ее слова ужасно расстроили Билла. Он с радостью женился бы на ней и позаботился о ее сыне, но теперь это было невозможно, по крайней мере до поры до времени. Такие люди, как Гордон, всегда находят средство, чтобы добиться своих целей. В данном случае это страх. Только теперь Билл начал догадываться о том, каким унижениям Изабель подвергалась все эти годы А их получившая огласку встреча в Лондоне еще более укрепила позицию Гордона. Какое несчастье, что он об этом узнал!

— Старайся не попадаться ему на глаза. А я буду тебе звонить. — Его номер телефона не должен фигурировать в счетах на оплату — ведь Гордону только это и нужно. — Звони мне сама лишь в крайнем случае, — добавил Билл.

Они поговорили еще немного, пока ему не пришла пора отправляться на процедуры. Перед тем как повесить трубку, он обещал снова ей позвонить — до того, как вернется с работы Гордон.

Но на этот раз Гордон преподнес ей сюрприз. Он приехал домой рано, в четыре часа, с таким видом, будто хотел застать Изабель врасплох. Однако его расчет оказался неверным. К тому времени она уже поговорила с Биллом и теперь прилегла на кровать Тедди и играла с ним в карты. Тедди, хоть и любил раскладывать пасьянс, предпочитал играть вдвоем с матерью.

Проходя мимо, Гордон помахал им, но не остановился. Именно с таким поведением все лето сталкивалась Софи, и теперь она смотрела на отца совсем другими глазами. Она заметила, что он может разговаривать с ней и при этом полностью игнорировать Тедди, словно тот какой-то невидимка или же вообще не существует. Чувствуя его отношение, мальчик, в свою очередь, почти не питал к отцу ни уважения, ни привязанности. Только сейчас Софи начала видеть картину целиком.

— Почему ты позволяешь ему так с собой обращаться? — спросила она вечером у Изабель. Софи желала, чтобы мать вела себя более независимо, и огорчалась, видя реальное положение вещей. Несмотря на недавние размолвки, дочь теперь была ее главным союзником.

— Он это делает не со зла. Просто такая у него натура. — Изабель всегда защищала мужа перед детьми, хотя, по существу, они были правы. — Он так ведет себя не для того, чтобы покрасоваться, — пояснила она, но Софи это не убедило. За лето она многое узнала о своем отце — пожалуй, больше, чем хотела бы, — и это полностью разрушило все ее прежние иллюзии. Теперь ее симпатии всецело принадлежали матери.

— Он постоянно демонстрирует свою черствость. Он ужасно относится к тебе и совершенно безразличен к Тедди! — со злостью воскликнула Софи.

— Ну что ты говоришь... — попыталась прервать ее Изабель.

— Он заботится только о себе. Я ему тоже безразлична.

— Он очень тобой гордится.

Софи не стала с этим спорить, но было ясно, что мать ее не убедила.

— Даже если в этом ты права, он все равно не имеет права так обращаться с тобой или с Тедди. — К дочери Гордон всегда относился чуточку лучше, но в последнее время он, похоже, охладел и к ней. Он так и не поблагодарил ее за приложенные усилия, не похвалил за то, что она нежно заботилась о брате. Софи теперь считала отца холодным, бесчувственным, безжалостным человеком, и была совершенно права. Эти черты характера дали ему возможность достигнуть больших высот в бизнесе, но дома их было трудно выносить.

— Пожалуйста, не волнуйся! — упрашивала ее Изабель. — Твой отец — хороший человек. — Она знала, что лжет, и Софи это тоже знала. Гордон не был ни хорошим, ни добрым. — Мы с твоим отцом давно притерлись друг к другу. Все не так плохо, как кажется со стороны.

Но Софи не сомневалась, что на самом деле все обстоит еще хуже. Теперь она понимала, почему у родителей отдельные спальни. Пока Изабель была в больнице, отец вряд ли провел дома даже один вечер, а зачастую и вовсе не ночевал. Матери об этом она говорить не стала, не желая ее расстраивать. Софи не думала, что отец завел себе любовницу — он как будто был не из таких, — но тогда куда же он все-таки ездил? Он не оставлял ей никаких телефонных номеров.

— Все нормально, — повторила Изабель, однако дочь осталась при своем мнении.

— Он всегда был такой? — Софи не могла припомнить, чтобы отец когда-нибудь обращался с матерью по-другому. Неужели было время, когда между ними существовали взаимная привязанность и теплота? Пожалуй, на ее памяти отец ни разу не обнял и не поцеловал маму. А после рождения Тедди они стали спать в разных спальнях. Правда, мать утверждала, что это из-за того, что по ночам она бегает к Тедди и беспокоит отца, но Софи смутно догадывалась, что дело не только в этом. Как же она раньше ничего не замечала? С раннего детства она больше любила отца и теперь упрекала себя за это. Пока мамы не было дома, Софи многое поняла, очень повзрослела, а то, что Изабель чуть не умерла, заставило дочь ценить ее больше, чем когда-либо прежде. — А когда вы только поженились, он был другой? — спросила Софи, печально глядя на мать. Сейчас она испытывала к ней бесконечную нежность.

— Когда мы поженились, он был очень заботлив. Такой сильный, такой решительный, я думала, он меня любит. Тогда я была еще очень молода. И когда ты родилась, он вел себя просто замечательно. Он был так счастлив! — Она не стала говорить Софи, что Гордон хотел мальчика. Потом у нее был выкидыш, а через четыре года после Софи родился Тедди. И тогда все кончилось. Гордон упрекал ее за преждевременные роды, утверждая, что она сама их чем-то спровоцировала, а следовательно, это ее вина.

Муж с самого начала не пожелал иметь ничего общего с больным ребенком. А через несколько месяцев он отдалился и от самой Изабель. А она так нуждалась в его любви и поддержке, для нее настало очень трудное время. В первые два года жизни Тедди несколько раз чуть не умер, что страшно напугало Изабель. Сын был таким маленьким и хрупким, казалось, так легко его потерять, а Гордон снова и снова твердил ей, что это она во всем виновата, что она ни на что не способна. Он полностью лишил ее уверенности в себе — как матери, как женщины, как жены. За эти два года он совсем отошел от нее. И хотя Изабель толком не понимала, в чем она провинилась, ощущение вины прочно поселилось в ее душе. Ей казалось, что если бы она вела себя правильно, то он до сих пор бы ее любил и все у них было бы хорошо. Даже сейчас у нее временами возникало подобное чувство. Вот и сегодня утром, когда Гордон привычно возложил на нее всю вину, Изабель опять была готова ее признать, только благодаря Биллу эта готовность теперь несколько ослабла. Она понимала, что тайно встречаться с ним в Лондоне было нехорошо, вот, пожалуй, и все. Далее они ничего предосудительного не делали — вплоть до больницы. Все изменилось только после аварии. А теперь она так сильно любила Билла, что вина не казалась ей непомерной расплатой за то, чтобы сохранить его в своей жизни.

— Не понимаю, почему ты вышла за него замуж, мама, — уже собираясь уходить, проговорила Софи.

— Потому что любила, — печально сказала Изабель. — Мне тогда был двадцать один год, и я думала, что наша совместная жизнь будет прекрасной. Он был красивым, умным и преуспевающим. Мой отец на него только что не молился. Он считал, что Гордон будет мне идеальным мужем, и я ему поверила. — В свои тридцать восемь лет Гордон уже возглавлял банк, а у Изабель было положение в обществе. На первых порах связи ее родителей очень ему помогали. Но, войдя в определенный круг, Гордон отодвинул Изабель в сторону, а лет через пять и вовсе перестал проявлять свою любовь или хотя бы привязанность. Каким очаровательным он был вначале и каким грубым стал потом!

К тому времени как умер ее отец, семейная жизнь превратилась для Изабель в настоящий кошмар, но она никому в этом не признавалась. Во-первых, ей было стыдно, а во-вторых, Гордон убедил ее в том, что она сама во всем виновата. С той поры Изабель изливала свою любовь только на детей. По крайней мере, думала несчастная женщина, тут она делает все как надо. А вот Билл в отличие от ее мужа считал, что она прекрасно справляется со своими обязанностями. Изабель все еще удивляло, что двое мужчин видят ее столь по-разному, но Биллу она доверяла, а Гордону нет. Тем не менее ради детей она собиралась терпеть этот кошмар до конца жизни.

Вскоре Софи ушла. На этот раз Гордон и Изабель ужинали вместе, но после утренней стычки в основном молчали. Она не хотела его злить, а он всем своим видом давал понять, что с ним лучше не заговаривать. Даже обычную беседу он сейчас рассматривал как некую уступку со своей стороны. Да и о чем им было говорить? Обычно Изабель рассказывала ему о детях, и это его только раздражало. Так и не сказав ни слова, Изабель после кофе отправилась наверх, к Тедди, а Гордон, как обычно, забаррикадировался в своих апартаментах, пояснив, что должен еще поработать. Позже, лежа в постели, Изабель долго размышляла над словами Софи. Эту умную, отзывчивую девушку ужасало поведение отца, но поведение матери раздражало еще больше. Софи хотела, чтобы Изабель бросила ему вызов, а она вместо этого его защищала.

Изабель не слышала, как ушел Гордон, а когда утром стала его искать — был очень важный звонок из Нью-Йорка, — то обнаружила его постель нетронутой. Она не могла представить, где он находился всю ночь, а спросить было не у кого. И тут ей вдруг пришло в голову, что такое могло происходить и раньше, просто теперь она перестала закрывать на все глаза. Изабель сообщила ожидавшему ее собеседнику, что тому следует звонить в банк. Ей очень хотелось самой позвонить Гордону и спросить, где он ночевал, но она не стала унижаться, а занялась, как и советовал Билл, собственными делами. Когда вечером Гордон приехал домой, Изабель ни о чем его не спросила, так как конфронтация была не в ее стиле, но отныне безразличие мужа ее не трогало. У нее был Билл. После ужина она сразу легла спать, а Гордон осторожно вышел из дома, заботясь о том, чтобы его никто не услышал.

Глава 13

Билл покинул больницу через пять дней после Изабель. Проведенные без нее дни подействовали на него крайне угнетающе. Он чувствовал себя ужасно одиноким, но к этому надо было привыкать. Его ожидал собственный Эверест. Врачи наметили план на предстоящий год, сразу предупредив, что надеяться на чудо не следует. Вероятность встать на ноги была ничтожно мала, и хотя медики одобряли решимость Билла, они старались уберечь его от горького разочарования, если достичь цели ему не удастся. Учитывая характер травм, было удивительно, что он вообще что-то чувствует. Однако ощущать, что у тебя есть ноги, и пользоваться ими — разные вещи.

Сестры провожали его со слезами на глазах. Все они поголовно были в него влюблены и растроганы его глубокой привязанностью к Изабель. То, что оба выжили после аварии, вселяло в сотрудников отделения реанимации оптимизм и позволяло и дальше надеяться на лучшее.

Билл обещал всем прислать открытки из Нью-Йорка и каждому заказал в «Харродз» подарки: сестрам — красивые золотые браслеты, а лечащему врачу — часы «Патек Филипп». Он зарекомендовал себя щедрым и добрым человеком, и медики не сомневались, что будут по нему скучать.

Сестра и санитар доставили его в аэропорт и посадили в самолет, а представители реабилитационного центра должны были встретить его в нью-йоркском аэропорту имени Кеннеди. Перед отлетом Билл позвонил дочерям, и обе обещали назавтра навестить его в реабилитационном центре. Синтии он намеренно звонить не стал, стараясь общаться с ней поменьше. Раз они разводятся, так будет лучше. Документы на развод Билл оформил месяцем раньше, оставив ей загородный дом, несколько машин и внушительный портфель ценных бумаг. Синди была ошеломлена его оперативностью и щедростью и решила, что причина спешки — желание поскорее жениться на Изабель. Но Билл объяснил ей, что она ошибается. Не подозревая о глубине его чувств к Изабель, она должна была ему поверить.

Первые несколько часов полета Билл ощущал себя вполне комфортно, но потом у него начали болеть спина и шея, и тогда он прилег, радуясь тому, что летит на собственном самолете. Доктор посоветовал ему в дороге не есть и не пить, и Билл следовал его совету. Доктор также настаивал на присутствии сиделки, но Билл желал доказать самому себе, что может ни от кого не зависеть, и теперь глубоко сожалел о своем упрямстве. В момент приземления он был уже на пределе.

В аэропорту его ждали два санитара и водитель автофургона, оснащенного каталкой. Таможню Билл прошел без всякой проверки. Он хотел было остановиться и позвонить Изабель, но решил подождать до тех пор, пока не доберется до реабилитационного центра. Все болело, и ужасно клонило в сон.

— Ну как, лучше? — спросил один из сопровождающих, устроив его в автомобиле, и Билл в ответ улыбнулся:

— Это был дьявольски долгий полет. — Сейчас даже лежать ему было трудно. Разложенное кресло превратилось в кровать, но все равно спинка оставалась слегка наклоненной, что доставляло Биллу адскую боль. Это обстоятельство снова напомнило о том, как еще далеко до выздоровления, но он по-прежнему не терял уверенности, что в конце концов своего добьется.

Встречающие привезли ему кофе в термосе, прохладительные напитки и сандвич. Когда машина тронулась, Билл почувствовал себя значительно лучше. Стоял прекрасный осенний день, припекало солнце.

На дорогу до реабилитационного центра, располагавшегося в одном из предместий Нью-Йорка, ушло полчаса. Светлое, просторное здание больше походило на загородный клуб, чем на больницу, но у Билла уже не осталось сил, чтобы смотреть по сторонам. Единственное, о чем он мечтал, — это поскорее добраться до постели. По пути ему попадались мужчины и женщины в инвалидных колясках и на костылях. Две команды, также в инвалидных колясках, играли в баскетбол, а лежавшие на каталках зрители подбадривали их одобрительными криками. Атмосфера казалась весьма дружеской, люди вокруг были полны энергии, но все равно обстановка угнетала Билла. На ближайший год здесь будет его дом, и он чувствовал себя ребенком, которого послали учиться в интернат. Он скучал по Изабель, по больнице Святого Фомы, по знакомым лицам. О своем доме в Коннектикуте Билл не позволял себе и думать — эту часть прошлого следовало вычеркнуть из памяти. Когда коляску Билла вкатили в его комнату, глаза его повлажнели от слез: еще никогда в жизни он не чувствовал себя таким одиноким.

— Все в порядке, мистер Робинсон?

Он мог только кивнуть.

Помещение, в котором ему предстояло жить, походило на стандартный номер респектабельного отеля. Несмотря на умопомрачительную цену, постояльцев не баловали какими-то особыми удобствами. Приличная современная мебель, опрятное ковровое покрытие, односпальная кровать вроде той, на которой он спал рядом с Изабель, на стене — одна-единственная картина. В его распоряжении была собственная ванная, имелись факс, розетка для подключения компьютера и телефон. Микроволновую печь пациентам иметь не разрешалось, очевидно, из опасений, что пациенты захотят изолироваться от прочих, питаясь отдельно. Биллу предстояло есть в кафетерии, участвовать в спортивных состязаниях и завести себе друзей — все это являлось частью процесса реабилитации. Не важно, кто он такой и кем был в прошлом, сейчас он должен стать активным членом здешнего сообщества.

Оглядывая комнату, Билл вспомнил, что следует позвонить своей секретарше. За последние два с половиной месяца его политическая деятельность свелась практически к нулю. Находясь на больничной койке, он забросил все дела, и секретарше пришлось отложить все ранее намеченное. Он не мог знакомить людей друг с другом, планировать кампании или контролировать их проведение. Оглядевшись еще раз, Билл понял, что если и сможет когда-нибудь вернуться к своему основному занятию, то это произойдет не раньше чем через год.

В углу комнаты стоял маленький холодильник, как в хорошем отеле, наполненный прохладительными напитками, разными закусками и шоколадными плитками. Билл был чрезвычайно обрадован, обнаружив в нем две небольшие бутылки вина. Когда сопровождавшие его санитары ушли, он открыл бутылку кока-колы и посмотрел на часы. Он хотел позвонить Изабель — но вдруг Гордон дома? Тем не менее Билл сейчас чувствовал себя таким одиноким, что отказаться от общения с Изабель было выше его сил. Он решил, что если трубку поднимет Гордон, то он просто даст отбой.

После второго гудка он услышал родной голос. В Париже было одиннадцать часов, но она как будто еще не спала.

— Я как, вовремя? — сразу поинтересовался Билл, и Изабель засмеялась:

— Смотря для чего! Нет, очень даже вовремя, я как раз о тебе подумала. Гордон уехал в Мюнхен. Как ты перенес дорогу?

— Было больно, — честно признался он. — А здесь я как в тюрьме. — Он снова огляделся по сторонам — хотя комната выглядела совсем неплохо, здешняя обстановка была ему явно не по душе. — Мне здесь не нравится, — подытожил он тоном соскучившегося по дому школьника.

— Ну ничего, ты скоро привыкнешь. Вот увидишь, все будет хорошо, — попыталась утешить его Изабель. Точно такими же словами она подбадривала Софи, когда та уезжала в школу. — Может, тебе придется там провести всего несколько месяцев. — Но Билл явно был мрачно настроен, и сердце Изабель сжалось от сочувствия. Она очень хотела ему помочь, но не представляла, как это сделать на расстоянии. Каждому из них придется самому вести свою битву, и на долю Билла, пожалуй, выпала задача потруднее.

— А вдруг я пробуду здесь года два? — с той же обиженной интонацией произнес он.

— Готова поспорить, что ты скоро оттуда выйдешь. Кстати, что там за люди? — Когда они обсуждали будущее, то опасались, что в реабилитационном центре будут преобладать пожилые полупарализованные пациенты, с такими Билл вряд ли нашел бы общий язык. Но, насколько он успел заметить, большинство пациентов достаточно молоды — даже моложе, чем он. В центре в основном находились жертвы автомобильных аварий и травм, полученных на горнолыжной трассе или в гимнастическом зале. У них впереди была еще долгая жизнь.

— Ну, они выглядят неплохо. — Вздохнув, он посмотрел в окно на большой, олимпийского стандарта плавательный бассейн, в котором плавало множество народу. На бортике стояли инвалидные коляски. — Просто не хочется здесь находиться. Я лучше бы поехал в Вашингтон, чтобы поработать, или в Париж — чтобы побыть с тобой. Такое ощущение, что жизнь проходит мимо. — Но и в тех местах, куда он стремился, Билла на самом деле не ожидало ничего хорошего. Чтобы вернуться к работе, он должен самостоятельно передвигаться и сам о себе заботиться, выдерживать долгие заседания, сохраняя при этом мобильность и ясность ума. Кроме того, Билл боялся, что теперь его станут воспринимать по-другому. Возможно, кое-кто решит, что он уже вышел в тираж и не сможет провести успешную избирательную кампанию, — человеческие предрассудки иногда принимают самые причудливые формы. Поэтому, в частности, следовало научиться передвигаться на собственных ногах.

Для Изабель это не имело никакого значения и на ее любовь никак не влияло, но она всячески желала ему успеха.

Стремление ни от кого не зависеть: ни от собственных детей, ни от жены, ни от коллег по работе или друзей, ни тем более от Изабель — стало для Билла навязчивой идеей. Если он не сможет защищать Изабель, заботиться о ней, заниматься с ней любовью, то он исчезнет из ее жизни. Он не вдавался в подробности, но Изабель чувствовала, что в этой игре ставки очень высоки. Но что она могла для него сделать? Только вести с ним телефонные беседы и молиться.

— Как себя чувствует Тедди? — заботливо спросил Билл. — И как себя чувствуешь ты?

— Со мной все замечательно. Софи вчера уехала на занятия. Тедди еще чересчур слаб, и я тревожусь за его сердце. Иногда возникает ощущение, что наступило ухудшение, но назавтра все опять вроде бы приходит в норму. Так что сама не пойму. Но настроение у него хорошее. — Это была истинная правда, однако инстинкт подсказывал Изабель, что с Тедди творится что-то неладное.

— Оливия и Джейн на прошлой неделе начали учиться, но обещали навестить меня в ближайшие выходные.

— А Синтия тоже приедет? — Изабель все-таки немного ревновала, хотя и не признавалась в этом. Билл это улавливал и чувствовал себя польщенным. Синди действительно собиралась приехать к нему вместе с дочерьми, хотя Билл всячески ее отговаривал. Он не стал объяснять этого Изабель, так же как и упоминать о разводе. Он все еще верил, что так ей будет легче: она не станет думать о том, что это из-за нее. Конечно, он будет ее ждать — вдруг она все же решится расстаться с Гордоном? Но говорить об этом не стоит. В общем, пусть думает, что брак с Синди по-прежнему сохраняется.

— Кажется, она куда-то уехала, — небрежно заявил он. Такой чересчур независимый образ жизни Изабель находила весьма странным, но, как всегда, не стала высказываться на этот счет.

— Гордон сейчас в Мюнхене на какой-то конференции. Но выходные он собирается провести дома, видимо, у него здесь какие-то дела, — сообщила, в свою очередь, Изабель. В свое расписание он ее уже давно не включал, и она была этому только рада. После Лондона муж стал для Изабель совершенно чужим, и ее больше не задевало то, что он везде ходит без нее. Очевидно, он счел, что она предпочитает оставаться дома, с сыном, и был прав. К тому же она все еще очень слаба, рано ложится спать и весь день проводит с Тедди. Вчера, когда Изабель спустилась, чтобы пообедать с Софи, она ощутила ужасную слабость. По словам доктора, пройдет еще несколько месяцев, прежде чем она станет прежней. А Биллу понадобится еще больше времени. Теперь он знал это точно. Полет был для него настоящей пыткой, такой боли он давно не испытывал. Даже сейчас, когда он разговаривал с Изабель, его еще не до конца отпустило.

— Какие у тебя на сегодня планы? — мягко поинтересовалась Изабель, чувствуя по голосу Билла, как он устал и как опечален.

— Наверное, лягу спать. Есть я не хочу. — От боли у него пропал аппетит, а обезболивающих он старался избегать, боясь, что может к ним привыкнуть. Он уже несколько недель как от них отказался.

— Может, тебе стоит разведать обстановку? — Если он останется один в своей комнате, тогда он совсем впадет в депрессию.

— Я отложу это на завтра. Собственно, особого выбора у меня и нет. Терапия начинается в семь утра, и до пяти в свою комнату я не вернусь. — Режим здесь строгий, но именно из-за него Билл и выбрал этот центр, считая, что чем больше будет работать, тем быстрее достигнет результатов. Но сейчас, еще не начав лечение, он уже стремился отсюда уехать. — Я позвоню тебе утром, когда встану. — В

Париже будет полдень, это очень удачное время. А вот если он позвонит ей, когда освободится, у нее часы покажут уже одиннадцать вечера, и трубку вполне может снять Гордон. Тогда Изабель ждут крупные неприятности.

— Я тоже могу тебе иногда звонить, — предложила Изабель, но Билл отказался, заявив, что лучше не рисковать.

— До завтра, милая, — завершил разговор он, у него не было сил общаться даже с ней. Ему казалось, что он на другой планете. Вот он наконец снова в Штатах, ну и что в этом хорошего? Он один, на необитаемом острове, и здесь ему предстоит провести целый год. Эта мысль не приносила Биллу радости.

— Я люблю тебя, дорогой, — прошептала Изабель. Положив трубку, она еще долго без сна лежала в постели и думала о Билле. Сейчас ей больше всего на свете хотелось его обнять, но на таком расстоянии оставалось только мысленно желать ему всего хорошего.

На следующее утро Билл встал ровно в шесть часов. Он спал не раздеваясь и проснулся по звонку будильника. Он едва мог двигаться. Вызвав санитара, Билл с его помощью взгромоздился на коляску и отправился в душ. Через полчаса, почувствовав себя лучше, он позвонил Изабель.

— Как ты себя чувствуешь, милый? — озабоченно спросила она. По сравнению со вчерашним днем его голос звучал гораздо бодрее.

— Намного лучше. За дорогу я совершенно выбился из сил.

— Это естественно. — Она улыбнулась. Тедди сегодня проснулся в хорошем настроении, а на дворе стоял чудесный сентябрьский день.

— Прости за то, что я вчера так расхныкался. Я чувствовал себя словно ребенок, попавший в интернат.

Изабель снова улыбнулась — у нее возникли такие же ассоциации.

— Да. Мне хотелось прилететь и забрать тебя домой, — призналась она.

— Матери так и поступают. А вот отцы всегда лишь советуют держаться. Мужская реакция сильно отличается от женской. Когда девочки уезжали в лагерь, то очень скучали по дому. Синди всегда предлагала забрать их пораньше, а я считал, что они должны взять себя в руки.

— И кто же побеждал? — с интересом спросила Изабель. От Синтии она никак не ожидала подобной мягкости. Сама она на ее месте предложила бы то же самое. До тех пор пока Софи не уехала учиться, Изабель никогда не расставалась со своими детьми.

— Конечно, она. Стоило мне уехать, как она поступала по-своему. К тому времени, когда я возвращался, они уже были дома.

— Она молодец!

— В общем, да. Но мне, пожалуй, уже пора отправляться. Интересно, какие пытки тут для меня припасли? Наверное, весьма утонченные.

К тому, что его ожидало, Билл оказался совершенно не готов. Он словно проходил курс молодого бойца где-нибудь в морской пехоте. Прямо в инвалидной коляске он занимался ритмической гимнастикой, поднимал тяжести и работал на тренажерах. Специальные упражнения были также предусмотрены для шеи и для ног. За полчаса, отведенные на ленч, он едва успел добраться до кафетерия и обратно, а к пяти часам так устал, что еле двигался. Вернувшись в свою комнату, он не смог даже перебраться с кресла на кровать, так что пришлось вызвать санитара.

— Ну что, хорошо поработали, мистер Робинсон? — с улыбкой слушая его стоны, спросил молодой афроамериканец. Бывший спортсмен, пять лет назад получивший травму, он теперь учился на физиотерапевта. Билл с удовлетворением отметил, что парень находится в прекрасной форме — никаких следов прежних травм.

— Вы шутите! — с несчастным видом промолвил Билл. — По-моему, меня сегодня хотели убить.

— Через пару недель это пройдет. Для вас это станет удовольствием. — Сделав пациенту массаж, он ушел, а Билл решил остаться в постели и пропустить ужин. Он уже дремал, когда в дверь постучали. Он сонным голосом спросил, кто там, а когда открыл глаза, в его комнату уже въехал молодой человек в инвалидной коляске.

— Привет! Меня зовут Джо Эндрюс. Я живу в соседней комнате. Хочу пригласить вас поиграть в баскетбол — это будет в восемь часов. — Эндрюс, красивый парень лет двадцати с небольшим, похоже, мог пользоваться только одной рукой. Полгода назад он попал в автомобильную катастрофу, в которой погибло четыре человека.

— В баскетбол? Да вы шутите! Разве что в качестве мяча — я не то что двигаться, я даже сидеть сейчас не могу.

— Поначалу приходится тяжко, — улыбнулся Джо Эндрюс, — а потом становится легче. Это замечательное заведение. Полгода назад я мог двигать только глазами и был бы счастлив, если бы смог почесать нос. — После таких слов Биллу ничего не оставалось, как, преодолев сопротивление организма, со стоном сесть.

— У вас есть плюс — возраст, — заметил он. — А я уже старик.

— Здесь такого понятия не существует. Капитану баскетбольной команды восемьдесят два года, но у него отличный бросок. Шестьдесят лет назад он играл за «Янки».

— Для меня это, пожалуй, чересчур.

— Потом будет легче, но самое интересное не это. Тут есть очень даже симпатичные женщины.

Билл словно снова попал в колледж. Мальчишка ему нравился. У него были смеющиеся глаза, приятная улыбка и ярко-рыжие волосы.

— Похоже, вы тут времени не теряете. — Это было слишком сильно сказано, но по крайней мере Джо снова стал засматриваться на женщин. Девушка, с которой он был помолвлен, погибла в той самой автомобильной катастрофе, но он предпочел не говорить об этом Биллу.

— По выходным я езжу в Нью-Йорк. Если хотите, как-нибудь съездим вместе. Тут всего двадцать минут на поезде.

— Мысль неплохая, но в данный момент я даже пошевелиться не могу.

— Тогда хоть посмотрите, как играют. Я вас кое с кем познакомлю. — Он был полон решимости не оставлять Билла в покое. Джо с удовольствием согласился стать старшим по этажу, в чьи обязанности входило как раз то, чем он сейчас занимался, — считалось очень важным, чтобы пациенты не замыкались в себе. Именно так в свое время оттащили от края и его. Когда он приехал в реабилитационный центр, то собирался покончить с собой, а теперь, пройдя через самое страшное, вновь ощутил вкус к жизни.

— Так что насчет девушек? — шутливо поинтересовался Билл.

— Вы женаты? — Джо окинул его оценивающим взглядом. Он умел находить подход к людям и сразу понравился Биллу, тем более было горько видеть его в инвалидной коляске.

— Нет. То есть я развожусь.

— Печально. Ну, в команде есть две девушки, одной из них восемнадцать лет.

— Боюсь, что это не по мне. А сколько второй?

— Шестьдесят три, — усмехнулся Джо.

— Эту я беру. Она больше подходит мне по возрасту.

— А вам сколько?

— Пятьдесят два. А сегодня кажется, что уже стукнуло девяносто.

— Вы еще не ужинали?

— Пожалуй, сегодня я пропущу ужин. — Вчера он тоже пропустил. Раз уж он добрался до своей комнаты, стоит ли опять выходить?

— Это вы зря. Я зайду за вами в половине седьмого, а после ужина решите, пойдете ли на игру. — Прежде чем Билл успел что-либо возразить, Джо развернул коляску и выехал в коридор.

Эндрюс неплохо поработал. В шесть пятнадцать Билл уже сидел в полной боевой готовности, значительно более бодрый, чем час назад. Он принял душ, побрился, причесался, надел тенниску и джинсы. По дороге в столовую Джо представлял своего подопечного всем, кто попадался на пути, похоже, тут не было человека, которого бы он не знал. Билл уже выяснил, что Джо двадцать два года и что он из Миннеаполиса. Юноша недавно окончил колледж и собирался на следующий год поступать в университет, на юридический факультет. У него было две сестры и брат-близнец, который управлял машиной в ту ночь, когда случилась катастрофа. Брат и невеста Джо погибли на месте, как и два человека в другой машине. Подобные душераздирающие истории могли рассказать и другие обитатели здешнего заведения: дети, которые просто дурачились, не подозревая ни о чем дурном, женщина, получившая пулю в позвоночник во время банального ограбления магазина, куда зашла средь бела дня, чтобы купить своим малышам кока-колы, и тому подобное. Многие из пациентов нуждались не только в физиотерапии, но и в помощи психиатра, как в свое время тот же Джо. Но, покидая реабилитационный центр, все они уже были уверены в том, что смогут вести полноценную, нормальную жизнь.

Здесь постоянно жили двести пациентов, а еще триста проходили амбулаторное лечение. «Аборигены» составляли тесное сообщество, очень похожее на большую семью.

Стоявший в кафетерии шум напоминал Биллу даже не о колледже, а о коктейль-парти в полном разгаре. Все смеялись, разговаривали, строили планы, одновременно хвастаясь своими последними достижениями или жалуясь на то, что чересчур перетрудились. Билл уже давно не видел столько улыбающихся лиц. Уж чего-чего, а этого он не ожидал.

— На следующей неделе проводится теннисный турнир. Не хотите поучаствовать? — осведомился Джо, поддерживая беседу сразу с шестью собеседниками, из них четыре девушки. Примерно половина присутствующих относилась к мужскому полу в возрасте от двадцати до тридцати лет, а вообще мужчины составляли добрых три четверти пациентов — они больше рисковали, слишком быстро вели машину, играли в опасные игры. Были здесь и сверстники Билла. За столиком с ним сидела изумительно красивая девушка, чья речь, однако, звучала весьма невнятно. Она работала моделью и во время съемок упала с лестницы, сильно повредив голову. Она пробыла в коме восемь месяцев. Наконец-то Билл оценил, как повезло им с Изабель. Девушку звали Елена, лучшей ее подругой была молодая балерина, попавшая в автомобильную катастрофу и тем не менее полная решимости снова выйти на сцену. Эти люди, прилагавшие громадные усилия для того, чтобы преодолеть превратности судьбы, не могли не вызвать у него восхищения.

К тому времени, когда ужин закончился, Билл уже почти освоился. Джо и Елена уговаривали его принять участие в игре, но Биллу не хотелось, вполне достаточно поприсутствовать в качестве зрителя.

— У них неплохо получается, — улыбнулась ему Елена. В шортах и сандалиях, открывавших взору безупречный педикюр, она тоже сидела в инвалидной коляске, но не потому, что не могла сама ходить. Головокружения настигали ее совершенно неожиданно, и в коляске ей было спокойнее. Билл находил, что Елена похожа на Изабель. Джо рассказал ему, что девушка работала в Нью-Йорке, Париже и Милане, а перед аварией ее портрет появлялся на обложке таких журналов, как «Вог» и «Харперс базар». — Ничего, в следующий раз вы обязательно сыграете, — подбодрила она Билла.

— Почему бы и нет? — согласился он. Судя по длине ног, Елена была выше большинства мужчин, тем не менее многие сейчас не сводили с нее восторженных глаз. Впрочем, сама она не смотрела ни на кого, собираясь, как только выпишется, выйти замуж за фотографа, с которым работала в день той роковой съемки. На руке у фотомодели красовалось обручальное кольцо.

Болельщики поддерживали обе команды восторженными криками, независимо от того, кто вел в счете. Зрители, как на подбор, находились в прекрасном настроении: уже сам факт, что матч вообще состоялся, расценивался как победа.

— Вы женаты? — поинтересовалась Елена. Это было простое любопытство — каждый знал, что она без ума от своего жениха.

— Разведен. То есть почти разведен — все будет подписано через несколько месяцев.

— Что ж, очень жаль! — посочувствовала она и с усмешкой добавила: — Тогда вы будете здесь очень популярны. — Билл в этом сомневался: кругом полно симпатичных ребят, вдвое его моложе. Впрочем, он вовсе не считал себя свободным, он любил Изабель. — А подруга у вас есть? — Он чуть было не сказал «нет», но потом решил быть честным.

— Да.

— И вы намереваетесь на ней жениться? — Елена решила расставить все точки над i.

— Нет. — Внезапно Билл решил отбросить всякую осторожность. Здесь ему нечего скрывать. — Она замужем и разводиться не собирается. Тут ничего не изменишь.

— Почему? — Она внимательно смотрела на него, пропустив, судя по всему, один из самых увлекательных моментов игры. Вокруг стоял оглушительный шум, но Елену больше интересовал ответ Билла.

— Потому что я не хочу навязывать ей свои проблемы. У нее больной ребенок, и ей ни к чему еще и муж в инвалидной коляске. — Биллу это казалось само собой разумеющимся.

— Но почему? Какое это имеет значение? Она действительно так думает?

— Вероятно, нет. Это мое мнение. Не хочу быть для нее обузой.

— С вашей стороны это очень мило. А как насчет них? — Она указала на игроков, на полной скорости носившихся по площадке, на их блестящие от пота счастливые лица. Чувствовалось, что они страшно горды собой. — Они вам тоже кажутся обузой?

— Я не собираюсь на них жениться, — пошутил Билл. — Послушайте, Елена, я не могу танцевать, ходить по улице, не могу стоять, я даже не знаю, смогу ли снова работать. К чему ей все это? — Он умолчал о том, что к тому же еще не в состоянии удовлетворить женщину.

— А кем вы были? Конькобежцем? — с иронией спросила она. Умная девочка, Биллу нравилась ее манера.

— Я занимался политикой.

— А разве ею нельзя заниматься сидя? Это для меня новость.

— Вы понимаете, что я имею в виду.

— Конечно. Я тоже так себя чувствовала, а потом осознала, как глупо это было. Да, я плохо говорю, коечто забываю, иногда замолкаю прямо посреди разговора. Я не знаю, смогу ли работать так, как прежде. Но будь я проклята, если из-за этого потеряю интерес к жизни! Я могу заниматься чем-нибудь другим. Я ведь все еще выгляжу не слишком плохо, — скромно заметила она, и Билл одобрительно кивнул. Они уже стали друзьями — дружба здесь завязывалась быстро, все равно как на борту корабля. — Я отнюдь не поглупела, хотя иногда и выгляжу как дура. А если кому-то это не нравится, то пусть катится ко всем чертям. Моего жениха это не волнует, а если бы волновало, я бы с ним рассталась. Вероятно, вам следует дать этой леди возможность решать самой.

— Все немного сложнее.

— Да? — без особого интереса произнесла Елена и замолчала. С минуту понаблюдав за игрой, она снова повернулась к Биллу. — Вам стоит все же убедиться в своей правоте. Готова поспорить на свою задницу, что если она достойна вашей любви, ей абсолютно все равно, сможете вы ходить или нет. — Билл знал, что она права. Но проблема с Тедди все равно оставалась. Да и вообще, ничто не поколеблет его решения — он будет видеться с Изабель только если встанет на ноги.

— Знаете, Елена, на это я готов с вами поспорить, — засмеялся Билл. Но он был искренне тронут ее словами.

— На что?

— На вашу задницу, — пояснил он, и она тоже громко рассмеялась:

— Успокойтесь! Вы влюблены, а я обручена.

— Это ужасно! — добродушно заявил он. Остаток игры они просидели рядышком, как добрые друзья.

Команда Джо выиграла, и он присоединился к ним, донельзя счастливый. Потом они втроем отправились в кафетерий, где уже находились обе команды и болельщики. Вечер удался на славу.

— Ну что, она разрывает свою помолвку? — с усмешкой спросил Джо, когда Елена наконец отправилась к себе.

— Пока нет, но все еще впереди, — в тон ему ответил Билл. Шутки шутками, но свадьба Елены была намечена на весну, и будущая новобрачная собиралась прийти к алтарю на собственных ногах. Судя по той решимости, которую она прямо-таки излучала, все у нее должно было получиться.

— У Елены есть сестра, которая приезжает ее навестить, — заметил Джо, когда они поднимались на свой этаж. — Так вот, она похожа на лягушку. — Билл расхохотался. — Кажется, у них разные матери или что-то в этом роде. Когда Елена меня с ней познакомила, я был очень удивлен. Но сама она чрезвычайно мила. — Они обменялись понимающими взглядами.

— Так вы будете играть с нами в следующий раз? — спросил Джо, когда они подъехали к своим комнатам.

— Мне пришлась по вкусу роль зрителя. — Беседа с Еленой его заинтересовала, но не поколебала его решимости. Он не собирался быть в тягость кому бы то ни было, а тем более Изабель. Не нужна ей такая головная боль. Ей и без того хватает забот.

— Не хотите завтра съездить со мной в Нью-Йорк? Мы едем небольшой компанией, собираемся там поужинать и посетить шоу.

— Я бы с удовольствием, — мягко сказал Билл, — но завтра ко мне приедут дочери.

— А сколько им лет? — заинтересовался Джо. К девушкам он был явно неравнодушен, хотя после смерти невесты еще ни с кем не встречался.

— Девятнадцать и двадцать один. Я с удовольствием вас познакомлю, если вы будете поблизости.

— Мы выезжаем только в шесть часов. Завтра у меня соревнования по плаванию. — В колледже он был капитаном сборной по плаванию.

— Я вас найду, — пообещал Билл, и они разъехались по своим комнатам. Как жаль, что он не успел позвонить Изабель, но теперь уже поздно. В Париже пять часов утра. Он решил подождать еще часок и позвонить, когда она встанет.

Он лег и целый час пытался читать, борясь со сном, а в полночь набрал ее номер. Изабель сразу сняла трубку, в голосе ее слышалось явное облегчение.

— С тобой все в порядке? Я уже начала беспокоиться.

— Более чем. Ходил болеть на баскетбольный матч. Меня совершенно вымотали разными упражнениями, но вообще здесь очень любопытно. — Он рассказал ей о людях, которых встретил, и историях, которые слышал, а также о «пытках», которым весь день подвергался.

— Боже мой, да я ничего из этого сделать не смогу! — ахнула Изабель.

— Я сам себе удивляюсь. Да, завтра приезжают девочки, я по ним соскучился. — Он не видел их уже два месяца. Как ни странно, он соскучился и по Синтии, но об этом не стоило упоминать. Очевидно, за эти годы присутствие Синди стало привычным. — А как у тебя дела, милая?

— Прекрасно. Я только что встала, а Тедди пока спит. — Они еще немного поболтали, потом, услышав, что мальчик зашевелился, Изабель простилась с ним. Все еще думая о Билле, она дала Тедди утреннюю дозу лекарств, и тот опять заснул. Пройдя затем в свою комнату, Изабель оделась и долго-долго стояла у окна, глядя на осенний сад. Как не скоро они увидятся с Биллом! Может быть, через год...

Засыпая, Билл думал об Изабель и улыбался. Слова Елены теперь казались ему разумными, но только в теории. Про себя он уже все решил. А Елена молода и красива, к тому же она женщина... она просто не может его понять, у него все по-другому. Если он не сможет войти в жизнь Изабель на собственных ногах, ему незачем ее тревожить.

Глава 14

Когда на следующий день Оливия и Джейн приехали к отцу, то нашли его достаточно бодрым и посвежевшим. Он устроил им экскурсию по центру и его окрестностям, познакомил с теми, кого встретил по дороге, а затем нашел тихий уголок, чтобы спокойно посидеть на свежем воздухе. Сентябрьское солнышко припекало, девочки с любопытством смотрели по сторонам. Они почти не закрывали рта, рассказывали о том, что скучают по папе и хотят, чтобы он поскорее вернулся домой. Обе все еще переживали грядущий развод, но начавшиеся занятия отвлекли их от грустных мыслей.

В конце дня, перед отъездом, они отправились в кафетерий, чтобы съесть по гамбургеру, и там встретили Джо. Молодые люди, кажется, сразу нашли общий язык. Выяснилось даже, что Оливия знакома с кем-то из его бывших одноклассников по Миннеаполису, — как, оказывается, тесен мир! Джейн он спросил, нравится ли ей Нью-Йоркский университет, в который он собирался поступать, она ответила, и дальше беседа потекла весьма оживленно уже без всякого вмешательства Билла. Того, что Джо сидел в инвалидной коляске, никто как будто и не замечал. Когда они уходили из кафетерия, Билл заметил, что Оливия идет рядом с ним, а Джейн — рядом с Джо. Кажется, она ему приглянулась. Он пригласил ее в кино, и Джейн, с явным сожалением отказавшись, попросила позвонить ей в ближайшее время. У них оказалось много общего, и Джо не покидал их компанию почти до самого отъезда девочек. Когда наконец они остались одни, Билл отозвался о своем соседе с симпатией.

— Да, он милый, — согласилась Джейн, а Оливия засмеялась: — Он просто классный! — Да, парень он был действительно интересный. И вообще, забавно наблюдать за молодежью, Биллу эти ребята напоминали игривых щенков.

Проводив дочерей, он вернулся в свою комнату, где обнаружил Джо.

— Я хочу кое-что у вас спросить, — озабоченно произнес молодой человек.

— Ну конечно, Джо, — подбодрил его Билл.

— Дело вот в чем... я думаю, что... — Это было уже серьезно. Бойкий парнишка внезапно потерял дар речи и покраснел до самых корней своих рыжих волос.

— Ну-ну, — шутливо погрозил ему Билл. — Вы ведете себя так, словно собираетесь попросить у меня машину. Предупреждаю: у меня ее нет, и к тому же мы оба не можем водить.

Эндрюс засмеялся.

— Я вот о чем. Не будете ли вы возражать, если... — Он глубоко вздохнул и наконец выпалил: — Если я как-нибудь позвоню Джейн? Если вы против, я не стану этого делать, да и возможно, она вообще не захочет меня видеть. То есть... понимаете... ну...

— Думаю, это блестящая идея. — Два года она встречалась с мальчиком, которого вся семья просто ненавидела, но год назад, к удовольствию Билла, Джейн с ним порвала и с тех пор ни к кому не проявляла интереса. — Насколько я знаю, она свободна, хотя я не всегда посвящен в подобные детали. Вам нужно самому это выяснить.

— Она разрешила ей позвонить и дала мне домашний и университетский номера. Но сначала я хотел узнать ваше мнение.

Билл был тронут.

— Что ж, это обнадеживающий признак, — улыбнулся он. — Значит, она лучше, чем сестра Елены?

— Шутите? Их нельзя даже сравнивать. Джейн просто замечательная! То есть... Сестра Елены — милая девушка, но...

— Понятно. Она похожа на лягушку.

— Только не говорите Елене, что я так сказал, ее сестра действительно очень приятная и умная девушка. — Он не на шутку встревожился.

— Не скажу. Я рад, что вам понравилась Джейн. Я очень горжусь ими обеими. — Джо его понимал. Оливия тоже славная, но она была постарше, выглядела более зрелой и держалась строже. С Джейн он чувствовал себя спокойнее, а ее внешность вообще произвела на него неизгладимое впечатление.

— Тогда я ей сегодня позвоню.

— Это уж вам решать, — отеческим тоном произнес Билл. — С этого момента я в игре не участвую. Она уже большая девочка. — Приятно, что столь симпатичный ему парнишка нашел в Джейн родственную душу. Это будет полезно для них обоих. Она нуждается в порядочности и доброте, а он, после того, что с ним произошло, заслужил хоть немного счастья. Любопытно, что в этой ситуации инвалидное кресло Джо вовсе не казалось Биллу каким-то препятствием. Когда речь шла о нем самом — да, а когда дело касается Джо и Джейн — нет. То, что в этом есть какое-то противоречие, не приходило ему в голову.

Визитом к отцу дочери остались довольны. На следующий день они ему позвонили. Джейн в разговоре не упоминала про Джо, сам Билл о нем спрашивать не стал, так что, созванивались они или нет, осталось неизвестным. Прежде чем он повесил трубку, к телефону подошла Синтия и поинтересовалась, можно ли навестить его на следующей неделе. Поколебавшись, Билл согласился. Вреда в этом никакого нет. В конце концов, убеждал он себя, даже после развода они останутся друзьями, а ее, как и дочерей, он не видел целых два месяца.

Через два дня, во вторник, она приехала как раз к ужину. Когда они оказались в кафетерии, Синтия не могла прийти в себя от изумления. Люди вокруг оживленно переговаривались и смеялись. Независимо от того, пришли ли они на собственных ногах, приехали на инвалидной коляске или даже на каталке, окружающие выглядели счастливыми и полными жизни. Все друг друга знали, и у всех находилась тема для разговора. Пожалуй, в столь живой и непринужденной обстановке она давно не бывала.

С ним поздоровалась Елена, и Билл познакомил ее с Синтией, представив ту как свою жену.

— Кто она? — спросила Синтия, когда коляска молодой женщины отъехала. — Она потрясающе выглядит.

— Она фотомодель.

— Небось приударяешь за ней? — ревниво осведомилась гостья, и Билл засмеялся:

— Она помолвлена!

— Этому парню крупно повезло, — с облегчением промолвила жена.

— Вот и я так думаю, — усмехнулся Билл. Они вернулись в комнату и еще немного поговорили. Синтия выглядела, как всегда, эффектно, но когда заговорила о разводе, начала заметно нервничать.

— Ты уверен, что это необходимо? — снова спросила она. — В нашем возрасте, после стольких лет совместной жизни, это выглядит довольно глупо.

— Ничего уже не осталось, Син. Ты и сама все прекрасно знаешь, — покачал головой Билл.

— Нет, осталось. Осталось! Я люблю тебя, Билл. Дай нам еще один шанс!

— Рад бы, но не могу, — честно признался он. — Я к тебе прекрасно отношусь, но у меня кончилось горючее. Если мы попытаемся начать сначала, из этого ничего не выйдет. Я вернусь к работе и буду постоянно где-то пропадать, ты будешь обижаться и снова примешься за старое. А если мне придется отойти от дел, то я буду сидеть дома, а ты будешь жить собственной жизнью, и тогда уже я буду обижаться. Нет, не настаивай, нам лучше жить поодиночке. Пока ты не найдешь себе подходящего парня.

— Ты как раз и был тем самым парнем, — печально заметила Синтия. Сердце ее рвалось на части.

— Может, так, а может, и нет. Но результат грустный.

— Я была глупой. А теперь наконец повзрослела.

— Мы оба повзрослели. Вот и давай вести себя повзрослому.

Помолчав, она вздохнула. Ничего не поделаешь, он принял решение. А принятых решений Билл никогда не меняет — такая уж у него натура.

— А что Изабель? — поинтересовалась Синтия.

— Изабель? — Билл не хотел касаться этой темы. — Да ничего.

— Почему? — удивилась она. Он был так сильно влюблен, трудно поверить, чтобы Билл добровольно от нее отказался. Может, у него депрессия?

— Она замужем. А я здесь. Так что и говорить не о чем.

— Не в твоих правилах так легко сдаваться. С этим айсбергом, который я наблюдала в Лондоне, ей наверняка не сладко. С виду он настоящий сукин сын.

— Не только с виду. Но у нее на руках очень больной сын — я тебе об этом рассказывал. Изабель считает, что развод сильно травмирует мальчика, и к тому же она не сможет сама его содержать. Поверь мне, Син, там все слишком сложно. И вообще, я не собираюсь взваливать на нее свои проблемы. Она заслуживает лучшей участи. Как и ты.

— Так вот почему ты хочешь развестись! — пристально посмотрев на него, воскликнула Синтия. Мысль об этом привела ее в ужас.

— Отчасти да, — честно ответил Билл, — но есть и другие причины. Я делаю это ради себя. А ради Изабель хочу держаться от нее подальше. Разве что совершится чудо.

— Тебе известно мнение лондонских врачей, — сказала она, — чуда не произойдет. Ты вряд ли выедешь отсюда на роликовых коньках, Билл. Не жди слишком многого.

— Я и не жду. Насколько я понимаю, можно надеяться лишь на небольшое улучшение. Но пока я такой, как сейчас, я буду держаться от нее подальше.

— А она об этом знает? — спросила Синтия. Как это ужасно — вот так расставаться с тем, кого любишь! Пожалуй, это гораздо хуже развода. Билл в общем-то прав, желая развестись. Если бы он захотел к ней вернуться, Синтия приняла бы его с распростертыми объятиями, но слишком велика была ее вина перед ним. Теперь уже ничего не изменишь. — Она знает, почему ты разрываешь с ней отношения? — Ей было жаль их обоих.

Билл покачал головой:

— Она даже не знает, что я их разрываю. Но на таком расстоянии трудно сохранить контакт, так что мы будем постепенно отдаляться друг от друга. У нее своя жизнь. Надеюсь, она свыкнется.

— Сомневаюсь. Похоже на то, что у нее в жизни больше ничего и нет. А ты сам как это переживешь? Да и зачем тебе, собственно, это переживать? Если она хотя бы наполовину такая, какой я ее себе представляю, ей абсолютно не в тягость твое состояние. Ты лучше большинства тех мужчин, которые стоят на своих двоих. — Елена сказала ему в точности то же самое. — К чему тогда вся эта любовь?

— Может, ты и права. Но я так не могу. Да и она не оставит Форрестье. — После того как Синтия ушла, Билл еще долго пребывал в задумчивости. Почему все так упорно убеждают его, будто инвалидная коляска не имеет никакого значения? Для него это важно, и он уверен, что в дальнейшем стало бы важно и для Изабель. Синтия ошибается. Она просто не осознает ситуацию. А вот он уверен: жена в конце концов возненавидела бы его за то, что он не такой, как прежде. И он не хочет, чтобы такое случилось с Изабель. Если он не сможет сам сойти с самолета, то никогда больше не прилетит в Париж. А, как справедливо заметила Синтия, надежды на исцеление почти нет.

Дни летели быстро. Билл был так занят, так упорно работал, что едва успевал перевести дух.

Ему нравились врачи, которые с ним занимались, — умные, энергичные, как правило, молодые. Лишь Линда Харкорт, специалист по сексуальной терапии, вызывала у него сомнения. Как только они встретились, Билл сразу же заявил, что в ее услугах не нуждается.

— Но почему? — спокойно глядя на него, поинтересовалась она. Это была симпатичная интеллигентная женщина примерно одного с ним возраста. — Вы больше не желаете заниматься сексом? — Она улыбнулась. — Или все обстоит лучше некуда? — Билл хотел ей солгать, но что-то не дало ему этого сделать. Он не собирался обсуждать с ней свою несуществующую половую жизнь, но и бежать от врача ему почему-то было стыдно, хотя, казалось бы, какое ему дело до ее мнения? — Из истории болезни я знаю, что вы женаты, — спокойно продолжала доктор Харкорт, — так, может, ваша жена захочет со мной поговорить? — Она была почти уверена, что травмы повлияли на его сексуальные способности, но мужчины довольно часто поначалу стеснялись обсуждать с ней свои проблемы. Билл решительно замотал головой:

— Я развожусь.

— Это интересно. На ваше решение повлияла авария?

Он отвел взгляд и помолчал, потом снова покачал головой:

— Да нет. Это нужно было сделать еще много лет назад. Авария просто расставила все по местам.

— После катастрофы у вас были половые сношения или какие-либо попытки? — беря быка за рога, спросила доктор Харкорт, но проделала это настолько деликатно, что Билл невольно ответил:

— Да.

— И как это протекало? — Голос доктора звучал совершенно бесстрастно, на ее лице не было даже намека на жалость.

— Как протекало? У меня никак.

— Не было эрекции, или эякуляции, или того и другого? — осведомилась она таким тоном, будто спрашивала, хочет ли он кофе со сливками или с сахаром.

— Ни того ни другого. Так далеко мы не зашли.

— А вообще какие-то ощущения были? — Он кивнул. — Смутные или отчетливые?

— Пожалуй, отчетливые. Но эрекции не было. Я все чувствовал... ну, почти все, но ничего не получилось.

— Обычно для этого нужно время. Судя по вашему рассказу, вполне возможно, что в будущем вы сможете вести относительно нормальную половую жизнь. А вообще успех в этой области в огромной мере зависит от вашей изобретательности. — Билл слушал ее с тяжелым чувством. Он не хотел проявлять «изобретательность», он вообще не хотел снова переживать это. Да и с кем? С Изабель? Она в Париже, а Синди ему теперь не жена. С ней он бы чувствовал себя еще более униженным — он ведь больше ее не любит. — У вас есть партнер?

— Нет.

— Понятно. К этому вопросу мы можем еще вернуться. Но повторяю, главную роль тут играют даже не ваши физические ощущения, а ваш подход к этой проблеме.

— Я не хочу возвращаться к этой теме, — упрямо возразил Билл, намереваясь предупредить лечащего врача: сексолог ему не нужен. — На данном этапе это для меня неактуально.

— На данном этапе или вообще? — Их взгляды встретились, и Билл кивнул:

— Вообще, доктор. Я не хочу обманывать самого себя — это бесполезно.

— А если вы ошибаетесь? Секс играет немалую роль в жизни, и в вашем возрасте от него не стоит отказываться.

— Ничего страшного. Я по горло занят своей работой.

— Как и я, — улыбнулась доктор Харкорт и протянула ему книгу, с виду сугубо медицинскую. Поколебавшись, Билл ее взял. — Внимательно прочитайте — на следующей неделе экзамен. — Заметив в его глазах ужас, она рассмеялась: — Ну что вы, я шучу! Но думаю, она вас заинтересует.

На этом прием закончился — для первого раза вполне достаточно. Она уже поняла основное. Что ж, для успешной работы впереди еще много времени. Врач была настроена гораздо оптимистичнее пациента.

Вернувшись к себе, Билл со злостью швырнул книгу на кровать. Глядя в окно, он долго предавался мрачным размышлениям. Он не хотел учиться «изобретательности», он просто хотел быть мужчиной. А если это невозможно, то нечего и огород городить. И уж во всяком случае, он не собирался экспериментировать. Свое достоинство он не уронит.

Он не упомянул Изабель о встрече с Линдой Харкорт — это было единственное, во что он не стал ее посвящать. Встреча с сексологом его расстроила, поэтому прошел не один день, прежде чем Билл наконец раскрыл рекомендованную ею книгу. А раскрыв, удивился. Судя по тому, что там было написано, его первый опыт оказался довольно типичен, вероятность улучшения оставалась весьма высокой. Тем не менее, даже дочитав томик до конца, он сохранил свой скепсис. От Линды Харкорт Билл предпочел держаться подальше, заявив на следующей встрече, что больше не нуждается в ее услугах. Дав ему еще две брошюры, она уступила, настояв, правда, на последней встрече — чтобы узнать его мнение о прочитанном. Умная и доброжелательная, доктор Харкорт Биллу даже нравилась, просто он не желал обсуждать с ней свою потенциальную половую жизнь. Билл твердо намеревался воздержаться от сексуальных контактов и не переживать больше такое же унижение и разочарование.

К этому времени некоторые из его прежних соратников уже «вышли на его след». Чтобы повидаться с Биллом, двое из них прилетели из Вашингтона, несколько человек приезжали из Нью-Йорка. Их ничуть не смутило физическое состояние Билла — им был нужен его совет. К Рождеству ему уже постоянно звонили, мешая сконцентрироваться на лечении. Он попытался отодвинуть дела на второй план, но его старые друзья и соратники были полны решимости вернуть его в политику. Собственно, это ему скорее льстило, он с удовольствием слушал, как люди рассказывали о своих надеждах и планах и, как всегда, ждали от него помощи.

Рождество Билл согласился встретить в Гринвиче вместе с Синди и дочерьми. Он должен был добраться туда на лимузине и заночевать — бывшая жена предложила занять одну из гостевых комнат. От девочек он знал, что в ее жизни появился новый мужчина, и был за нее рад — все складывалось удачно.

Машина пришла в четыре часа, а через час он уже был в Гринвиче и по знакомой дорожке подъезжал к дому. Билл всегда любил это большое старое здание, и теперь оно вызывало у него приступ ностальгии. Но при виде Оливии и Джейн он отвлекся от грустных мыслей.

Когда его коляска въехала в гостиную, они как раз украшали рождественскую елку. Синтия выглядела прекрасно, Билл давно ее такой не видел. Он уже собирался поздороваться с Оливией и Джейн, когда с изумлением заметил в гостиной Джо Эндрюса.

— Как вы сюда попали? — не скрывая удивления, спросил Билл. Всего несколько часов назад он видел молодого человека в кафетерии реабилитационного центра. Подойдя к Джо, Джейн взяла его за руку.

— Джейн заехала за мной, возвращаясь из университета, — с облегчением заметив, что Билл на него не сердится, пояснил Джо. — Мы хотели сделать вам сюрприз. — Лица у обоих сияли. Билл был заинтригован — после знакомства с Джейн Эндрюс ни разу о ней не упоминал. А оказывается, они встречались, причем, судя по всему, за прошедшие три месяца эти отношения зашли достаточно далеко.

— Что ж, вы его сделали. — Билл улыбнулся обоим. Джо — отличный парень.

Вечером они вместе поужинали, потом сходили в церковь. Новый друг Синтии присоединился к ним на следующий день. Приятный, интеллигентный человек, вдовец с четырьмя взрослыми детьми, он очень заботливо относился к Синтии, что весьма порадовало Билла. Он с удивлением обнаружил, что ни капли не ревнует, и это снова доказывало, что рсшение о разводе было правильным.

Вечером они с Джо вместе отправились в центр, обсуждая прошедший праздник. Единственно, кого не хватало Биллу, — это Изабель. Он звонил ей несколько раз, и она утверждала, что все прекрасно, но в ее голосе ощущалось напряжение. В последние два месяца обращение Гордона с ней изменилось к худшему, словно он продолжал ей за что-то мстить. А Тедди, по-видимому, все слабел и слабел. На Рождество Софи приехала домой, а затем отправлялась с подругами в Куршевель — кататься на лыжах.

— Вы не против наших встреч с Джейн? — осторожно поинтересовался Джо.

Улыбнувшись, Билл покачал головой.

— Она достойна такого хорошего парня, как ты, да и ты заслуживаешь девушки покрасивее лягушки.

Оба засмеялись, вспомнив свидание с сестрой Елены. Сама же Елена на Рождество уехала в Нью-Йорк со своим женихом. Перед отъездом все обменялись небольшими подарками.

Билл был уверен: ни Джейн, ни Джо не расценивают свои отношения всерьез, так что не о чем беспокоиться. Оливия призналась отцу, что у нее тоже появился новый поклонник — помощник знакомого ему сенатора. Биллу вдруг пришло в голову, что у всех теперь кто-то есть — кроме него. Он все еще любил Изабель, но она была для него так же недоступна, как если бы находилась на другой планете. Оказавшись наконец в своей комнате, Билл впервые за долгое время почувствовал себя страшно одиноким. Он лег в постель и попытался читать, но был не в силах сосредоточиться. Так что, когда через некоторое время ему позвонила Джейн, Билл очень обрадовался.

— Ты сердишься на меня, папа? — осторожно спросила она. Точно таким же тоном Джейн говорила, когда несколько лет назад — она еще училась в школе — разбила машину.

— Конечно, нет! — рассмеялся Билл. — Почему я должен на тебя сердиться?

— Я не знала, как ты отнесешься к нам с Джо.

— А как я должен к этому относиться? — Билл пожалел о том, что эта беседа не состоялась раньше и теперь он не видит ее лица.

— Я очень его люблю. Я никогда не встречала таких, как он.

— Мне он тоже нравится. К тому же ему пришлось многое пережить. — Лишиться ног, потерять невесту и брата-близнеца — вся его жизнь тогда круто изменилась.

— Он мне рассказывал. Папа, девушка, с которой он был помолвлен, умерла в его объятиях. Он говорит, что никогда себе этого не простит.

— Насколько я понимаю, в аварии он не виноват. У него просто комплекс выжившего — ведь остальные погибли. Со временем это пройдет.

— Я хочу быть с ним рядом, папа. — Наступила длинная пауза — Билл старался осознать ее слова.

— Что ты имеешь в виду, Джейни? — Неужели она хочет сказать, что они собираются пожениться? Нет, он не может этого одобрить. Они еще слишком молоды, а у Джо впереди сплошная цепь препятствий. Ходить он уже никогда не сможет, так что Джейн не потянуть этот воз. Пусть крутят роман хоть целый год, даже два, а все остальное обоим только во вред.

— Это серьезно, папа.

— А он тоже так считает?

— Надеюсь. Вообще-то мы об этом пока не говорили, но вряд ли он думает иначе. — Да, Джо действительно серьезный, надежный парень, и Биллу нравились эти его качества, но это не повод для женитьбы.

— Не стоит думать о чем-то серьезном. Ты еще учишься, и потом... поговорим об этом позже. — Он сразу сменил тему, и они стали вспоминать чудесный праздник — как в старые добрые времена, только еще лучше. Между Биллом и Синтией теперь не чувствовалось никакого напряжения, а ее новый друг ему даже понравился. Тут Джейн попрощалась, пообещав, что забежит к нему завтра, когда приедет навестить Джо.

Беседа с дочерью дала Биллу немалую пищу для размышлений, и в ночном разговоре с Изабель он тоже затронул эту тему.

— Я не хочу, чтобы она выходила за него замуж, — честно признался он. — И это очень прискорбно, так как он прекрасный парень.

— Тогда почему они не могут пожениться? Многие женятся именно в их возрасте. Да, они молоды, но Джейн кажется достаточно зрелой, а бедный мальчик настрадался уже на несколько жизней вперед.

— Это было бы для нее несчастьем, Изабель. Она любит кататься на лыжах, бегать, ездить на велосипеде. Наконец, когда-нибудь она захочет завести детей. А он всю жизнь будет прикован к своей коляске. Джейн заслуживает лучшей участи. — Как и Джо, но у него нет выбора. А у нее есть.

— Ты говоришь ужасные вещи. — Изабель явно расстроилась. — Пусть она катается на лыжах с подругами, а танцует с кем-нибудь еще. Какая разница? То есть, несмотря на то что они любят друг друга, ты против их брака только потому, что он не может ездить на велосипеде? Не могу поверить, что ты всерьез веришь в подобную глупость.

— Я знаю, что говорю! — заупрямился он.

— Нет, не знаешь! — твердо заявила Изабель. Это была их первая ссора. — Надеюсь, что мама Джейн окажется сообразительнее тебя. Никогда еще не слышала ничего глупее. Надеюсь, что ты не станешь повторять этого Джейн. Она тебя никогда не простит, и будет права.

Чтобы успокоиться, оба поспешили сменить тему. Билл рассказал о том, как провел Рождество с Синтией и девочками, разумеется, не упоминая о новом поклоннике жены. Изабель сообщила, что Гордон завтра отправляется в Санкт-Мориц — кататься с друзьями на лыжах. Она останется в Париже с Тедди, и Новый год они будут встречать одни, так как Софи уже уехала.

Невнимательность Гордона не переставала удивлять Билла. Но зато в ближайшее время Форрестье не будет мучить Изабель. В эту ночь они проговорили очень долго. На душе у Билла скребли кошки. Он не видел Изабель уже четыре месяца и очень по ней скучал — как и она по нему. О встрече они и не заговаривали: Биллу предстояло провести в реабилитационном центре еще многие месяцы.

Положив трубку, он долго лежал, раздумывая над словами Изабель насчет Джейн и Джо. Нет, она не права, она просто не ведает, о чем говорит, не понимает, какие трудности их ожидают. Независимо от своего отношения к Джо, он не желал дочери такой сложной судьбы. Он выскажет Джейн свое мнение. По крайней мере спешка тут ни к чему. А со временем, надеялся Билл, оба образумятся.

Когда он заснул, ему приснилась рождественская елка, а потом, впервые за долгое время, — тот самый ослепительный свет. Он шел к нему, держа за руку Изабель, а когда она повернулась, поцеловал ее. Даже во сне он встревожился, увидев идущих за ними Джо и Джейн. Джо ехал в своей коляске, она печально шла рядом. И вдруг, остановившись, она повернулась к отцу и спросила, почему он не предупредил ее, что будет так трудно. Тяжелое впечатление от этого сна преследовало Билла все следующее утро.

Глава 15

Когда Гордон уехал в Санкт-Мориц, а Софи в Куршевель, в доме воцарилась мертвая тишина. Изабель весь день просидела в комнате Тедди. На улице было темно и пугающе холодно. В помещении тоже было прохладно, поэтому Изабель надела на Тедди теплый свитер и закутала его в одеяла.

На Рождество мальчик получил в подарок кучу всяких книг и новых игр. Изабель также купила ему большого плюшевого медведя. Жаль, что она не могла подарить ему здоровье.

В отсутствие Гордона Билл звонил почаще — дважды в день, пару раз Изабель звонила ему сама. У нее не было никакого желания выходить из дому и с кем-то общаться. Разбирая после отъезда Гордона почту, Изабель с удивлением обнаружила там приглашение, присланное на имя мадам и месье Форрестье. Приглашение было от одной известной в обществе супружеской пары, с которой, однако, сама Изабель вроде бы никогда не сталкивалась. Впрочем, Гордон вполне мог познакомиться с ними и без нее, а возможно, его связывали деловые отношения с мужем, который когда-то возглавлял крупный банк. Сейчас этот владелец графского титула был очень стар, жена, намного моложе его, подвизалась в области высокой моды. Очень красивая открытка приглашала на свадьбу их дочери, которая должна была состояться в январе. Решив, что нужно отправить новобрачной подарок, Изабель вскоре забыла об этом. Она больше не посещала подобных мероприятий, да и Гордон ее с собой не приглашал.

Следующие несколько дней Изабель общалась исключительно с Тедди, время от времени разговаривая с Биллом. Новый год он собирался отмечать в реабилитационном центре, где намечалось большое празднество. Билл обещал позвонить ей в полночь по парижскому времени, чтобы они могли встретить Новый год вместе, а Изабель намеревалась связаться с ним в полночь по времени нью-йоркскому. Когда раздался звонок, она как раз ожидала намеченного «свидания» с Биллом.

— Ой, какая же я дура! — смущенно заявил слегка пьяный женский голос. — Прошу прощения, я набрала не тот номер. Я хотела сообщить, что опоздала на рейс. — С этими словами таинственная дама повесила трубку. Кто она такая и куда собиралась лететь, осталось загадкой. Решив, что незнакомка и вправду ошиблась, Изабель тоже повесила трубку.

Вскоре позвонил Билл, и они вместе выпили за Новый год в Париже — Тедди к этому времени уже спал. Потом в шесть часов утра Изабель сделала ответный звонок, и они встретили Новый год еще раз. Это было довольно нелепо, но обоим очень понравилось. Побеседовав с Биллом, Изабель спустилась вниз, чтобы выпить чашку чаю и почитать газету, затем снова поднялась наверх. Сиделку она по случаю Нового года отпустила, так что о сыне ей нужно было заботиться самой.

В этот день Тедди проснулся поздно, поэтому, чтобы скоротать время, Изабель снова принялась за газету. В колонке сплетен она с удивлением обнаружила имя Гордона — речь шла о его пребывании в Санкт-Морице. Среди его друзей упоминались Ага-Хан, принц Чарлз и прочие знаменитости. В заметке также сообщалось, что в канун Нового года к компании должна присоединиться графиня де Линье. Именно она приглашала на свадьбу своей дочери, из чего Изабель сделала вывод, что они с Гордоном друзья. И тут она вспомнила ночной звонок и женщину, заявившую, что она опоздала на рейс. Изабель насторожилась. Впрочем, зачем этой даме звонить Гордону домой? И почему это была именно мадам де Линье? Как следовало из заметки, графиню звали Луизой. Изабель не могла припомнить, чтобы Гордон когда-либо упоминал ее имя, возможно, она дружила с кем-то другим из отправившейся в Санкт-Мориц компании. Но это вроде бы нечаянное совпадение весь день не выходило у нее из головы. В шесть часов она решилась на совершенно безумный поступок — она захотела услышать голос графини де Линье. Позвонив в справочную, она без проблем узнала интересующий ее номер, потом, с полчаса просидев перед аппаратом, наконец набрала этот номер. На том конце провода ответили после первого же гудка.

— Да?

— Это мадам де Линье? — спросила Изабель, намеренно игнорируя ее титул.

— Да.

— Я звоню, чтобы получить подтверждение вашего вылета в Санкт-Мориц, — заявила Изабель, совершенно не представляя, что она скажет дальше.

— Я уже говорила вам час назад, что до завтра вылететь не смогу. Мой муж очень болен, — раздраженно ответила та. Изабель узнала все, что хотела. Это был тот самый голос, который она слышала вчера ночью.

— О, прошу прощения. Должно быть, моя напарница все перепутала. Ну да, конечно. Извините, мадам де Линье.

— От меня еще что-нибудь требуется? — надменно осведомилась графиня. В ее голосе звучали пренебрежительные нотки, очень напоминающие Гордона. «Да они просто близнецы», — подумала Изабель.

— Нет, спасибо. Желаю приятного путешествия, — любезно сказала Изабель и повесила трубку. Внезапно ее начала бить дрожь. Почему графиня звонила Гордону? Конечно, не следовало делать никаких далеко идущих выводов, но подозрения ее не оставляли. Более того, какое-то шестое чувство подсказывало Изабель, что у Гордона с этой графиней связь. Видимо, она собиралась позвонить ему в Санкт-Мориц, но была чересчур пьяна и по ошибке набрала Париж.

— С кем ты разговаривала? — спросил Тедди, входя в комнату матери, что делал довольно редко. Увидев выражение ее лица, мальчик вздрогнул. — Что-то случилось?

— Нет, я... я просто звонила папе в Санкт-Мориц. Он куда-то вышел.

— Наверное, катается на лыжах, а может, пошел на какой-нибудь прием, — рассудительно сказал Тедди, и Изабель согласно кивнула.

Когда через некоторое время позвонил Билл, она поделилась с ним своими сомнениями.

— По-моему, все это несколько притянуто за уши, — осторожно прокомментировал он. — Но женщины в этой области проявляют потрясающую интуицию. Я больше доверяю твоему чутью, чем своему рассудку. Правда, и я всегда чувствовал, когда Синтия с кем-то переспала. Она после этого даже выглядела по-другому и вообще становилась более дружелюбной и общительной. Я сразу понимал, что она развлекалась где-то на стороне. — Такое случалось не раз, и всегда Билл оказывался прав.

— Даже не знаю, почему я ей позвонила. Она ведь и вправду могла ошибиться номером. Но тогда она просто повесила бы трубку. И потом, зачем она пригласила нас на свадьбу дочери?

— Если твоя теория верна, то, значит, он ее заверил, что ты не придешь. Она, видимо, помешалась на хороших манерах, — сухо заметил Билл, — ей нужно было просто пригласить его одного.

— А что, если принять приглашение?

— А тебя это так зацепило? — заинтересовался Билл. Изабель уже много лет не спала с мужем, а после аварии он так отвратительно с ней обращался, принимая вид оскорбленной добродетели, что ей, видимо, тоже захотелось иметь какие-то козыри на руках. Сколько можно быть изгоем в собственном доме?!

— Я сама толком не пойму, что сейчас чувствую, — призналась Изабель. — Боль, гнев, облегчение, унижение — все сразу. А может, они просто друзья?

— Было бы неплохо в этом убедиться, — тихо сказал Билл.

— Но как? Он ведь никогда не сознается — надо быть сумасшедшим, чтобы в этом признаться. А откуда мне знать, чем он занимается, где бывает, с кем встречается?

— Найми частного детектива, — предложил Билл.

— Если он об этом узнает, то придет в бешенство и станет мучить меня еще больше. — Что ж, такое вполне вероятно.

— Ну, тогда будь настороже. Читай прессу.

— Гордон слишком хитер, чтобы так подставляться, — ответила Изабель. Она уже повесила трубку, когда ей в голову пришла мысль. В мире высокой моды у нее была одна давнишняя знакомая — Натали Вивье. Они вместе ходили в школу и в юности были очень близки, но Изабель не видела ее много лет — после рождения Тедди.

Снова позвонив в справочную, Изабель узнала номер телефона Натали. Подруга так и не вышла замуж. В мире высокой моды Натали была влиятельной фигурой — примерно такой же, как Луиза.

Полная решимости наконец раскрыть мучившую ее тайну, Изабель, дождавшись подходящего времени, набрала номер Натали. Та сама подошла к телефону. Когда Изабель представилась, Натали была потрясена:

— Боже мой, сколько лет мы с тобой не общались?! Как твой мальчик?

Изабель рассказала ей, что сын все четырнадцать лет проболел и вся ее жизнь крутится вокруг него.

— Я подозревала что-нибудь в этом роде. Все в один голос утверждают, что ты стала настоящей затворницей. А рисовать продолжаешь?

— Некогда. — Некоторое время они еще обменивались накопившимися за эти годы новостями. Мать Натали умерла, ее отец снова женился, она сама десять лет прожила с одним сенатором, который в конце концов вернулся к умирающей жене. Детей у нее не было. Казалось, время повернуло вспять. В школе они с Изабель были лучшими подругами и разошлись только тогда, когда Изабель вышла замуж. Натали Гордон не нравился, она находила его высокомерным и чересчур самоуверенным и считала, что он женился на Изабель только из-за ее связей. Она никогда не говорила об этом Изабель и сейчас не стала бы вспоминать о нем, но...

— Я должна спросить у тебя ужасную вещь, — наконец решилась Изабель. — Отвечать ты не обязана, Нат, я просто хочу кое-что узнать, а больше мне не к кому обратиться. — Наступило долгое молчание, пока Натали обдумывала, насколько откровенным должен быть ее ответ. Звонок Изабель ее совершенно не удивил, удивляло только то, что она до сих пор находилась в неведении.

— И что ты хочешь узнать? — осторожно спросила Натали.

— Мне нужна кое-какая информация об одной женщине, клянусь, я никому не передам твоих слов. Скажи мне правду, что тебе известно о Луизе де Линье?

— Ну, она очень талантлива, — вздохнув, начала Натали, — очень умна, прекрасно выглядит, хотя и немного постарше нас, иногда бывает очень грубой. Держится высокомерно. Чрезвычайно амбициозна. Говорят, ее дом моделей купается в деньгах. Вероятно, муж купил ей его. Мужу лет сто, он полный маразматик и очень болен. Когда он умрет, она унаследует большую сумму. До нее он был женат, и его дети, по слухам, ненавидят ее всеми фибрами души. Но она сумела, насколько возможно, рассорить их с мужем и открыто этим хвастается. Луиза вышла за него из-за денег, когда ему было лет восемьдесят, и родила от него ребенка, чтобы обеспечить свое будущее. Долго он не протянет. Де Линье — один из самых богатых людей во Франции. — Это была интересная информация, но совсем не та, которую хотела узнать Изабель.

— А что еще ты о ней можешь сказать?

— Изабель, не надо искать себе лишних забот. Жизнь и без того полна неприятностей. Зачем тебе это?

— Я хочу знать правду. Тебе ведь что-то известно, не так ли?

Натали снова надолго замолчала.

— Ну, это секрет Полишинеля, — наконец со вздохом промолвила она. — Об этом знает пол-Парижа. — Сердце Изабель лихорадочно забилось.

— Она как-то связана с Гордоном? — наконец выдохнула Изабель. Натали только засмеялась в ответ. Надо же, Изабель осталась все такой же наивной! За это Натали в детстве ее и любила, но теперь пора бы и повзрослеть.

— Она его любовница лет десять или двенадцать. Они всюду появляются вместе совершенно открыто. Просто удивительно, что тебе до сих пор никто об этом не сообщил.

— Дело в том, что я ни с кем не общаюсь, — ошеломленно сказала Изабель. — Ты это серьезно?

— Конечно. Он покупает ей драгоценности, недавно купил машину. Думаю, у них есть квартира на левом берегу. Кажется, на улице Бак. Летом они отправляются в «Отель дю кап». В прошлом году я наткнулась на них в Сен-Тропезе. — Оказывается, у мужа есть другая жизнь, в которой ей совершенно нет места. Дело обстоит еще хуже, чем она предполагала. — Он что, от тебя уходит? — поинтересовалась Натали. — Если да, ты должна потребовать у него кучу денег. По слухам, он потратил на нее целое состояние.

— Не могу в это поверить! Как такое возможно? Ты не ошибаешься?

— Нет. Хочешь проверить — позвони десяти старым знакомым, и они скажут тебе то же самое. Гордон с Луизой уже много лет живут как муж и жена.

— Он от меня не уходит, — задумчиво произнесла Изабель. — Я только вчера кое о чем догадалась, но не предвидела масштабов бедствия. — Она думала, что в худшем случае столкнется со случайной изменой, а оказывается, ее муж целых двенадцать лет жил с другой женщиной, пока она сидела дома с больным сыном.

— У него пока нет оснований от тебя уходить. А вот когда он захочет на ней жениться, тогда это сделает. Она богата и могущественна. Пока граф не умер, они вынуждены ждать. Хотя, кто знает, может быть, Гордон ей уже надоел. В любом случае будь поосторожнее, она настоящая сука. Если она решит, что ты представляешь для нее опасность, то поведет войну всерьез. Я уже наблюдала, как она действует в мире высокой моды. Когда она встретила старика, то была никем и ничем, а он сделал ее графиней и купил для нее модельный бизнес. Впрочем, надо признать, там она на своем месте. Но повторяю: если она решит, что ты ей мешаешь, то ни перед чем не остановится. Если он ей нужен, она уведет его прямо из-под твоего носа. — Обе понимали, что, по сути, она уже это сделала.

— Чем я могу ей мешать? — с болью произнесла Изабель. Какой же слепой идиоткой она все это время была! Ко всему прочему он еще и недоволен ею. Что за низость!

— Мне очень жаль. — Натали действительно чувствовала себя крайне неловко. Она всегда любила Изабель.

А Изабель никак не могла до конца поверить, что Гордон ее практически бросил. Может, она сама в этом виновата, столько внимания уделяя сыну? По словам Натали, это началось десять или двенадцать лет назад. А ведь Гордон именно тогда выбросил ее из своей спальни, из своего сердца и из своей жизни. Пожалуй, все сходится.

— Тебе надо от него уходить, — откровенно сказала Натали. — Он законченный эгоист, в нем нет ни капли человечности. — Изабель рассказала ей об аварии, умолчав при этом о Билле, и они договорились вскоре снова созвониться. Что ж, спасибо за правду, пусть даже горькую. Повесив трубку, она долго сидела, отрешенно глядя в пространство, затем набрала номер Билла. Ей пришлось его разбудить, но Изабель не терпелось поделиться.

Изо всех сил пытаясь проснуться, он слушал ее не перебивая. К тому времени когда она закончила свой рассказ, сна не было ни в одном глазу. Новость его ошеломила. Как это по-французски! Десять лет иметь постоянную любовницу — для Штатов это нонсенс. Обычно в таких ситуациях разводятся. Правда, графиня ждет смерти мужа, чтобы получить наследство.

— Жуткая история! Ты уверена, что это правда? — Новые сведения лишь подтвердили его мнение о Форрестье — подонок из подонков.

— Натали всегда в курсе всего. Но почему же до меня ничего не донеслось? — Как унизительно: эта история известна всему Парижу, кроме нее!

— Вероятно, все полагали, что тебе об этом известно, так зачем бередить рану? — Кстати, о связях Синтии ему тоже никто не рассказывал, он сам все понял.

— Как ты думаешь, что мне теперь делать? — Голос Изабель звучал растерянно.

— А как бы ты хотела поступить? — рассудительно спросил Билл.

— Не знаю. Хочется бросить это ему в лицо, когда он приедет домой, или позвонить в Санкт-Мориц, но это же неразумно. — Тогда он станет охотиться на нее, словно тигр.

— Думаю, следует подождать и выдать ему все, когда он снова станет тебя мучить. Ты хочешь от него уйти? — Ответ был известен. Такие перемены плохо отразятся на Тедди, к тому же нет гарантии, что Гордон станет их обеспечивать. Так что лучше пока подождать, как и советует Билл.

— Если все всё знают, то и особого скандала наш развод, наверное, не вызовет?

— Еще как вызовет! Одно дело — иметь любовницу на стороне, даже если это ни для кого не секрет, и совсем другое — когда разъяренная жена тебя публично обвиняет, обращается в прессу, настраивает определенным образом общественность. С больным ребенком ты вообще похожа на Деву Марию. В моей практике такое случалось. Если кто-то из моих кандидатов попадал в подобный переплет, я советовал ему затаиться, во что бы то ни стало сохранить брак и постараться выглядеть как можно респектабельнее — удочерить слепую монахиню, например. Главное — ни в чем не признаваться и не разводиться. Гордону шум ни к чему, так что он в твоих руках. Зачем ему развод, раз его любовница несвободна. Когда ее муж умрет, тогда он захочет уйти, но тихонько и ни на минуту раньше. Зная его натуру, могу предположить, что он не станет извиняться, а постарается возложить всю вину на тебя. Если ты бросишь ему вызов, он уверит тебя в твоей непорядочности и постарается до смерти запугать. Если загонишь его в угол, он перегрызет тебе горло. Будь очень осторожна, милая. Я знаю этот тип — он скорее убьет, чем уступит. По каким-то причинам ему нужно быть женатым. Возможно, ей так удобнее и она не хочет огорчать перед смертью старика. Там наверняка много такого, о чем ты и не подозреваешь, поэтому еще раз предупреждаю: будь осторожна и сильно не жми.

Изабель совет приняла, но ответа на свой вопрос так и не получила. Что же ей все-таки делать с полученной информацией? Значит, Гордон частенько не ночевал дома, предпочитая общество графини и ту квартиру, о которой говорила Натали. Она перебирала в памяти «поездки с друзьями», которые предпринимал Гордон, отпуска, проведенные им якобы в одиночестве. Натали совершенно права, это действительно началось лет двенадцать назад.

— Как все странно, правда? — потрясенно подытожила Изабель. Своего мужа, как выяснилось, она совершенно не знала. А Луиза де Линье оказалась гораздо умнее ее. Это же надо — годами не замечать, что творится у тебя под носом!

— Нужно как следует все обдумать. Ничего пока не предпринимай, — задумчиво проговорил Билл. Самое главное — чтобы она себе не навредила.

— Не буду.

— Помни, если ты загонишь его в угол, он ударит. Это я знаю наверняка. — Изабель с готовностью согласилась. Она уже много лет назад обнаружила, что Гордона лучше не трогать: если пытаешься его атаковать, он приходит в неистовство.

В последующие дни они с Биллом еще несколько раз обсуждали ситуацию, но ни к какому выводу так и не пришли. Когда Гордон вернулся домой, он выглядел очень довольным и вел себя на удивление добродушно. Он даже поинтересовался, как себя чувствует Тедди, и Изабель заверила его, что прекрасно. О графине де Линье она не проронила ни слова.

Единственное, что Изабель себе позволила, — это, отдавая почту, небрежно упомянуть о полученном приглашении. С абсолютно невинным видом она сообщила, что приняла это приглашение от имени их обоих.

— Доктор Тедди говорит, что мне нужно почаще выходить из дома, и он, конечно, прав. Как я понимаю, с де Линье ты знаком, а поскольку приглашение было адресовано нам обоим, я решила пойти — если ты не возражаешь.

— Нисколько не возражаю, — совершенно спокойно ответил Гордон, и Изабель на миг было решила, что Натали ошибается. Но тут он заботливо добавил: — Правда, они немного утомительны, эти де Линье, они ведь очень старые. Тебе наверняка будет скучно. Если уж ты решила вновь выходить в свет, тебе стоило бы начать с чего-то более интересного.

— Как же они могут быть старыми, если у них дочь невеста? — невинным тоном спросила Изабель.

— Но это не означает, что она молоденькая, — пожал плечами Гордон, — вероятно, какая-нибудь старая дева, к тому же весьма непривлекательная. Лично меня все это не слишком забавляет.

А вот Изабель это впервые за все время позабавило — уж очень настойчиво Гордон старался не пустить ее на эту свадьбу.

— Ты прав, там вряд ли будет особенно интересно. Может, тогда сообщить, что мы не сможем прийти, или это неудобно?

— Я сам обо всем позабочусь. Кстати, а где это приглашение?

— На моем столе.

— Я заберу его, когда буду уходить, пусть моя секретарша им займется.

— Спасибо, Гордон. Я пошлю им хороший подарок.

— Об этом тоже позаботится Элизабет. Тебе и без того хватает хлопот.

Изабель очень мило его поблагодарила, и Гордон отправился в банк. Когда Изабель в лицах пересказала беседу Биллу, он долго смеялся.

— Ты просто чудовище! Но помни, что я сказал. Будь с ним осторожнее, он не дурак. Теперь он станет за тобой приглядывать, решив, что до тебя дошли какие-то слухи, если твоя подруга права и об этом знает весь Париж.

— Я не собираюсь ничего предпринимать. — В последующие дни она только проверяла, ночует ли Гордон дома. Ее предположения подтвердились — Гордон отсутствовал, он, вероятно, был с Луизой на улице Бак.

Весь следующий месяц они играли в кошки-мышки, но внешне ничто не изменилось. Все было как прежде, только теперь стало ясно, что большую часть времени Гордон проводит с другой женщиной. Пожалуй, он был женат скорее на графине, чем на Изабель, точно так же, как она больше ощущала себя женой Билла.

К этому времени тот провел в реабилитационном центре уже пять месяцев. Он уже давно не чувствовал себя таким сильным и здоровым. Шея больше не доставляла ему неудобств, плечи окрепли, бедра стали стройными, так что в плавках он теперь походил на юношу. Но он по-прежнему не мог не только ходить, но даже стоять. Его подводили ноги, не выдерживавшие веса тела. Не помогали и специальные приспособления — с ними он падал еще быстрее. Сделка, которую Билл заключил с самим собой насчет Изабель, с каждым днем все больше его тяготила.

Изменив первоначальное решение, он все-таки продолжал встречаться с доктором Харкорт, утверждая, что интерес его чисто теоретический. Воспоминания о постигшей его неудаче были для Билла чересчур мучительными, и он не желал повторения. Тем не менее беседы с доктором доставляли ему удовольствие. Кроме того, Линда постоянно снабжала его интересной литературой, которая, впрочем, его тоже не убеждала.

В дополнение к его кошмарным снам в марте к нему пришли Джейн и Джо и заявили, что собираются обручиться. Несмотря на свою симпатию к молодому человеку, Билл расстроился. Эту тему он несколько раз подолгу обсуждал по телефону с Синтией. Она была настроена совсем иначе, и они постоянно спорили. Наконец Билл имел продолжительную беседу с Джейн, которая приехала из университета его навестить.

— Папа, мы знаем, что делаем. Мы не дети. Я сюда езжу уже семь месяцев и хорошо понимаю, на что иду. — Джо не ходил, регулярно принимал лекарства и владел только одной рукой. Правда, доктора предполагали, что, возможно, когда-нибудь он сможет завести детей.

— Нет, ты не понимаешь, на что идешь, — возразил Билл. — Он будет полностью от тебя зависеть — как физически, так и морально.

— Это не так. Джо обо мне заботится, он единственный мужчина, который так себя ведет, не считая тебя. Он собирается стать юристом, он инвестировал деньги, полученные в качестве компенсации за аварию, и теперь у него миллион долларов в акциях крупнейших компаний. Мамин брокер ознакомился с его выбором и сказал, что он все сделал правильно. А то, что он не может лазать по скалам или танцевать вальс, меня совершенно не волнует.

— Возможно, когда-нибудь начнет волновать.

— Вы с мамой тоже этим не занимались, хотя ты мог ходить.

— Он инвалид, — настаивал Билл, — и это будет для тебя колоссальным бременем. А что касается твоей мамы, то если бы тогда я был таким, как сейчас, мне бы и в голову не пришла мысль о свадьбе.

Билл неожиданно пожалел о том, что познакомил ее с Джо. Он считал, что это знакомство будет вполне безобидным, и оказался не прав. Проспорив две недели с Синтией, Изабель и дочерьми, Билл наконец решился поговорить с Джо. Он совершенно не был готов к тому, что услышал.

— Я понимаю вас, Билл, — спокойно заявил Джо, который был уже в курсе событий. Вне себя от ярости, Джейн выразила готовность пойти против воли отца, но Эндрюс слишком уважал Билла, чтобы так поступить. — Мы оба знаем, что нам придется нелегко. И я это осознаю в еще большей степени, чем Джейн. К тому же мы оба молоды, а брак вообще вещь нелегкая. Мои родители разведены, вы с Синтией тоже. Жизнь не дает никаких гарантий, ничего нельзя предсказать наверняка. Но я все же считаю, что нас с Джейн связывают особые отношения, и очень надеюсь, что у нас все получится. Я изо всех сил постараюсь защищать ее, любить ее и заботиться о ней. — В глазах его стояли слезы, и Билл отвернулся, чтобы ненароком не смягчиться. — Но я слишком вас уважаю, чтобы идти вам наперекор. И ценю ваше мнение, даже если с ним не согласен. По-моему, мы с вами имеем такое же право на хорошую жизнь и нормальную семью, как и все остальные. То, что я не могу ходить и пользоваться левой рукой, не значит, что у меня надо отнять любовь. Надеюсь, вы тоже так считаете. Но если вы не хотите, чтобы я женился на Джейн, если вы возражаете, я скажу ей, что передумал. Я не стану насильно входить в вашу семью. В общем, вам решать.

Билл слушал его с тяжелым сердцем. Он хотел бы верить Джо, но еще больше он хотел защитить свою маленькую девочку. С Джейн рядом должен быть мужчина, способный гулять с ней до рассвета — на собственных ногах.

— А если вы так и не сможете завести детей? — Для Билла это было очень важно, когда-нибудь это станет важным и для Джейн.

— Тогда мы усыновим ребенка. Мы с Джейн уже говорили об этом. Ведь многие пары не могут иметь детей — даже те, у которых на вид все в порядке. Такое решение нам обоим кажется правильным.

Билл знал, что лучшего парня трудно сыскать. Джо порядочный, вежливый, умный, образованный, сдержанный, обеспеченный, до безумия любит Джейн, но при всем при этом он до конца жизни будет прикован к инвалидной коляске. Биллу предстояло принять самое трудное в жизни решение, и он его принял. Выслушав Джо, он со слезами на глазах обнял его.

— Ну ладно, маленький негодяй, — дрожащими губами произнес Билл. — Пусть будет по-вашему. Но если когда-нибудь она станет несчастной, знай: я тебя убью.

— Клянусь, я сделаю для нее все, что в моих силах! — От будущего зятя было невозможно требовать большего. Утерев слезы, они улыбнулись друг другу, и Билл достал из холодильника бутылку вина.

— И когда вы собираетесь пожениться? — спросил он, разливая вино по бокалам. Он чувствовал себя так, словно только что покорил горную вершину, и Джо ощущал в точности то же.

— Думаю, в июне или июле. Я начну посещать занятия в университете, так что мы сможем получить семейное общежитие. — Осенью ей будет двадцать, она перейдет на предпоследний курс. Ему исполнится двадцать три. Конечно, они еще молоды, но, в конце концов, не они первые. Билл надеялся, что они окажутся в числе счастливчиков, которых судьба одарит удачей.

— А когда ты собираешься отсюда уезжать? — спросил он.

— Через месяц-два. Я пробыл здесь уже год, большего мне отсюда не выжать. Некоторое время я хочу побыть дома, в Миннеаполисе. — Билл кивнул. Все это звучало достаточно разумно, и если бы Джо не сидел в инвалидной коляске, Билл сейчас прыгал бы от восторга.

Они еще немного выпили, а вернувшись к себе, Джо позвонил Джейн. Юноша очень боялся этого разговора, но все прошло на удивление хорошо. Джейн, выслушав новость, разразилась слезами радости. Отцовское благословение значило для нее немало.

Через пять минут Джейн позвонила Биллу и принялась благодарить его, смеясь и плача, а потом передала трубку Синтии.

— Ты правильно поступил. Я немного беспокоилась, но ты поступил правильно. — Голос ее звучал удивительно спокойно — за прошедший год не только дети, но и они сами повзрослели.

— Почему ты так в этом уверена? — все еще озабоченно спросил Билл.

— Ты же видишь, что у них все всерьез, видишь, но боишься. Он вполне ей подходит. А дальше уж пусть решает судьба.

— Я предупредил, что ему придется держать ответ передо мной.

— Я горжусь тобой, — сказала Синтия.

— Не надо. Просто он такой хороший парень, что я не смог ему отказать.

— Я очень рада.

То же самое заявила и Изабель.

— Я никогда бы тебе не простила, если бы ты не согласился, — горячо проговорила она. Всю ночь она не могла заснуть, а утром встала в четыре часа, чтобы позвонить в Нью-Йорк. Уж очень беспокоилась за влюбленных. Биллу оставалось только надеяться, что жизнь обойдется с ними не слишком строго. Джо, пожалуй, уже за все расплатился вперед.

В Париж уже пришла весна. За последние два месяца в жизни Изабель внешне ничто не изменилось, хотя ее отношение к Гордону стало совершенно другим. Она уже не считала себя перед ним виноватой и сама старалась держаться от него подальше. Для Изабель он стал просто соседом, живущим с ней в одном доме. Билл беспокоился, что Гордон почувствует происшедшие в ней изменения, но пока он как будто ничего не замечал.

Билл по-прежнему звонил ей каждый день, но вскоре ему предстояло принять окончательное решение. В реабилитационном центре он провел семь месяцев, и, хотя стал значительно сильнее и здоровее, принципиальных улучшений не произошло. Первоначально он собирался провести здесь год, но врачи заверили, что он практически готов к выписке. Дальнейших перемен к лучшему ждать уже не приходилось. Никакая чудодейственная операция его не спасет, он до конца жизни будет прикован к инвалидной коляске. Ему ничего не остается, кроме как примириться со своим нынешним состоянием. Это был тяжелейший удар — хуже была бы только смерть Изабель. Неспособность ходить означала, что он больше никогда ее не увидит. Скоро ему придется сказать Изабель, что все кончено. Он дал клятву самому себе и уже не передумает.

Друзья все еще звонили ему из Вашингтона, а перспективный кандидат в сенаторы просил возглавить его избирательную кампанию. Через четыре года он собирался баллотироваться в президенты и знал, что Билл способен добыть ему президентское кресло.

Он говорил об этом с Изабель, и та посоветовала ему вернуться к работе. Пребывание в реабилитационном центре его здорово разочаровало — хотя врачи и сделали все от них зависящее, — и теперь ему просто необходима была какая-то перспектива.

Ее самочувствие к этому времени уже наладилось. Головные боли случались редко, на теле не осталось никаких следов, кроме длинного тонкого шрама на левой руке, где зашивали порванную артерию. И о больнице она теперь вспоминала не иначе как в связи с Биллом. Изабель все еще сильно по нему скучала. Но когда она попросила его после выписки приехать в Париж, он ответил как-то неопределенно. Вероятно, ему еще рано говорить о каких-то поездках.

Биллу, как и Изабель, прошедшие семь месяцев казались вечностью. Он мечтал встретиться с ней, но уверял себя, что это неправильно. После приговора врачей для него все изменилось. Даже их телефонные разговоры больше не казались ему безобидными. Он постоянно чувствовал себя обманщиком, зная, что ему нечего предложить ей, кроме эмоциональной поддержки. А это одни слова. А еще ему не нужна ее жалость. Значит, нужно убедить Изабель, что он выздоровел, иначе она его не отпустит. Но каждый раз, когда он говорил себе «Пора!», сердце его разрывалось, как ни твердил себе Билл, что действует ради ее же блага. Если Джо и Джейн достаточно безумны, чтобы пытаться строить совместное будущее, то он на такое не способен.

Пока Билл разбирался со своими проблемами, в жизни Изабель неожиданно наступили радостные перемены. Состояние здоровья Тедди за последние два месяца радикально улучшилось. Было ли это связано с погодой, или объяснялось простым везением, но мальчик выглядел совершенно иначе. Несколько раз он даже спускался в столовую, чтобы поужинать вместе с матерью, а в апреле впервые за несколько лет Изабель вывезла его в Булонский лес. В зоологическом саду они остановились, чтобы поесть мороженого. Со времен раннего детства Тедди ничего подобного не происходило, и когда Изабель рассказывала об этом Биллу, в ее голосе звучал настоящий восторг. Первого мая Тедди исполнилось пятнадцать лет, и Изабель благодарила Бога за всю ту радость, которую она испытала благодаря сыну.

На следующий день Билл начал готовить почву для отступления. Сегодня он впервые ей солгал. Это было ужасно, но Билл считал, что совершает необходимое. Он так любил Изабель, что готов был пожертвовать собой. Для исполнения задуманного более подходящего случая может и не представиться: Тедди стало лучше, Гордон на несколько месяцев оставил жену в покое и почти не появляется дома. С бьющимся сердцем Билл заявил, что у него есть фантастические новости. Он боялся, что Изабель, слишком хорошо его знавшая, догадается об обмане, но каким-то чудом она ему поверила. Он сообщил ей, что наконец наступили решительные сдвиги и сегодня он сделал первые самостоятельные шаги. Изабель была так за него рада, что заплакала от счастья, и от этого он почувствовал себя еще хуже. Тем не менее он считал, что поступает правильно. Ему казалось, что он выпускает на волю прекрасную птицу.

Они проговорили еще долго. Изабель все расспрашивала, как он себя чувствовал, когда встал, было ли ему страшно, и Билл вдохновенно импровизировал. В дальнейшем он постепенно развивал этот сюжет. Номер Изабель он каждый раз набирал с тяжелым сердцем — ему было нелегко ее обманывать. Она такая милая, отзывчивая и доверчивая, он так ее любит! Но что тут можно изменить? Билл считал себя получеловеком. Нет, в таком состоянии никаких отношений с женщиной поддерживать не стоит.

В промежутках между разговорами с Изабель он начал подготавливаться к будущей жизни в Вашингтоне. Он уже обещал кандидату в сенаторы в конце июня заняться его избирательной кампанией. До этого он хотел подыскать себе квартиру и собрать о кандидате всю возможную информацию. Свадьба Джо и Джейн намечалась в июне. У невесты будет с полдесятка подружек, в том числе Оливия, а отмечать событие намеревались в гринвичском доме, точнее сказать, перед домом, триста гостей разместятся в разбитой на лужайке огромной палатке. Приготовления уже шли полным ходом, и Синтия постоянно разрывалась между портнихами и цветочницами.

Жених и невеста пребывали в состоянии эйфории. Они уже подали заявление на семейное общежитие в Нью-Йоркском университете, Джейн съездила в Миннеаполис, чтобы познакомиться с родителями Джо. Медовый месяц новобрачные собирались провести в Италии. Постоянно общаясь с Джо, Билл все больше ужасался тому, что ему предстояло совершить по отношению к Изабель. Но пути назад не было.

— С вами все в порядке? — спросил как-то Джо, когда они после занятий лечебной физкультурой направлялись к себе. — Вы что-то чересчур притихли. — Он сам уже через все это прошел, но состояние Билла его очень беспокоило. У всех наступает такой момент, когда приходится взглянуть правде в глаза, и эта правда бывает очень горькой. Нелегко смириться с тем, что улучшения больше не предвидится.

— Просто готовлюсь вернуться в реальный мир. Сразу после свадьбы меня ожидает куча работы, — пояснил Билл, но Джо понимал, что дело не только в этом. В последний месяц его будущий тесть перестал проявлять интерес к тренировкам и отказался от встреч с Линдой Харкорт. Хотя Билл и согласился провести в реабилитационном центре еще месяц, но мыслями он был уже далеко. Он часто бывал рассеян, не обращал внимания на окружающих и вообще походил на человека, пребывающего в глубокой депрессии.

Однажды в конце мая Билл буквально наткнулся на Елену, которая в слезах выезжала из столовой, — она едва не опрокинула его коляску.

— Эй, сбегать с места аварии — это преступление! — шутливо крикнул Билл. Остановившись, она, не глядя на него, уткнулась лицом в ладони. Подъехав поближе, Билл положил ей руку на плечо: — Ну, что случилось? Могу я чем-нибудь помочь? — Она молча покачала головой. Внезапно Билл заметил, что у нее на пальце нет обручального кольца, которое девушка все время носила, — того самого, с огромным бриллиантом. Все стало ясно. — Не хотите немного поговорить? — осторожно предложил он, и Елена кивнула. Они тут же направились в его комнату, где Билл протянул ей салфетки. Взяв их, она сквозь слезы улыбнулась:

— Простите меня. Я всем доставляю одни огорчения. — Даже плачущая, она все равно оставалась прекрасной.

— Я должен сам догадаться, в чем дело, или вы мне скажете?

— Это все из-за Серджо. Он... в общем, в последнее время дела складывались как-то странно. Он работал в Милане, и я никак не могла ему дозвониться. Несколько месяцев назад по его просьбе мы отложили свадьбу... Черт возьми, Билл, ведь мы встречались шесть лет... но пока со мной не случилось несчастье, так и не обручились. Я тогда подумала, что его сподвигло на это чувство вины, — ведь я в тот день работала именно с ним. Он заставлял меня отступать все дальше и дальше, пока я не упала с лестницы и... А теперь он мне сказал, что мы не можем пожениться, что чересчур много проблем и мне придется уделять слишком много внимания. Он говорит, что ему нужна более самостоятельная женщина. И все из-за этого! — Она хлопнула ладонями по коляске и снова залилась слезами. За прошедшие девять месяцев речь Елены значительно улучшилась, но в остальном все осталось по-прежнему. Именно такого поворота событий и опасался Билл в случае с Джейн и Джо, именно поэтому он хотел сейчас дать свободу Изабель.

— Возможно, он просто испугался, — понимающе кивнул Билл. Серджо считался одним из самых преуспевающих молодых фотографов — ему было всего двадцать девять лет. Сейчас с ним согласилась бы работать любая модель, не прикованная к инвалидной коляске. Конечно, было бы прекрасно, если бы он выполнил данное Елене обещание, но если это выше его сил, убеждал ее Билл, то лучше осознать это сразу. — Знаете, Елена, если он не чувствует в себе достаточно мужества и терпения, то он поступил правильно. Значит, он не тот, кто вам нужен, и хорошо, что вы узнали об этом сейчас. — Поступок Серджо только подтверждал его предположения — «полноценные» люди не должны связывать свою жизнь с теми, кто под это определение не подходит. — Поверьте мне, Елена, когда-нибудь вы будете только рады, что так случилось. — От этого утешения она заплакала еще сильнее. Рассуждения Билла нисколько ее не убедили. Она любила Серджо и до сих пор считала, что это взаимно. К свадьбе все было готово: и подвенечное платье, и фотограф, и оркестр. Но оказывается, кое-чего не хватало.

— И почему же я буду этому радоваться? — сквозь слезы скептически проговорила Елена.

— Потому что иначе вы стали бы ему обузой, и он бы вас за это возненавидел.

— Я не стала бы ему обузой! — с яростью воскликнула она. — Я такая же, какой была раньше! Я нисколько не изменилась. — Тут Джо и Джейн, очевидно, стали бы ей аплодировать, но Билл придерживался противоположного мнения.

— К сожалению, мы все изменились, иначе и быть не могло. И теперь наша жизнь ограничена определенными рамками. Есть вещи, которые нам не под силу, — тихо сказал он, думая об Изабель.

— Например? Танцевать? Кататься на лыжах? Ездить на роликах? Да кого это волнует? — Она шмыгнула носом.

— Серджо, очевидно, волнует. Он по крайней мере поступил честно, вы должны это ценить.

— Не стану я его ценить! Он просто дерьмо. За что он меня бросил? Ведь я не сделала ему ничего плохого.

— Конечно, не сделали. Просто вам не повезло. Нам всем не повезло — поэтому мы здесь.

— И нас никто никогда не полюбит из-за того, что мы такие? Ну нет, вы ошибаетесь! Посмотрите на Джо и Джейн!

— Вы старше их и должны быть умнее. — Ей было двадцать восемь, она хотела жить, иметь семью, мужа, детей. — Я по-прежнему считаю, что они поступают легкомысленно и когда-нибудь за это расплатятся. Вдруг Джейн, как Серджо, поймет, что все это ей невмоготу? И что тогда? Ведь к тому времени у них будут дети, и это разрушит и их жизнь.

— Вы и вправду считаете, что мы никому не нужны? Но это же полная ерунда, и вы сами это прекрасно понимаете. Мы имеем такое же право на нормальную жизнь, как и все прочие.

— Не уверен, — мрачно заявил Билл. — Не смею говорить за других, но лично я считаю, что не имею права обременять кого-то еще своими проблемами. Это было бы несправедливо. — Оба знали, что он говорит об Изабель.

— Вы с ума сошли, Билл? — спросила она, уже больше беспокоясь о нем, чем о себе. — Вы несете ахинею. Серджо — настоящее дерьмо. Возможно, вы и правы: хорошо, что он ушел сейчас. Но это частность, не имеющая никакого отношения ко всем нам. Может, он меня вообще не любит или мечтает о другой жене...

— Моя точка зрения неизменна, — с вызовом проговорил Билл, и в глазах Елены появилась злость.

— Какая там точка зрения! Вы просто ощущаете растерянность и одиночество, вам неудобно в инвалидной коляске, вам кажется, что вы не вправе быть любимым. Я так не считаю и никогда считать не буду. В мире слишком много хороших людей, которых абсолютно не волнует, держат нас ноги или нет. Конечно, нынешнее мое состояние меня огорчает, я бы с удовольствием, например, бегала или носила туфли на высоких каблуках. Я этого не могу. Ну и что? Вы хотите сказать, что раз вы инвалид, то не можете любить женщину? Неужели вы такой слабый? Я этому не верю! — Она посмотрела на него испытующим взглядом.

— Может, и не такой, — уклончиво ответил Билл. В глубине души он понимал, что в словах Елены есть немалая доля правды. Если бы Изабель была прикована к инвалидной коляске, он любил бы ее не меньше, даже, может быть, еще больше. — Я просто хотел сказать, что эта ноша не для всех. И нужно тщательно взвесить, способен ли человек ее нести. Если сильно любишь, жаль взваливать на любимого такую тяжесть. — Он явно говорил о себе.

— Тогда пусть нас поместят куда-нибудь в ледяную пустыню, и проблема будет решена. В этом случае другим не придется проявлять сострадание или хотя бы прилично себя вести. Знаете что? Я преклоняюсь перед Джейн и Джо. Они верят друг другу, и они абсолютно правы. Все остальное не имеет значения, по крайней мере для меня. Пусть мой муж окажется глухим, немым или слепым — если он хороший человек и мы оба любим, он мне подойдет. И эта инвалидная коляска тоже ничего для меня не значит.

— Хорошо, тогда выходите за меня замуж, — пошутил Билл, и Елена улыбнулась сквозь слезы.

— С вами хлопот не оберешься! — засмеялась она. — К тому же у вас ужасные взгляды. Смотрите, будьте осторожнее, не то наделаете каких-нибудь глупостей. — Она тоже была пациенткой Линды Харкорт и прилежно с ней занималась.

— Например? — слегка смутившись, спросил Билл. Елена ему нравилась, она была очень милой девочкой.

— Например, расстанетесь с дорогими для вас людьми, считая, что вы будете для них обузой. Почему вы сами за них решаете? Кто вам это позволил?

— Если кого-то любишь, то стремишься защитить его.

— Так не годится! — твердо произнесла Елена. — Люди имеют право на собственные решения. Тут все дело в уважении.

— Может, вы и правы, — задумчиво проговорил Билл. — У меня нет готовых ответов, у меня одни вопросы. К тому же я гораздо старше вас. В вашем возрасте я, наверное, тоже был бы смелее. Возможно, и вправду Серджо просто дерьмо. Следовательно, вам не стоит связывать с ним свою жизнь, и хорошо, что вам об этом уже известно.

— Да, с этим я согласна, — печально кивнула она, — но все равно больно.

— Больно, — сказал он, — но такова жизнь. В ней есть много всего, что доставляет боль. Некоторые люди устроены так, чтобы разочаровывать, так что лучше всего как можно раньше с ними расстаться. — Билл сейчас думал о Синтии, к инвалидной коляске это не имело никакого отношения.

— Наверное, Серджо как раз из таких, — философски заметила Елена.

— Возможно, в следующий раз у вас будет кольцо поменьше, а парень побольше. — Она снова кивнула. Они еще немного поболтали, и Елена отправилась в свою комнату, но у Билла их разговор не выходил из головы. Она так убежденно говорила, что для тех, кто любит, физические недостатки не имеют значения... Впрочем, она молодая женщина, и если какой-то мужчина захочет о ней заботиться, это будет вполне естественно. А вот у Билла ситуация другая. Он мужчина, и это ему предназначено взять на себя заботу о ком-то, а не наоборот.

Вскоре ему позвонила Изабель.

— У тебя усталый голос. — Она мгновенно угадала его настроение. — Ты что, слишком много ходил? — Она не сомневалась в истинности его рассказов, и теперь Билл чувствовал себя виноватым. Он сам лишил себя возможности когда-либо снова увидеть Изабель.

— Да, наверное. Перед отъездом у меня еще много дел, — расплывчато пояснил Билл.

— У вас там прекрасные врачи, — с восхищением сказала Изабель, и сердце Билла снова сжалось. Как верно заметила Елена, Изабель имела право на собственное решение, а он, получается, ее этого лишил. Но Изабель слишком добра, чтобы самой его бросить.

Надо сказать, в последние дни Изабель чувствовала в его голосе какие-то странные нотки и никак не могла понять, в чем тут дело. Вероятно, думала она, Билл просто нервничает из-за того, что ему нужно покинуть надежные стены реабилитационного центра и начать новую жизнь. Он зря тревожится — теперь, когда он может ходить, все быстро наладится.

— Как идет подготовка к свадьбе? — поинтересовалась она, надеясь отвлечь его от неприятных мыслей.

— Синтия прямо-таки сходит с ума, а я стараюсь держаться в стороне. Моя роль заключается в том, чтобы оплачивать счета, и это далеко не самое страшное. — Самое страшное ему предстоит сделать с Изабель, но она об этом еще не подозревает. — Как там Тедди? — поспешил он переменить тему. В последние дни он так часто поступал, словно не хотел что-либо подробно обсуждать. Это было совсем не похоже на Билла.

— Великолепно, — сказала Изабель, и Билл сразу почувствовал облегчение. Если бы Тедди был плох, он не посмел бы осуществить задуманное. Изабель сама определила свою судьбу. — Он еще никогда не чувствовал себя лучше.

— Я рад. — Когда он обмолвился о том, что собирается подыскать квартиру в Вашингтоне, Изабель снова спросила его о Париже.

— Может, после свадьбы заедешь сюда? Всего на несколько дней — перед тем, как начнешь работать. — Изабель боялась, что когда Билл погрузится в дела, у него ни на что не останется времени.

— Не знаю. Возможно, на той неделе мне уже придется заняться избирательной кампанией. — Это была еще одна ложь. До конца июня у него было свободное время, но он не может ей в этом признаться. — Там посмотрим, — только и промолвил Билл.

Когда разговор закончился, у Изабель на душе скребли кошки. Она совершенно определенно чувствовала, что Билл от нее как-то ускользает, и не могла понять причины. Это ощущение впервые появилось у нее несколько дней назад — Билл внезапно стал относиться к ней по-другому. Она, конечно, не могла знать, что именно в тот день врачи объявили Биллу свой окончательный приговор. Для него это был своего рода рубеж. Когда-то он обещал себе, что, если такое случится, он перестанет ей звонить, но пока не смог сдержать свое обещание. Перебирая в памяти их последние разговоры, Изабель пыталась вспомнить, не обидела ли его чем-нибудь, но нет, Билл как будто на нее не сердился, он просто отдалился от нее. С того дня, как они расстались, прошло уже девять месяцев, и Изабель ужасно хотела, чтобы он приехал. О том, чтобы ей самой полететь в Штаты, не могло быть и речи — ее крепко привязывал к французской земле Тедди.

В канун свадьбы Джейн Изабель уже впала в настоящую панику. Билл пропустил несколько звонков, отговоришись тем, что был очень занят. Он нашел себе квартиру в Вашингтоне и уже встретился с кандидатом в сенаторы. О предстоящей кампании Билл говорил с большим воодушевлением. После свадьбы он снова перестал звонить, а Изабель проявлять инициативу почему-то не смела.

Свадьба была замечательная. Когда жених и невеста — Джо сидел в инвалидной коляске, а Джейн, стоя рядом, держала его за руку — произносили перед алтарем свои клятвы, все плакали. И горше всех плакал Билл, который тоже сидел в коляске — рядом с Синтией, в конце первого ряда.

— С тобой все в порядке? — спросила она, когда начался праздничный обед. — Ты весь какой-то напряженный.

— Просто думаю о работе. Через несколько дней я покидаю реабилитационный центр и отправляюсь в Вашингтон. — Он выглядел прекрасно, но она чувствовала, что его что-то беспокоит.

— У тебя расстроенный вид. — Возможно, его грустное настроение объясняется волнением отца, выдающего уже взрослую дочь замуж?

В разгар празднества, когда Джейн нужно было по обычаю танцевать с отцом, ей пришлось танцевать со своим дедушкой. Джо смотрел на них и улыбался, его это как будто совершенно не трогало, а вот Билла трогало, да еще как! Прекрасное венчание, замечательная свадьба, все веселятся, а он... Возвращаясь вечером в реабилитационный центр, Билл думал только об Изабель.

Следующие два дня он не выходил из своей комнаты и даже пропустил занятия лечебной физкультурой. Изабель беспокоилась, несколько раз звонила. Билл знал, что это она, и не брал трубку. В такие минуты ему хотелось умереть. Наконец, набравшись храбрости, он сам набрал парижский номер.

наладить жизнь. — На самом деле они развелись еще в марте, как раз после того, как Джейн и Джо сообщили о своих серьезных намерениях. Синтия встречалась со своим новым партнером уже девять месяцев, и Билл был за нее очень рад.

— Я желаю тебе счастья, Билл, — великодушно сказала Изабель, — с кем бы то ни было. Я всем сердцем тебя люблю.

— Я это знаю. — По его щекам текли слезы, но голос звучал по-прежнему ровно. — Я тоже тебя люблю, Изабель. — Он чуть было не добавил, что всегда будет ее любить, но сдержался. — Береги себя. Если что-то понадобится, смело звони мне. Я всегда тебе помогу.

— Синтии это вряд ли понравится.

— Тридцать лет — очень большой срок. Трудно разорвать эти путы. — На самом деле его это не остановило. Его сердце принадлежало и всегда будет принадлежать только Изабель, что бы она теперь о нем ни думала.

— Я буду ужасно по тебе скучать, — послышалось сдавленное рыдание. — Но будь счастлив... Билл... Ты этого заслуживаешь. — За то, что он сейчас с ней делал, он заслуживал сгореть в аду, но это не поколебало его уверенности. Когда-нибудь она это поймет.

— До свидания. — Он осторожно опустил трубку на рычаг, а Изабель разразилась долгими рыданиями, словно оплакивала умершего. И это было правдой — ее жизнь только что кончилась.

— Что случилось, мамочка? — В комнату, задыхаясь, влетел встревоженный Тедди. Мамин плач он услышал из коридора — впервые в жизни.

Сначала она не могла говорить, но потом кое-как произнесла:

— Только что умер один мой старый друг. — Она не знала, как еще объяснить, тем более что в какой-то мере это так и было. Билл для нее умер. Навсегда потерян. Изабель не могла представить, как теперь будет жить, не могла представить свою жизнь без его звонков. У нее остались только дети. Она встала, подошла к Тедди и обняла его. Потом протянула руку за пальто. — Все хорошо, просто мне стало грустно. Пойду немного прогуляюсь. — Она отвела сына в его комнату, а сама вышла из дому. Вернулась она только через несколько часов, перед самым обедом, бледная как смерть, с глазами, полными тоски. Даже сиделка Тедди, увидев ее, испугалась.

— С вами все в порядке, мадам? — почтительно осведомилась она. За прошедшие годы она ни разу не видела Изабель в таком состоянии.

— Да, — вымученно улыбнувшись, машинально кивнула Изабель. Слов не было. Но после обеда, когда она читала вслух Тедди, по ее щекам снова потекли слезы. Не зная, чем утешить, сын молча погладил ее по руке. Вечером, когда Изабель обняла его, укладывая спать, у нее снова вырвались сдавленные рыдания.

— Мне очень жаль, мамочка, — мягко сказал Тедди и крепко ее обнял. Она печально улыбнулась.

— Мне тоже, милый.

В эту ночь она думала только о Билле. Никогда еще Изабель не чувствовала себя такой опустошенной. Ей больше не на что было надеяться, не к кому обратиться. Пусть она до конца жизни останется узницей Гордона Форрестье — ее это больше не волновало. Ее уже ничто больше не волновало. Ради Тедди и Софи она как-нибудь доживет остаток дней.

В эту ночь Билл так и не заснул. Положив трубку, он неподвижно лежал на своей койке и молча плакал. Он знал, что поступил правильно, и это сейчас служило ему единственным утешением.

Глава 16

После того как Билл ушел из ее жизни, для Изабель настали серые, беспросветные, бесконечные дни. Ничто не приносило ей облегчения. Она продолжала, как обычно, ухаживать за Тедди, но теперь трудно было разобрать, кто из них тяжелее болен. Изабель не спала, ничего не ела, почти не разговаривала и чувствовала себя так, словно ее сбросили в мрачную бездонную пропасть, куда не проникает солнечный свет. Она отчаянно тосковала по Биллу, она даже не знала, где он сейчас... Но где бы он ни находился, он больше ей не принадлежал, и теперь так будет всегда. Она благодарила судьбу за тот подарок, который та преподнесла ей, познакомив с Биллом, но боль ее все еще была столь нестерпимой, что временами Изабель удивлялась, почему до сих пор жива.

Даже Гордон за те короткие часы, которые проводил дома, заметил, как сильно побледнела и исхудала жена, а Софи, вернувшись на каникулы домой, просто пришла в ужас. Изабель походила на смертельно больную.

— Ты не заболела? — однажды спросил ее за завтраком Гордон — последнюю ночь он провел дома.

— Я плохо себя чувствую. Постоянно мучает мигрень, — пояснила Изабель. Она и сама замечала, что ее лицо приобрело какой-то мертвенно-серый цвет, но не могла себя заставить больше есть и спать.

— Должно быть, это следствие аварии, — даже слегка обеспокоился Гордон. — Обязательно позвони доктору. — За последние месяцы он впервые проявил к ней какой-то интерес. — На следующей неделе я уезжаю, так что сделай это, пожалуйста, до моего отъезда.

«Наверное, он уезжает вместе с Луизой», — подумала Изабель. Она уже давно поняла, что прошлое лето, когда она лежала в больнице, Гордон провел с Луизой и его тогдашнее отсутствие не имело никакого отношения ни к ней, ни к желанию Гордона ее наказать. Но теперь это нисколько не волновало Изабель — она просто приняла это к сведению.

— И куда ты едешь? — спросила она, стараясь выказать интерес, хотя ее уже ничто не интересовало, кроме Тедди. К счастью, Софи на несколько дней приехала домой и могла ей немного помочь.

— На юг Франции. Надо повидаться с одним клиентом. — Этим «клиентом», разумеется, была Луиза. — Сегодня же позвони доктору, — напомнил ей перед уходом Гордон, но Изабель не послушалась. Она и без доктора знала свой диагноз. У нее разбито сердце, и к прошлогодней аварии это не имеет никакого отношения. А ведь прошел всего год! Как трудно поверить, что у нее теперь нет Билла! Часто Изабель ловила себя на мысли, что предпочла бы тогда умереть. Боль утраты не утихала, наоборот, день ото дня становилась все сильнее. Нечего больше ждать, не на что надеяться, Изабель ни во что не верила, особенно в то, что жизнь когда-нибудь станет к ней добрее. Все ее надежды и ожидания забрал с собой Билл, не оставив ей ничего, кроме воспоминаний и скорби. Но самое ужасное заключалось в том, что на него она даже не сердилась. Она продолжала его любить и знала, что так будет всегда. Сейчас она была похожа на смертельно раненное животное, ищущее тихое место, чтобы умереть.

— Что случилось, мамочка? — с беспокойством спросила Софи, когда они встретились возле комнаты Тедди.

— Ничего, дорогая. Я просто устала. — Изабель выглядела ужасно, это признавали абсолютно все. Софи только что говорила об этом с сиделкой Тедди, Мартой. По словам Тедди, мама заболела, когда ей по телефону сообщили о смерти друга, но остальные считали, что состояние Изабель вызвано какими-то более глубокими причинами, и всерьез за нее опасались.

Вечером, когда Гордон поинтересовался, виделась ли она с доктором, Изабель кивнула и заверила, что тот ее успокоил. Конечно, она лгала, но не сомневалась, что Гордон не станет проверять.

Правда, у него мелькнула мысль о том, что столь сильные переживания должны иметь какую-то причину, и тогда Гордон вспомнил о Билле, но тут же отверг эту идею. Он был уверен, что Изабель не посмела продолжить с ним отношения.

На следующий день Гордон отправился на юг Франции, в «Отель дю кап», где планировал пробыть три недели. Изабель не возражала, напротив, она была страшно рада его отъезду. Больше не требовалось объяснять, почему она так плохо выглядит.

Вернувшись через три недели, Гордон был потрясен. Изабель выглядела так, словно страдала какой-то неизлечимой болезнью. Заговорив с ним о матери, Софи заплакала, но он заявил, что доктор не нашел причины для опасений. Он не желал больше ничего об этом знать.

В августе Гордон снова уехал — в долгую деловую поездку по Италии и Испании. Софи на несколько недель отправилась к подругам в Бретань. Изабель и этому была рада. Она изо всех сил старалась вести себя как прежде, но не могла представить, что когда-нибудь действительно вновь станет собой. Каждое утро она просыпалась с мыслями о Билле и жалела о том, что до сих пор жива.

Именно в тот момент, когда Гордон и Софи были в отъезде, Тедди подхватил тяжелый летний грипп. Сначала это выглядело как обыкновенная простуда, но потом состояние мальчика резко ухудшилось. У него поднялась температура, и доктор прописал ему антибиотики, но даже сильнодействующие средства не помогали — температура продолжала повышаться. На третий день он едва мог дышать, еще через два дня у Тедди началось воспаление легких, и его поместили в больницу. Изабель отправилась туда вместе с ним. Она собралась было позвонить Гордону, но потом решила его не беспокоить.

— Я умираю? — глядя на нее, спрашивал Тедди.

— Конечно, нет, — гладя его по голове, отвечала Изабель. — Но вообще-то тебе пора поправляться. Из-за этого дурацкого вируса ты уже и так слишком долго валяешься в постели. — Ночью у него было сорок и три, и Изабель наконец решилась позвонить Гордону.

— Не знаю, что с ним, наверное, какое-то вирусное заболевание, но он очень плох. — Голос Изабель звучал глухо.

— Да он всегда плох! — раздраженно бросил Гордон. Он был в Тоскане, и Изабель не представляла себе, какие там у него могли быть дела. Несомненно, он проводил там время с Луизой. — Все равно я ничем не могу ему помочь.

— Я подумала, что тебе следует об этом узнать, — объяснила Изабель, сожалея о том, что позвонила. Собственно, с ее стороны это было всего лишь проявлением вежливости — ни о чем просить Гордона она не собиралась.

— Сообщи мне, если ему станет хуже.

«И какой от этого будет толк?» — подумала Изабель. А если Тедди умрет, ей как — звонить? Или это тоже будет рассматриваться как досадная помеха? Но она промолчала.

Выждав еще два дня, она позвонила Софи. К этому времени у Тедди начался бред. Ему вводили антибиотики, но у него начали отказывать легкие и сердце оставляло желать лучшего.

В отличие от своего отца Софи немедленно вернулась из Бретани в Париж. Две женщины без сна и отдыха всю ночь просидели возле мальчика, держа его за руки. Временами он бредил.

На следующее утро он пришел в сознание. День стоял жаркий, да и Тедди был весь горячий, хотя упорно твердил, что ему холодно. Приходил и ушел доктор, сиделки постоянно следили за его состоянием, а поздно вечером доктор снова пришел и заявил Изабель, что дела совсем плохи.

— Что вы имеете в виду?

— Его сердце долго не выдержит. Он очень больной мальчик.

К ужасу Изабель, вся следующая неделя прошла точно так же — Тедди постоянно находился на грани жизни и смерти. Софи и Изабель совершенно выбились из сил и выглядели ненамного лучше его. За прошедшие две недели Гордон так ни разу и не позвонил. Возможно, предполагала Изабель, Гордон решил, что мальчик уже выздоровел. А на третью неделю Тедди впал в беспамятство. Пневмония усилилась, и казалось удивительным, что его организм еще борется. Изабель то тихо плакала в коридоре, то сидела возле Тедди. В эту ночь она снова позвонила мужу.

Тот действительно решил, что с мальчиком все в порядке. Новость о том, что сын находится при смерти, его потрясла.

— Ты не собираешься возвращаться домой?

— А что, нужно? — Хотя эта идея его не слишком вдохновляла, в голосе Гордона звучала искренняя озабоченность. Ситуация оказалась гораздо хуже, чем он предполагал.

— Решай сам. Он очень болен. — За последние сутки Тедди ни разу не приходил в сознание, и доктор сомневался, что это случится. Гордон велел позвонить ему на следующий день.

Изабель и Софи всю ночь просидели рядом с Тедди. В пять утра он открыл глаза и, узнав их, улыбнулся. Облегченно выдохнув, обе решили, что это хороший признак, но сиделка сообщила: за ночь температура повысилась и составляла теперь сорок и четыре. Тем не менее мальчик был в полном сознании и даже разговаривал. Осмотрев его, доктор удрученно покачал головой — сердце Тедди окончательно отказывалось ему служить. Этого момента Изабель со страхом ждала все пятнадцать лет, и вот теперь он настал. Но сейчас она испытывала странное спокойствие, понимая — все в руках судьбы.

Держа мать и сестру за руки, он смотрел на них с ангельской улыбкой. Поцеловав Тедди в горячую щеку, Изабель не смогла удержаться от слез.

— Я люблю тебя, мой маленький. — Он всегда был таким милым мальчиком, таким ласковым и терпеливым. Почти постоянно превозмогая боль, он никогда не жаловался. Сейчас он витал на грани яви и беспамятства. Изабель отчаянно хотела удержать его на краю бездонной пропасти, на котором балансировала его душа, — мысль о том, что она может потерять Тедди, была ей невыносима. Но ничем помочь ему она уже не могла.

Посмотрев на них, Тедди снова улыбнулся.

— Я счастлив, мамочка, — тихо произнес он и повернулся к сестре. — Я люблю тебя, Софи. — И с еле слышным вздохом его душа мирно покинула тело, которое доставило Тедди столько мучений. Обняв уже безжизненное тело, Изабель зашлась слезами. Софи колотило. Мать и сестра в последний раз обняли и поцеловали своего Тедди, а потом тихо вышли из палаты. Стоял жаркий солнечный день, вокруг все сияло, и Изабель не могла поверить, что Тедди с ними больше нет. Это было немыслимо, невыносимо.

Поймав такси, они вернулись домой. Войдя в комнату сына, Изабель разразилась рыданиями. Как Маленький Принц из книги Сент-Экзюпери, он покинул их, уйдя в свой собственный мир, мир, который ему и не следовало покидать. Но за то краткое время, что он был здесь, с Изабель, он успел доставить ей много радости.

Немного успокоившись, она налила Софи чаю, а затем позвонила мужу. Голос Изабель звучал удивительно ровно. Новость ошеломила Гордона, и он пообещал, что к вечеру будет дома. Он был, как всегда, сух, не говорил, что сожалеет об утрате, он вообще почти ничего не сказал и быстро повесил трубку. Изабель хотела было позвонить Биллу, но решила, что этого не стоит делать, тем более что тот никогда не встречался с ее мальчиком. К тому же она не считала себя вправе врываться в его жизнь.

Во второй половине дня они вдвоем с Софи отправились в похоронное бюро и сделали там все необходимые распоряжения. Изабель заказала простой белый гроб, а из цветов — ландыши и белые розы. Проститься с Тедди никто не придет, кроме мамы, сестры и его сиделок, — ведь он не ходил в школу и не завел друзей, а сама Изабель их всех растеряла. Только она и Софи общались с ним и любили его. Как же она теперь будет жить? Все последние годы она занималась только сыном.

Прилетевший ночью из Рима Гордон выглядел подавленным. На следующий день он вместе с Изабель и Софи съездил в похоронное бюро. Изабель распорядилась, чтобы гроб был закрытым, — она не могла видеть Тедди мертвым, хотя и сейчас он оставался таким же красивым, как при жизни. Гордон не захотел на него взглянуть, и Изабель его понимала. Для отца Тедди так и остался чужим, он не знал и не желал его узнавать, а теперь уже слишком поздно.

Вечером они вместе поужинали. Говорили только Гордон и Софи, Изабель молчала. О Тедди никто не упоминал — боль была еще слишком свежей. Изабель побрела в свою комнату, думая только о ребенке, которому дала жизнь. Словно хрупкая бабочка, он в конце концов от них улетел, но Изабель была благодарна судьбе за любовь, данную им с Тедди, и вообще за его существование.

Похороны состоялись на следующий день, и на отпевании священник, не знавший Тедди, перепутал его имя. Поездка на кладбище едва не убила Изабель, она не могла смириться с мыслью, что придется оставить здесь сына, и едва удерживала себя, чтоб не вцепиться в гроб. Она в последний раз коснулась его и забрала с собой одну из хрупких белых роз, чтобы потом засушить ее. Изабель не могла дышать, не могла двигаться — боль была невыносимой.

Вечером Гордон пришел к ней в спальню. Она лежала на кровати, лицо ее было цвета мрамора.

— Не понимаю, что с тобой происходит, — скорее раздраженно, чем озабоченно, проговорил он. Вид Изабель в последнее время вызывал у него отвращение — она выглядела тяжелобольной. — Глядя на тебя, можно подумать, что сегодня мы похоронили тебя, а не Тедди. Что с тобой, Изабель?

— Я только что потеряла сына, — не веря своим ушам, произнесла она.

— И я тоже. Но ты так выглядишь уже два месяца.

— Разве? Прошу прощения. — Она отвернулась, не желая его видеть. Скорее бы он ушел.

— Софи очень за тебя переживает.

— А я переживаю от того, что потеряла сына, — без всякого выражения сказала она.

— Мы ждали этого много лет, — напомнил он, — хотя естественно, что тебя это потрясло, особенно если учесть прошлогоднюю аварию. — Он уже начинал опасаться, что его жена никогда не поправится. На самого Гордона смерть Тедди не произвела особенного впечатления, и он держался как совершенно посторонний человек, даже не как родственник. Никто, пожалуй, и не поверил бы, что он только что потерял сына.

— И что ты теперь собираешься делать? — с любопытством взглянув на Изабель, спросил он.

— С чем? — Со своей комнатой? Со своей одеждой? Со своей жизнью? Она не могла понять, к чему он клонит.

— Последние пятнадцать лет ты только и занималась тем, что ухаживала за Тедди. Но нельзя похоронить себя вместе с ним!

А почему бы и нет? У нее не осталось ни Тедди, ни Билла, ей незачем жить — если только ради Софи. Следующие слова Гордона буквально ее потрясли:

— Я думаю, тебе следует отправиться с Софи в Гренобль. По-моему, это прекрасная мысль. В конце концов тебе все равно придется выбраться из этих стен, так что будет лучше, если ты уедешь с ней.

Изабель мгновенно сообразила, что он хочет сослать ее в провинцию, чтобы остаться здесь с Луизой. Это был очень толковый план — смерть Тедди играла ему на руку. Надо же, как он это здорово придумал!

— Ты серьезно? — Она чуть не рассмеялась ему в лицо. Он кажется таким внимательным и в то же время так сильно желает от нее избавиться! Должно быть, он опасается, что теперь она может попытаться восстановить их супружеские отношения. — Что мне там делать? Софи вряд ли понравится, если я стану путаться у нее под ногами.

— Ну, ты же не можешь просто сидеть здесь без дела! — с раздражением воскликнул Гордон.

— Ты считаешь, что я все время валяла дурака? — Это переполнило чашу терпения. Изабель была по горло сыта ложью, которая окружала ее столько лет. Она не хочет отравлять жизнь своей дочери, к тому же абсолютно ясно, чего добивается Гордон.

— Я не имею ни малейшего понятия, чем ты занималась, — резко сказал он, — кроме заботы об этом мальчике.

— «Этот мальчик» — твой сын, и он только что умер. Имей хоть немного уважения — хотя бы к нему. Да и ко мне тоже. — Впервые она осмелилась говорить с ним подобным тоном, и Гордону это явно не понравилось.

— Не учи меня, как надо себя вести, Изабель. Не забывай, в прошлом году ты сама вела себя не лучшим образом, больше я такого не потерплю.

— Да ну? — сверкнула глазами Изабель. Это уж было чересчур. — И в чем же заключалось мое плохое поведение?

— Ты прекрасно знаешь, что я имею в виду. Тогда я закрыл глаза на вашу связь с Биллом Робинсоном, твое счастье, что я с тобой не развелся. — Оружие было обнажено. Но теперь Изабель уже ничего не боялась. Со смертью Тедди Гордон утратил над ней всякую власть — по крайней мере на время, а может быть, и навсегда.

— Нет, это твое счастье, что я закрывала глаза на твое отношение ко мне последние двадцать лет и отношение к сыну — последние пятнадцать! — Они уже сошлись в смертельной схватке. Изабель не ожидала, что подобная беседа состоится так скоро после смерти Тедди, но была к ней готова. Она вспомнила слова Билла, что надо поберечь патроны до момента, когда Гордон нападет на нее, и вот он наконец напал. В день похорон Тедди! Впрочем, подобная жестокость ее нисколько не удивляла.

Муж посмотрел на нее так, словно хотел ударить, но все же не посмел.

— Будь осторожнее, Изабель, а то окажешься на улице с протянутой рукой!

— Ты меня больше не запугаешь, Гордон. — Ей нечего терять. Если он действительно выкинет ее на улицу, это будет только к лучшему. — Я тебя нисколько не боюсь. — Он видел, что она говорит серьезно.

— И куда же ты пойдешь, если я тебя выгоню из дома?

Изабель бросила на него спокойный взгляд.

— Может, вы с графиней де Линье будете так любезны, что позволите мне пожить в апартаментах на улице Бак? Ведь, как я понимаю, если ты выгонишь меня, то она будет здесь, с тобой? — Она произнесла это ровно и вежливо, но Гордон весь затрясся и прямо-таки зарычал от злости.

— Ты сама не знаешь, о чем говоришь! — крикнул он. Такого удара он не ожидал и на миг потерял душевное равновесие.

— Может, я и не знаю, а вот пол-Парижа знает, причем уже лет десять. В канун Нового года она сюда по ошибке позвонила. Думаю, она была пьяна, но благодаря этому у меня наконец-то раскрылись глаза. Так что оставь в покое Билла Робинсона. Он к делу не относится.

— Он все еще играет какую-то роль в твоей жизни? — Гордон был потрясен не только ее осведомленностью, но и ее молчанием.

— Нет. — Гордон совершенно не вправе этим интересоваться, но Изабель все же решила ему ответить. — А вот графиня в твоей жизни играет роль, и немалую. Насколько я понимаю, в Италии ты был именно с ней. Говорят, что она не хочет выходить за тебя замуж до тех пор, пока не умрет ее муж. Как тебе это, должно быть, неприятно! А как ты собирался со мной поступить потом, а, Гордон? Каким способом ты планировал от меня избавиться, ведь недостаточно было сплавить меня в Гренобль, к Софи?

— Да ты спятила! Наверное, это смерть сына так на тебя повлияла. Я не желаю слышать подобную чепуху. — Он как будто действительно собрался уходить.

— Нет. — Она покачала головой. — Мое сердце разбито, но как раз сейчас я в здравом рассудке. А вот все предыдущие годы я, по-видимому, и в самом деле была не в своем уме, если не замечала того, что ты творил. Ты ведь здесь даже не ночевал, а я об этом и не подозревала. Но теперь с этим покончено.

— Вон из моего дома! — дрожа от ярости, прорычал Гордон.

— Не беспокойся, я уйду, но только тогда, когда буду готова. А пока можешь считать себя свободным. — Гордон стремительно выбежал из ее спальни, и через несколько секунд Изабель услышала, как хлопнула входная дверь. Это была невероятная сцена. Муж только что от нее ушел, а ее это нисколько не беспокоит! Смерть Тедди ее окончательно освободила — кроме Софи, у нее больше никого не осталось. Уйдя, Гордон избавил Изабель от лжи и унижений, сопутствовавших ей так много лет.

— Что он тебе сказал, мама? — тихо спросила Софи. Изабель и не заметила, как та вошла в комнату. У дочери был испуганный вид: ее родители еще никогда так не ссорились.

— Не важно, — присев на кровати, произнесла Изабель.

— Нет, важно! — запротестовала Софи. — Мама, он ужасно к тебе относится. Он мой отец, и я его люблю, но он не должен так тебя унижать. — Сегодня, после похорон Тедди, это уже перешло всякие границы.

Изабель посмотрела на дочь, только сейчас начиная осознавать случившееся.

— Он просто велел мне убираться вон, — все так же сдержанно сообщила она.

— И ты собираешься уйти? — ужаснулась Софи.

— Да, собираюсь. Это же его дом. — Их совместная жизнь закончилась в день похорон Тедди, что было по-своему справедливо.

— Куда же ты пойдешь? — На глазах дочери выступили слезы.

— Ну, найму где-нибудь квартиру. Нужно было это сделать еще давно, но он оплачивал лечение Тедди. — Софи кивнула, а Изабель поняла, что ее жизнь подошла к концу. Она все потеряла: Тедди, Билла, дом, мужа. Все, что она любила, чем дорожила, на что надеялась и во что верила, — всего этого она лишилась. Нужно начинать жизнь сначала. Изабель посмотрела на Софи, та подошла к ней, и они молча обнялись.

Именно Тедди в конце концов освободил ее от Гордона. Именно он взял ее за руку и увел прочь. Билл не смог этого сделать и первым ее покинул. А у нее самой недоставало мужества. Именно Тедди, освободившись от доставлявшей ему столько мучений земной оболочки, освободил и свою мать от ее безрадостной жизни. Это был его прощальный подарок. Она стала наконец свободна.

Глава 17

Несколько дней Гордон не возвращался на улицу Гренель. При желании Изабель могла бы его найти, но зачем? Она уже все ему сказала, к тому же он наверняка был с графиней де Линье.

Некоторое время она бесцельно бродила по дому, свыкаясь со своим одиночеством. Часами сидела в комнате Тедди и плакала, иногда улыбаясь сквозь слезы каким-то милым воспоминаниям. Окружающий мир был далек, как никогда.

Однажды вечером она вдруг начала упаковывать вещи сына. Вещей было немного: ведь Тедди недолго прожил на этом свете — книги, головоломки, старые игрушки, белье, религиозные статьи, которыми снабжали его сиделки. Но по-настоящему Тедди дорожил только фотографиями матери и сестры. Здесь же лежала очень красивая свадебная фотография Изабель и Гордона. Этот снимок отца был единственным, который хранил Тедди.

С вещами Изабель провозилась всю ночь и закончила лишь к утру. Комната теперь стала нежилой, только рядами стояли аккуратно упакованные коробки. Затем она отправилась к себе и легла спать.

Гордон появился в конце дня — он желал знать ее дальнейшие планы.

— Я пока еще не решила. Я упаковывала вещи Тедди.

— Какое тоскливое занятие — надо было поручить сиделкам!

Изабель не хотела, чтобы это делали чужие руки, но Гордону этого не понять — он не любил никого, кроме самого себя. Интересно, каковы их отношения с Луизой? Наверняка их главный стимул — ее положение в обществе и титул. Именно по этим причинам его когда-то привлекла и сама Изабель.

— В последний раз ты отвратительно себя вела, — с нажимом заявил Гордон. Но на Изабель это не произвело впечатления: подобные вещи она уже слышала. Гордон недоумевал, как она посмела упомянуть про его связь с Луизой. Собственно, его удивляло, что она вообще о чем-то догадалась. Когда он спросил Луизу, действительно ли она под Новый год звонила ему домой, та призналась, что, по-видимому, да. Так случайная ошибка в один момент обрушила всю ту сложную конструкцию из лжи и полуправды, которую Гордон тщательно возводил в течение десяти лет. Но Луизу он не посмел ни в чем упрекнуть.

— Отвратительная ситуация сложилась уже очень давно, — сказала Изабель. — Я всегда полагала, что ты так холоден со мной потому, что я не оправдала твоих ожиданий. Я считала, что сама виновата, так как слишком занята Тедди. Но в конце концов выяснилось, что мы с Тедди тут вовсе ни при чем — у тебя возникли интересы на стороне.

— Причина все равно в тебе, — упрямо проговорил Гордон. — Если бы ты потрудилась быть мне хорошей женой,

но Изабель была благодарна судьбе за любовь, данную им с Тедди, и вообще за его существование.

Похороны состоялись на следующий день, и на отпевании священник, не знавший Тедди, перепутал его имя. Поездка на кладбище едва не убила Изабель, она не могла смириться с мыслью, что придется оставить здесь сына, и едва удерживала себя, чтоб не вцепиться в гроб. Она в последний раз коснулась его и забрала с собой одну из хрупких белых роз, чтобы потом засушить ее. Изабель не могла дышать, не могла двигаться — боль была невыносимой.

Вечером Гордон пришел к ней в спальню. Она лежала на кровати, лицо ее было цвета мрамора.

— Не понимаю, что с тобой происходит, — скорее раздраженно, чем озабоченно, проговорил он. Вид Изабель в последнее время вызывал у него отвращение — она выглядела тяжелобольной. — Глядя на тебя, можно подумать, что сегодня мы похоронили тебя, а не Тедди. Что с тобой, Изабель?

— Я только что потеряла сына, — не веря своим ушам, произнесла она.

— И я тоже. Но ты так выглядишь уже два месяца.

— Разве? Прошу прощения. — Она отвернулась, не желая его видеть. Скорее бы он ушел.

— Софи очень за тебя переживает.

— А я переживаю от того, что потеряла сына, — без всякого выражения сказала она.

— Мы ждали этого много лет, — напомнил он, — хотя естественно, что тебя это потрясло, особенно если учесть прошлогоднюю аварию. — Он уже начинал опасаться, что его жена никогда не поправится. На самого Гордона смерть Тедди не произвела особенного впечатления, и он держался как совершенно посторонний человек, даже не как родственник. Никто, пожалуй, и не поверил бы, что он только что потерял сына.

покидать. Но за то краткое время, что он был здесь, с Изабель, он успел доставить ей много радости.

Немного успокоившись, она налила Софи чаю, а затем позвонила мужу. Голос Изабель звучал удивительно ровно. Новость ошеломила Гордона, и он пообещал, что к вечеру будет дома. Он был, как всегда, сух, не говорил, что сожалеет об утрате, он вообще почти ничего не сказал и быстро повесил трубку. Изабель хотела было позвонить Биллу, но решила, что этого не стоит делать, тем более что тот никогда не встречался с ее мальчиком. К тому же она не считала себя вправе врываться в его жизнь.

Во второй половине дня они вдвоем с Софи отправились в похоронное бюро и сделали там все необходимые распоряжения. Изабель заказала простой белый гроб, а из цветов — ландыши и белые розы. Проститься с Тедди никто не придет, кроме мамы, сестры и его сиделок, — ведь он не ходил в школу и не завел друзей, а сама Изабель их всех растеряла. Только она и Софи общались с ним и любили его. Как же она теперь будет жить? Все последние годы она занималась только сыном.

Прилетевший ночью из Рима Гордон выглядел подавленным. На следующий день он вместе с Изабель и Софи съездил в похоронное бюро. Изабель распорядилась, чтобы гроб был закрытым, — она не могла видеть Тедди мертвым, хотя и сейчас он оставался таким же красивым, как при жизни. Гордон не захотел на него взглянуть, и Изабель его понимала. Для отца Тедди так и остался чужим, он не знал и не желал его узнавать, а теперь уже слишком поздно.

Вечером они вместе поужинали. Говорили только Гордон и Софи, Изабель молчала. О Тедди никто не упоминал — боль была еще слишком свежей. Изабель побрела в свою комнату, думая только о ребенке, которому дала жизнь. Словно хрупкая бабочка, он в конце концов от них улетел,

лась на улице Гренель, но теперь, без мамы и Тедди, сама мысль об этом выглядела дикой.

К тому времени Изабель уже получила от Гордона проект соглашения о разделе имущества. Его предложения были весьма скромными, они ни в коей мере не соответствовали тому образу жизни, который семья вела в течение двадцати одного года. Более того, поверенный мужа предлагал Изабель не рассчитывать на материальную поддержку, а устроиться на работу, что она, правда, и так собиралась сделать. Почти все имущество отходило Гордону, что, кстати, подтверждало прежние опасения Изабель. Если бы она тогда ушла от него вместе с Тедди, они были бы обречены на голодную смерть. Но сейчас Изабель от него ничего не было нужно, разве что некоторый резерв на случай непредвиденных обстоятельств.

Изучив документ, ее адвокат посчитал его чем-то вроде личного оскорбления и предложил Изабель побороться. Он даже считал возможным отсудить у Гордона дом на улице Гренель. Но Изабель на это не согласилась. От Гордона она хотела получить только самое необходимое — и ничего больше.

В середине октября она переехала на улицу Варенн. Изабель привела в порядок квартиру и осталась ею очень довольна. Было грустно покидать дом, где они с Тедди провели столько лет — всю его жизнь, но свои воспоминания она унесет с собой. Жозефина провожала ее со слезами. Перед уходом Изабель взяла с нее слово, что та обязательно будет навещать ее по новому адресу.

Вскоре из университета в Париж приехала Софи. На эту неделю выпал День всех святых, так что у нее было целых четыре свободных дня.

— Как замечательно, мамочка! — воскликнула Софи, увидев свою комнату. Взяв с собой кое-что из тканей, Изабель использовала их для обивки стен в своем новом жибудь, что можешь взять только свое — то, что ты принесла в дом. Остальное принадлежит мне.

— Разумеется, — язвительно парировала она. Они уже начали делить вещи! Изабель хотела забрать только свою одежду, вещи Тедди, кое-что из картин и фамильных ценностей, принадлежавших ее родителям, и кое-какие побрякушки, подаренные ей Гордоном. Да и драгоценности возьмет только для того, чтобы передать их Софи. — Когда найду жилье, я дам тебе знать.

Следующие несколько недель она лихорадочно искала квартиру. Софи уехала в университет, и Изабель стало немного легче: дочь слишком сильно переживала происходящее. В конце сентября она нашла вполне подходящее жилье на улице Варенн, недалеко от их дома, — с двумя спальнями, большой и светлой гостиной, уютной столовой, немного старомодной кухней и террасой, выходящей на Музей Родена. Квартира располагалась на третьем этаже старого дома. Там, где когда-то была конюшня, теперь находился гараж на одну машину. Здание выглядело неплохо, хотя и походило на многие дома, построенные в восемнадцатом веке. Семейство, владевшее им в течение многих поколений, уже давно было не в состоянии поддерживать дом в должном порядке. Крошечный лифт, больше похожий на птичью клетку, высокие потолки, красивые, но обшарпанные полы — вся эта небогатая обстановка, однако, вполне устраивала Изабель. Район был неплохой, да и хозяева ей давно знакомы — Изабель не сомневалась, что здесь она будет чувствовать себя комфортно. Подписав договор об аренде, она позвонила адвокату Гордона и сообщила, что переедет через две недели. А потом известила дочь.

У Софи это известие вызвало смешанные чувства. С одной стороны, она радовалась за мать, которая наконец обретет покой, с другой — не представляла, как будет жить отдельно от нее. Приезжая в Париж, Софи останавливаему никакой пользы, напротив, создавала определенные проблемы. Более того, она пыталась обвинять его, и это Гордону совсем не нравилось.

— Я перееду, когда найду себе квартиру, — устало промолвила Изабель. — Если ты выгонишь меня сразу после смерти Тедди, о тебе станут судачить.

— Я скажу, что ты от горя сошла с ума и убежала из дому. Конечно, тут сыграла свою роль и черепно-мозговая травма. — Это была неплохая задумка. Интересно, не поучаствовала ли тут Луиза?

— Ты рассчитываешь, что люди тебе поверят, а вот я в этом сомневаюсь. Все, кто меня знает, скажут, что я отнюдь не сумасбродка, отгородившаяся по своей воле от всего света, а женщина, которую ты много лет обманывал и унижал. Людей нельзя дурачить вечно, даже меня. — И все равно его предательство было для Изабель тяжелым ударом. Так вести себя сразу после смерти Тедди! Ее бросил Билл, ее оставил Гордон, ее покинул Тедди, правда, он-то не по своей воле... Удары сыпались на нее со всех сторон. Слушая Гордона, который объяснял, как легко он расправится с ней, Изабель думала о том, что ее предали те, кого она так сильно любила. Ее вера в справедливость разрушилась. Больше она ничего не ждала от жизни и желала только покоя.

— Что ж, уезжай когда захочешь, только дай мне знать заранее. Я сегодня звонил своему адвокату, он готовит проект соглашения по разделу имущества. — Как он спешит! Может, здоровье графа де Линье серьезно пошатнулось? А она, упрямая, не согласилась отправиться в Гренобль! Тогда бы он пустил слух, что она в санатории, где лечится от депрессии, или вообще сошла с ума. Если бы она вдруг исчезла, он мог бы объяснить это практически как угодно. Кстати, теперь ей самой потребуется адвокат. И тут Гордон добил ее окончательно: — Когда будешь собираться, не за-

ничего бы не произошло. — Он, как всегда, намеревался выйти сухим из воды и во всем обвинить только ее.

— Я хотела быть тебе хорошей женой, Гордон. И сначала я очень тебя любила. Именно ты возвел между нами стену, ты отверг меня и покинул нашу спальню. И ко мне это не имело никакого отношения, что, я думаю, ты и сам понимаешь.

— Так легко ты не оправдаешься. Я никогда не позволил бы себе подобного, если бы ты с самого начала усвоила мои уроки.

Он снова пытался играть роль учителя, отчитывающего нерадивую школьницу. Ее любовь для Гордона ничего не значила, как и ее желания. Многие годы она покорно исполняла его команды, а он только покрикивал «Быстрее!», «Выше!», оставаясь всегда недовольным ее рвением. А когда он взял все, в чем нуждался — ее связи и положение в обществе, — Изабель стала ему не нужна. То же самое он наверняка проделает и с Луизой. Как только мир узнает, что он женат на богатой и преуспевающей женщине, к тому же графине, и как только он извлечет из этого все возможные выгоды, он и от нее отвернется. Вряд ли он способен проявлять к кому-нибудь нежные чувства, даже к своей любовнице. Для этого он слишком эгоистичен.

— Похоже, после аварии ты повредилась в рассудке, — холодно заметил Гордон, и Изабель вдруг сразу представила себе ту картину, которую он собирается нарисовать: мол, она всегда была немного странной, после комы вела себя не вполне адекватно, а после смерти сына ее поведение вообще перестало поддаваться логике. Какой прекрасный предлог, чтобы от нее избавиться! Она как будто увидела в темной пещере страшного монстра. В прежние времена она бы испугалась, но теперь ей ничего не страшно. Она свободна. — Надеюсь, ты не станешь задерживаться с отъездом, — проговорил Гордон. Изабель больше не приносила

лище. В комнате Софи они были цвета слоновой кости с бледно-лиловым рисунком, в комнате Изабель — ярко-желтыми, а гостиная была уставлена старинными вещами, которые достались Изабель от ее матери, — в основном времен Людовика XV и Людовика XVI. Переезд состоялся всего две недели назад, но квартира уже стала жилой, даже в большей степени, чем дом на улице Гренель. Здесь действительно был ее дом.

Изабель удивлялась тому, как легко она приспособилась к новой жизни. По Гордону она совершенно не скучала, вот только страшно не хватало Тедди — сердце все болело о нем. Устройство нового жилища позволило ей немного отвлечься, но от того, что сына больше нет, спрятаться было некуда. В некотором отношении на новом месте ей стало даже чуть полегче: больше нельзя было бродить по коридору, по которому еще недавно ходил он, или сидеть в комнате, в которой они вместе проводили многие часы. Тем не менее тоска по Тедди не унималась — как и тоска по Биллу. Изабель никак не могла поверить, что больше никогда его не увидит, что после пяти лет он мог вот так просто бросить ее и уйти. Такой жестокости она никак от него не ожидала. Она не забудет Билла еще очень и очень долго — если вообще когда-нибудь забудет. Не могла она и вообразить, что когда-нибудь снова полюбит. И виноват в этом был не столько Гордон — она давно уже от него ничего не ждала, — сколько Билл, которому она доверяла и которого искренне любила. Ничего не поделаешь: со всем этим грузом ей придется жить и дальше.

Через две недели после переезда, незадолго до появления Софи, Изабель обнаружила в «Геральд трибюн» фотографию Билла. В статье говорилось о предстоящих выборах в Штатах и его участии в избирательной гонке. Она долго разглядывала снимок и нашла, что Билл выглядит хорошо. В заметке мельком упоминалось о годичной давности автомобильной аварии, после которой он чудом остался жив и теперь после длительного лечения вернулся в политику, как никогда полный сил. Разумеется, в газете ничего не говорилось о его нынешнем физическом состоянии, но в целом статья как будто подтверждала то, что он ей о себе сообщал. По всему было видно, что Билл полностью восстановил здоровье. Вдоволь насмотревшись, Изабель в конце концов решила себя больше не мучить и выкинула газету вон.

Через несколько дней после отъезда Софи Изабель увидела Билла по Си-эн-эн — на слушаниях в сенате. Сидя за длинным столом, он обращался с речью к комитету по бюджетным ассигнованиям. Говорил он о каких-то ужасно скучных и малопонятных вещах, но Изабель внимала как загипнотизированная и не отрывала взгляда от его лица. В этот день ее особенно преследовали воспоминания о Тедди, и телевизор она включила только для того, чтобы от них отвлечься. Вот Билл слегка повернул голову и взглянул прямо в объектив — словно разговаривал именно с ней, с Изабель.

— Ты подонок! -- тихо прошептала она. Она и хотела бы пожелать ему счастья с Синтией, но не могла себя заставить: уж слишком болела рана, которую он ей нанес. Она все еще помнила каждое слово, произнесенное им тогда. Изабель этого не заслужила, она так сильно его любила, и они были так счастливы! Она все еще переживала, вспоминая прошлое, когда Билл закончил свою речь, камера отъехала назад и Изабель вдруг увидела, как кто-то увозит его прочь. Она ахнула. Ведь он утверждал, что ходит, а она только что своими глазами видела инвалидную коляску. Но зачем же он ей солгал? С какой целью? Глядя, как он уезжает со сцены, на прощание помахав кому-то рукой, Изабель вспомнила те слова, что он говорил раньше. Еще в Лондоне он намекал, что если не сможет ходить, то с ней не останется, так как не хочет стать обузой. Изабель тогда решила, что все объясняется его подавленным состоянием. Она просто ему не поверила, а вот сейчас внезапно поняла, что он говорил серьезно. А может, и все остальное тоже неправда?

Изабель долго сидела на кровати, решая, что следует предпринять, чтобы выяснить истину. Ей хотелось позвонить Биллу и задать вопрос прямо, но если бы он хотел, чтобы она знала правду, то не стал бы ее обманывать. Совершенно сбитая с толку, она встала с кровати и принялась расхаживать по комнате, затем посмотрела на часы. В Париже было шесть часов вечера, в Вашингтоне — полдень. И тут ее осенило. Бросившись на кухню, она схватила телефонную трубку.

Позвонив в справочную Вашингтона, она спросила служебный номер Билла, и ей сразу его сообщили. Совершенно не представляя, что скажет, она тем не менее его набрала. На коммутаторе ее соединили с помощником Билла. Изабель заявила, что звонит из одного южного городка и является представительницей комитета по детской грамотности. Она знала, что Билл этому вопросу уделяет большое внимание.

— О, конечно, я вас слушаю! — подтверждая ее догадку, с энтузиазмом произнес помощник.

— Мы приглашаем мистера Робинсона с женой посетить в декабре наше мероприятие. Возможно, его супруга захочет стать нашим почетным председателем. — Наступила пауза. Изабель напряглась, молясь о том, чтобы ее предположения подтвердились.

— Я уверен, что мистер Робинсон с удовольствием приедет. Если вы сообщите мне дату, я уточню в его ежедневнике. Однако я боюсь, что... э... миссис Робинсон не сможет присутствовать. То есть она, наверное, могла бы, но... ну, в общем, они развелись. Собственно говоря, — голос его зазвучал немного смущенно, — она в следующем месяце снова выходит замуж. Если вы ей позвоните, я уверен, она заинтересуется. Я могу дать вам ее номер. В любом случае мистер Робинсон с удовольствием будет председательствовать на вашем мероприятии, если вы мне пришлете какой-то материал и сообщите дату проведения.

— Да, конечно. Я сегодня же вам все вышлю.. — Державшая трубку рука Изабель мелко дрожала. Он обманул ее и в этом — они с женой разошлись. Теперь Изабель все поняла. Он сделал это ради нее: вдохновляемый какой-то безумной идеей, он решил предоставить ей свободу. А может, он ее просто не любил... По крайней мере две вещи совершенно очевидны: он больше не женат на Синтии и по-прежнему прикован к инвалидной коляске.

— Большое вам спасибо, — выдохнула она в трубку.

— Так как насчет даты?

— Двенадцатое декабря.

— Я запишу вас на это число и дам ему знать.

— Спасибо.

— А как вас зовут? Простите, я не разобрал вашего имени.

— Ничего страшного. Салли Джонс.

— Благодарю вас, мисс Джонс. Спасибо за звонок.

Она еще долго сидела неподвижно и думала о Билле, а еще больше — о причинах его поступка. В мгновение ока все изменилось. Теперь, впервые за последние пять месяцев, она вновь почувствовала вкус к жизни.

К полуночи, все как следует обдумав, Изабель уже приняла решение. Позвонив в авиакомпанию, она заказала билет на завтра, на двухчасовой рейс. До выборов оставалось всего четверо суток, время для поездки явно неудачное, но Изабель не могла больше ждать. Она позвонила Софи и сообщила, что на несколько дней улетает в Вашингтон.

— Но зачем? — удивилась Софи, хотя известие ее обрадовало. В последнее время, особенно после смерти Тедди, мама стала такой печальной, такой ко всему безразличной! Слава Богу, что она куда-то собралась.

— Я собираюсь навестить старого друга, — пояснила Изабель.

— Я его знаю? — поинтересовалась Софи, пытаясь догадаться. Мама ведет себя как-то странно: ее голос звучит возбужденно, в нем слышится и радость, и страх.

— Это Билл Робинсон. Мы тогда вместе попали в аварию, — с нежностью произнесла Изабель, и Софи на другом конце провода понимающе улыбнулась.

— Мы с ним знакомы, мама. Он был очень любезен со мной в Лондоне, когда я приезжала тебя навещать. У него две дочери и довольно приятная жена.

— Все верно. — Кроме жены, конечно.

— Ты ему очень нравилась, — невинным тоном заметила Софи.

— Мне он тоже нравится, — улыбнулась Изабель. — Я тебе оттуда позвоню и сообщу, когда вернусь домой. Хорошо? Береги себя, милая. Я скоро вернусь.

— Не спеши. До Рождества я все равно домой не приеду. Желаю приятно провести время.

— Спасибо. — И Изабель повесила трубку.

В эту ночь она так и не смогла заснуть, а в одиннадцать утра отправилась в аэропорт — нужно было приехать туда заранее. Во время полета она была вне себя от волнения. Изабель совершенно не представляла, как ей увидеться с Биллом и что сказать при встрече. Может, он придет в ярость, обнаружив, что она его выслеживает? Может, он ее разлюбил? Нет, пролетая над Атлантикой, возражала себе Изабель, этого не может быть. Просто он поступил неправильно — абсолютно неправильно. Он не должен был приносить себя в жертву. Ее нисколько не волнует, как он передвигается, то есть, конечно, жаль, что он не может ходить, но это не меняет ее отношения к нему. Она найдет его и скажет об этом. Но Изабель понимала, что перед ней стоит непростая задача. Он очень упрям — она слишком хорошо помнила, как он возражал против свадьбы Джо и Джейн.

Когда самолет приземлился в вашингтонском аэропорту, Изабель закрыла глаза и молча помолилась о том, чтобы Билл ее выслушал. Она не имела представления, удастся ли ей это, но в любом случае надо попытаться.

Дрожа от холода, она села в такси и дала водителю адрес отеля «Четыре сезона» в Джорджтауне, где забронировала номер. Теперь нужно выяснить, где находится Билл.

Глава 18

Когда Изабель вселилась в свой номер, было уже почти четыре часа дня. Если она хочет выяснить, где он будет этим вечером, нужно немедленно звонить в офис. Или просто туда подъехать? В голове Изабель крутились тысячи разнообразных сценариев, но она никак не могла решить, на каком из них остановиться. Глядя на телефон, она размышляла о том, что, возможно, совершила ужасную ошибку. Может, он уже ее разлюбил? В конце концов, промаявшись так с полчаса, она набрала номер Билла.

Трубку сняла секретарша.

— Здравствуйте, я из охранной службы, — нарочито деловым тоном произнесла Изабель. — Когда ожидать прибытия мистера Робинсона?

— Господи, да не знаю я! — воскликнула совершенно замученная девушка. — Тут готовится сразу шесть мероприятий. Откуда вы?

— Ну, мы обеспечиваем ужин.

— А, ну да... черт... я думала, он это отменил... нет, все правильно... хорошо... он приедет к вам в девять часов... он очень извиняется, что так поздно, но он просто не может приехать раньше. Ваше мероприятие будет сегодня четвертым по счету. И он надолго не задержится... Да, вы знаете, что он в инвалидной коляске?

— Это у меня записано, — сугубо официальным тоном ответила Изабель.

— Вам нужно будет убрать от стола один стул, чтобы он сам мог туда подъехать. Он не любит, чтобы вокруг него суетились. Да, и еще — его нельзя фотографировать в коляске. Они с сенатором Джонсоном войдут через боковую дверь и так же выйдут.

— Хорошо, — сказала Изабель. Она по-прежнему не ведала, где состоится ужин, но как спросить?..

— У сенатора Джонсона будет своя охрана, они вас встретят у служебного входа в Центр имени Кеннеди, как в прошлый раз...

— Ну, слава тебе, Господи, — прошептала Изабель. — Значит, все это состоится в Центре имени Кеннеди. Он будет в черном галстуке? Просто чтобы мы его сразу заметили...

— Нет, он очень извиняется... Я думаю, ничего страшного...

— Ну конечно.

Они еще десять минут обсуждали различные детали, но Изабель слушала вполуха. Главное она уже выяснила — он будет в Центре имени Кеннеди в девять часов вечера. А около десяти уедет на следующее мероприятие. Можно поймать его по дороге туда или на обратном пути, а можно устроить сцену во время ужина или спрятаться под столом и наставить на него пистолет... в общем, вариантов была масса, в большинстве своем самых фантастических. В сущности, Изабель не имела никакого представления, как именно ей поступить, знала только, что нужно попытаться.

В конце концов она решила перехватить Билла после ужина, на обратном пути — то есть в десять. До этого момента оставалось еще шесть часов — самых долгих в ее жизни. Позвонив дежурному, Изабель заказала на вечер автомобиль, после чего принялась размышлять о том, что именно скажет Биллу и даст ли он вообще ей говорить. Вполне вероятно, что он просто повернется к ней спиной — ведь он в свое время не пожелал ее больше видеть. Тогда он ее обманул, утверждая, что может ходить и что его отношения с женой обрели второе дыхание. Пять месяцев Изабель терялась в догадках, почему он вдруг так резко прервал все контакты, но теперь она знала наверняка: Билл не хотел быть для нее обузой. Вот почему он отказался встретиться с ней в Париже — она не должна была его видеть в инвалидной коляске. Мозаика сложилась в картину. Но от этого не стало яснее, как убедить Билла, что он не прав. В ее распоряжении сегодня окажется всего несколько минут, причем рядом будет находиться сенатор. Какие же найти слова? «Я тебя люблю?» Но для него не новость, он это знал и тогда, когда разрывал с ней отношения.

Он не знает о многом другом — о Тедди, о том, что она ушла от Гордона. Не подозревает, что своим уходом разбил ей сердце. А самое главное — что ей все равно, будет ли он до конца жизни прикован к инвалидной коляске. Единственное, чего хочет Изабель, — это быть с ним и любить его до самой смерти.

Она уже начала склоняться к мысли, что не стоит встречаться с Биллом именно сегодня вечером. Возможно, лучше было бы завтра приехать к нему в офис или позвонить по телефону. Сейчас он совершенно замотан — ведь до выборов осталось всего три дня. Но с другой стороны, он может куда-то уехать... Нет, она больше не желает ждать — она уже и так ждала слишком долго.

В этот вечер она напрочь лишилась аппетита, попыталась задремать и тоже не смогла. В конце концов, приняв ванну и одевшись, она ровно в половине десятого села в автомобиль и направилась к Центру имени Кеннеди. Теперь, когда цель стала уже близка, Изабель охватила паника. А что, если Билл уже уехал? Выйдя из машины, она встала чуть в стороне от входа, чтобы не пропустить его. И до этого было холодно, а тут, как назло, еще и пошел снег, пронизывающий ветер дул, казалось, со всех сторон.

В десять пятнадцать Билл все еще не появился. Не вышел ли он через другую дверь? Или вообще его планы изменились? На Изабель были зимнее пальто, меховая шапка, замшевые ботинки и перчатки, но все равно она постепенно коченела.

К половине одиннадцатого она потеряла уже всякую надежду на встречу с Биллом. Что ж, очевидно, завтра придется придумать что-нибудь другое. Для очистки совести Изабель решила подождать до одиннадцати, хотя в общем-то была уверена, что Билл с сенатором уже давно уехали на следующее мероприятие.

Однако без десяти одиннадцать возле двери началось какое-то движение. Из Центра вышли двое полисменов, затем охранник в форме, а потом появился солидно одетый человек, который, пряча лицо от холодного ветра, тут же направился к ожидавшей его машине. Этой машины еще минуту назад здесь не было — она вдруг материализовалась на пустой дороге. Мужчина смутно напоминал сенатора, но Изабель толком не смогла его разглядеть. Она подождала еще немного — больше никто не появлялся.

Может, Билл решил там задержаться? В этот момент она увидела, как из дверей медленно выкатилась инвалидная коляска. Сидевший в ней мужчина, с толстым шарфом на шее и в темном пальто, управлялся с нею сам, но его окружали какие-то люди, на ходу продолжавшие с ним беседу. Изабель сразу его узнала. С бьющимся сердцем она смотрела, как он подъехал к пандусу и начал спускаться вниз, прямо к тому месту, где она стояла. Провожающие, спасаясь от снега, поспешили назад, в тепло, сенатор и его люди ожидали в автомобиле.

Понимая, что сейчас решается ее судьба, Изабель быстро стала подниматься по пандусу. Они встретились как раз на полпути — она загородила дорогу, и Билл рассеянно пробормотал: «Разрешите?» Изабель он, разумеется, не узнал — из-за ветра он опустил голову и видел только ее пальто и ноги.

— Ты меня обманул, — произнесла она голосом, пять месяцев звучащим в его снах. Подняв глаза, Билл не мог вымолвить ни слова. Он просто ошеломленно смотрел на нее и никак не мог поверить.

— О, привет, Изабель! Что за счастливый случай привел тебя сюда? — Видимо, Форрестье приехал в Вашингтон по каким-то делам, а Изабель его сопровождает. Почему он сидит в инвалидной коляске, Билл объяснять не стал.

— Случай тут ни при чем, — откровенно заявила она. Хватит лжи! — Я специально прилетела из Парижа, чтобы встретиться с тобой. — Билл не знал, что на это ответить. Ветер хлестал по их лицам, с неба сыпался густой снег. В собольей шапке Изабель напоминала ему русскую принцессу. Она была так красива, что у Билла дух захватывало, но лицо его оставалось невозмутимым. Он тщательно скрывал свои чувства — в подобных делах он давно уже преуспел.

— Извини, мне некогда. Синтия ждет меня в машине. — Это была единственная причина для бегства, которая пришла ему в голову. Главное — как можно быстрее от нее сбежать, пока он не утратил всю свою решимость.

— Она тебя не ждет. — Изабель поплотнее запахнула на груди пальто. — Вы же разведены. Ты и тут меня обманул.

— Да, пожалуй, я действительно много чего напридумывал. Кроме того, что для меня все кончено. Это чистая правда. — Он старался держаться с вызовом, но его выдавали глаза.

— Почему же для тебя все кончено? — Если он скажет ей, что не любит, она повернется и уйдет. Но она обязательно должна была его увидеть — хотя бы для того, чтобы в последний раз посмотреть ему в глаза.

— Иногда такое бывает. Как там Тедди? — спросил он, чтобы разрядить обстановку и увести разговор в сторону. Но такого ответа Билл вовсе не ожидал.

— Он умер три месяца назад — подхватил очень скверный грипп. Жаль, что ты так с ним и не познакомился, — стараясь сохранить самообладание, проговорила она. Изабель не собиралась перекладывать на него свою боль, но пусть знает.

— Мне тоже очень жаль, — мягко сказал он, кляня себя за то, что не был с ней рядом, — он прекрасно понимал, что пришлось перенести Изабель. — С тобой все в порядке? — Ему хотелось ее обнять, но он не смел. Билл даже боялся смотреть ей в глаза: ведь она поймала его на лжи, он был уверен, что их дороги больше никогда не пересекутся и она ничего не узнает.

— Еще нет, но в конце концов все образуется. А пока я очень по нему скучаю. И по тебе тоже, — тихо сказала она. — А ты как? — Ей хотелось спросить, тоскует ли он по ней, сожалеет ли о содеянном, но разве об этом спросишь вот так, посреди дороги?

— Прекрасно. Лучше чем когда-либо. Вот вернулся к работе — до выборов осталось всего три дня. — Он посмотрел на часы. На следующую встречу они опаздывали уже на час. — Мне и вправду нужно ехать, — извиняясь, произнес он. По нему вовсе не было заметно, что эта встреча для него что-то значит.

— Я все еще люблю тебя, Билл, — торопясь и волнуясь, проговорила она. Он должен это знать, иначе зачем она сюда пришла? — И мне совершенно безразлично, можешь ли ты кататься на роликах или танцевать. Я все равно неважно танцую.

Грустно улыбнувшись, он дотронулся до ее руки.

— Ты действительно приехала сюда, чтобы меня увидеть?

Изабель только молча кивнула. Слезы капали из глаз, катились по щекам, и она кое-как отирала их перчаткой.

— Я видела тебя по Си-эн-эн и поняла, почему ты мне лгал. Так вот знай: для меня это не имеет значения.

— Я знаю, — мягко сказал он, — и всегда это знал. Но это важно для меня. Я не желаю тебе такой участи. Я слишком тебя люблю, чтобы погубить твою жизнь. Даже если ты когда-нибудь разведешься... Тогда тем более. Он как, нормально с тобой обращается? — Пять минут назад, увидев Изабель, он сразу огляделся по сторонам, но нигде не заметил Гордона. Очевидно, она сумела как-то от него ускользнуть.

Этот вопрос вызвал у нее улыбку.

— Когда Тедди умер, я по твоему совету израсходовала на него весь свой боезапас. В результате он вышвырнул меня вон. Теперь мы с Софи снимаем квартиру. — Оказывается, в ее жизни многое изменилось. Но его решение осталось неизменным. Пожалуй, теперь Билл в нем даже укрепился. Ведь если Изабель свободна, перед ней открывается масса разных возможностей.

— Что ж, я за тебя рад, — только и вымолвил он.

— Я понимаю, что тебе нужно ехать. — Она смахнула с лица снежные хлопья. — Я остановилась в отеле «Четыре сезона». Позвони, если захочешь.

Билл только покачал головой. Снег шапкой покрывал его волосы, и Изабель только сейчас сообразила, что ему, наверное, холодно.

— Я не стану тебе звонить, Изабель. Пять месяцев назад мы поступили правильно, теперь осталось только от этого не отступить.

— Я не могу с тобой согласиться. Мы оба имеем право на любовь. Даже если ты уйдешь из моей жизни, я все равно не перестану тебя любить. Никогда не перестану.

— Рано или поздно ты меня забудешь, — заверил он, но она только покачала головой и чуть отошла в сторону, открывая ему дорогу. — Береги себя, пожалуйста, — наконец посмотрев ей в глаза, добавил Билл. Он хотел снова повторить, что сожалеет насчет Тедди, но промолчал, а больше ему нечего было сказать. Не оборачиваясь, он спустился по пандусу и забрался в машину. Извинившись перед сенатором, он объяснил, что встретил старого друга. После этого он всю дорогу молчал, и его спутник чувствовал, что мысли Билла витают где-то далеко.

Домой он вернулся только после полуночи. Звонить Изабель он не стал: было уже слишком поздно, к тому же, как он упорно себе твердил, делать этого вообще не стоит. Он слишком ее любит, чтобы обременять собой.

Тем не менее мысли об Изабель мучили его всю ночь. Он очень переживал из-за Тедди — сын так много для нее значил. Каким, должно быть, страшным ударом была для нее его смерть! Зато с Гордоном она наконец рассталась, будет замечательно, если теперь она себе кого-нибудь найдет. Однако из головы у него по-прежнему не выходила сцена их последнего свидания — занесенная снегом Изабель, стоящая возле Центра имени Кеннеди.

Никогда еще он не видел ее такой красивой и такой печальной.

Когда Изабель возвращалась к себе в гостиницу, снег все еще шел. Все кончено. Билл ей никогда не позвонит. Она прочла на его лице твердую решимость больше с ней не встречаться, и только глаза говорили о все еще сохранившейся любви. Но теперь Изабель была готова с этим смириться. «В реальной жизни не бывает хеппи-энда, — думала она. — Есть только потери, от которых никуда не деться.

Она долго не могла заснуть, а когда наконец уснула, ей приснился Билл. Изабель крепко спала, когда на тумбочке зазвонил телефон. Было четыре часа утра. Она сняла трубку.

— Извини, что звоню так поздно. Ты уже спишь? — неуверенно начал он.

— Только заснула. — При звуке до боли знакомого голоса сон как рукой сняло. — Где ты?

Билл ответил не сразу.

— Внизу. В вестибюле твоей гостиницы. Должно быть, я такой же сумасшедший, как и ты, но я боялся, что ты уедешь, а мне завтра нужно быть в Нью-Йорке. Ну вот я и подумал: раз уж ты проделала такой путь, нам все-таки стоит поговорить. — То, что время для разговоров было явно неподходящим, обоим даже не приходило в голову.

— Я рада, что ты здесь. Ты поднимешься?

Дожидаясь его, Изабель причесалась, почистила зубы и наскоро умылась. Через пять минут в дверь постучали, и в комнату медленно вкатилась инвалидная коляска. Билл! Изабель очень хотелось до него дотронуться, но она не смела.

— Извини, что тревожу тебя в такое время, но я никак не мог заснуть. Твой приезд — настоящее безумие. — Он отнюдь не выглядел огорченным, скорее, тронут, хотя и несколько выбит из колеи. Появление Изабель снова пробудило в нем те чувства, которые он в последние месяцы всячески старался заглушить. — Мне очень жаль, что так получилось с Тедди. Что произошло?

Присев на кушетку, она коротко рассказала ему о последних днях сына. Голос Изабель дрожал, глаза увлажнились. Не раздумывая, Билл взял ее за руку.

— Бедная моя! — прошептал он.

Она улыбнулась ему сквозь слезы.

— Кто-то, наверное, скажет, что для него это к лучшему. Возможно, так оно и есть, но были же и в его жизни радости. А я так по нему скучаю! Его нет, Софи уехала на учебу, я осталась совсем одна и просто не знаю, чем заняться.

— Чтобы свыкнуться с этим, нужно время. Для тебя слишком многое изменилось. — Да, в ее жизни наступил период перемен, подумала Изабель: развод, смерть сына, потеря Билла. И за что только судьба навлекла на нее эти ужасные перемены?! — Не знаю, что тут и сказать, — неловко произнес Билл. — Я ведь не предполагал, что мы снова встретимся, считал это ненужным. Я не имею права губить твою жизнь, Изабель. Ты заслуживаешь гораздо больше того, что я могу предложить. С тобой рядом должен находиться необыкновенный мужчина... ну, по крайней мере полноценный, а не такой, как я.

— Кто сказал, что ты неполноценный? — пристально глядя ему в глаза, воскликнула Изабель. Она не могла понять, к чему он клонит, да, пожалуй, и не пыталась. Пока все это больше походило на очередное прощание или на новую порцию оправданий. На сей раз он хотя бы не лжет, а говорит только то, что считает правдой, какой бы она ни была.

— Мы оба знаем, что это так. — Он не стал напоминать ей об их неудачной попытке. В отличие от своего зятя Билл считал, что в таком состоянии он не имеет права жениться на Изабель, а о меньшем он и не помышлял. Билл помнил слова Елены, но не мог с ней согласиться: она идеалистка и вдобавок чересчур молода. Возможно, любовь вообще существует только для молодых. А сейчас он приехал лишь для того, чтобы увидеться с Изабель, объяснить ей все и по-человечески попрощаться. Это его долг перед ней. Он поступил с ней слишком жестоко, Изабель такого не заслужила, да еще вдобавок после смерти Тедди. — Я просто хотел проститься и объяснить. Мне не нужно было приглашать тебя в Лондон — я чувствую себя виноватым в том, что там случилось.

— Ты подарил мне настоящую любовь, Билл, — нежно проговорила она. — За это не надо извиняться.

— К сожалению, я не в силах дать тебе больше... — В глазах его стояли слезы. — Я очень сожалею, — печально повторил он, и тогда Изабель наклонилась и поцеловала его. Осторожно потянув, он усадил ее к себе на колени. Их поцелуи были полны нежности и страсти, воспоминаний о том, на что они надеялись и что потеряли, едва вкусив. Обнимая ее, Билл вскоре забыл о том, что перестал быть мужчиной, неукротимая волна желания прокатилась по его телу. Они еще долго целовались, а потом, когда, задыхаясь, наконец оторвались друг друга, Изабель, ни слова не говоря, помогла ему перебраться на кушетку, осторожно раздела и сбросила свою ночную сорочку.

На какой-то миг Билл заколебался, но он не мог, да и не хотел, останавливаться. Он жаждал Изабель всей душой и телом, он никогда еще так не хотел женщину. Именно об этом они мечтали, на это надеялись — такая страсть, какой он не испытывал даже в юности. В целом мире не было другой такой, как Изабель.

Потом, когда все закончилось, он долго лежал в ее объятиях и улыбался. Его страхи исчезли — любовь и нежность

Изабель прогнали их прочь. То, что между ними сейчас произошло, превосходит самые смелые ожидания. Теперь, несмотря на инвалидную коляску, он снова ощущал себя полноценным человеком.

— Ох! — Она прижалась к нему крепче, и Билл довольно улыбнулся. В ее объятиях он снова чувствовал себя молодым. — Это было замечательно.

— Лучше некуда. — Но когда через час Изабель отвезла его в ванную, а спустя еще сорок минут он появился оттуда полностью одетым, выражение лица Билла очень ей не понравилось.

— С моей стороны было безумием сюда приходить, — мрачно произнес он. К нему уже вернулись прежние страхи, усугубляемые чувством вины. — Я не должен был так поступать. — Он не хотел вселять в нее ложные надежды. Теперь им будет еще труднее, хотя, конечно, Билл чувствовал и огромное облегчение: ходить он не может, но его мужская сила полностью восстановилась.

— Не понимаю, — покачала головой Изабель. — Мы оба взрослые, оба свободны. Ты разведен, я тоже почти разведена — все будет оформлено через несколько месяцев. Маленьких детей у нас нет. К чему самим создавать проблемы? Жизнь и без того достаточно сложна, не стоит ее самим себе портить. К тому же, — серьезно добавила она, глядя ему прямо в глаза, — нельзя быть неблагодарным. В Лондоне мы могли вместе умереть или, того хуже, мог умереть кто-то один. Но ведь мы выжили — так давай не будем пренебрегать тем подарком, который нам сделала судьба.

— Ты ошибаешься, Изабель, — решительно заявил он. — Жизнь с человеком, не расстающимся с инвалидной коляской, отнюдь не подарок.

— А я считаю, что жизнь с человеком, которого любишь и который любит тебя, — это бесценный дар! — не сдавалась

Изабель. Они побывали в настоящем аду и теперь, когда вернулись оттуда, имеют право немного отдохнуть в раю.

— Нет, Изабель! — твердо сказал Билл. — Я этого не допущу. То, что сейчас здесь произошло, — это моя ошибка, я проявил полную безответственность.

— Ты проявил человечность. Неужели ты не можешь позволить себе быть счастливым и потом не пилить себя за это? — Он невольно улыбнулся. — Зачем ты все усложняешь? Мы ведь любим друг друга, — повторила она. — Разве этого не достаточно?

— Иногда недостаточно. Ты не понимаешь, на что идешь, Изабель.

— Нет, понимаю! — возразила она. Было уже шесть часов утра, ему скоро нужно будет уйти. — Я пятнадцать лет ухаживала за Тедди, который тяжело болел, но я его и сейчас люблю. А ты не болен. Ты сильный и здоровый, просто не можешь ходить. Ну и что? Меня не остановило бы, даже если бы ты больше не мог заниматься любовью. Это, конечно, волшебная вещь, но я бы и без нее прожила. Для меня важнее всего быть с тобой вместе.

— Довольно, — мрачно сказал он. — Я пришел сюда попрощаться, так вот — давай прощаться.

— Ты совершаешь невероятную глупость. Я тебя не отпущу!

— Это не в твоей власти. Мы больше не увидимся. — Оба понимали, что он на это вполне способен.

— И что тогда? Ты до конца жизни обрекаешь нас на одиночество и на воспоминания о том, что мы имели, а потом из-за твоего упрямства утратили. Зачем? Кого ты хочешь победить? Думаешь, на небесах нас ждет награда за то, что мы сами себя наказываем? Возможно, наша жизнь не всегда будет гладкой, но ведь ничего идеального на свете нет! У нас пока все складывается просто замечательно, так зачем себя этого лишать? Мы оба и без того достаточно настрадались. Ради Бога, будь благоразумен... — По ее щекам текли слезы, но Билл оставался непреклонным.

— Мне очень жаль, — прошептал он, поцеловав ее в лоб, и направился к двери, но на пороге не выдержал и оглянулся.

— Зачем ты так поступил? — плача, воскликнула Изабель. — Какой в этом смысл? Чтобы помучить нас обоих? Чтобы напомнить нам о том, как сильна наша любовь, и тут же все отнять? Зачем, если мы так счастливы?

— Возможно, я недостаточно тебя люблю, — печально проговорил он, — или ты не сможешь любить меня так сильно, как сейчас думаешь.

— Не надо все усложнять. Не надо. Я тебя люблю, и это главное. А твоей любви мне хватает.

— Я не тот, кто тебе нужен, — с тоской глядя на нее, упрямо повторил Билл. Ему хотелось вернуться и снова ее обнять, но он сдержался.

— Дай мне самой выбрать. Позволь мне судить, что для меня лучше. Ты не имеешь права решать за меня!

— Имею, — ответил Билл и, в последний раз на нее взглянув, выехал из комнаты. Через мгновение дверь захлопнулась, и Изабель, закрыв лицо руками, неподвижно застыла на кушетке.

Глава 19

Изабель провела в Вашингтоне еще четыре дня. Сенатор снова победил на выборах, и это, конечно, была заслуга Билла. Она видела его в программе новостей — Билл скромно сидел в сторонке, словно был тут совершенно ни при чем. Он больше ей не звонил, она тоже не пыталась с ним связаться. Сердце ее разрывалось от горя, но заставить его вернуться Изабель не могла. Ей придется смириться. Он имеет право выбирать — так же, как она вправе считать, что вместе они были бы счастливы. Она всегда будет им гордиться, и не важно, что он прикован к инвалидной коляске. Для нее это не имеет значения — в отличие от него. Что ж, пусть живет так, как ему хочется.

После выборов, во вторник вечером, она позвонила Софи и предупредила, что возвращается домой. У нее был грустный голос, но Софи не стала выяснять причину. Она и сама до сих пор переживала потерю брата — почти так же сильно, как мама.

— Ты виделась со своим другом? — решила переключиться на более веселую тему дочь.

— Да, — тихо сказала Изабель. — Он прекрасно выглядит.

— Он ходит?

— Нет.

— Я так и думала. Когда я видела его в больнице, он был в неважном состоянии — правда, и ты тоже.

— Во всем остальном у него полный порядок. Я буду дома завтра вечером, милая, — на тот случай, если тебе понадоблюсь. — Изабель привыкла сообщать Софи, где находится: сказывались годы, проведенные в постоянной тревоге за Тедди. И хотя, по правде говоря, Софи вовсе не было теперь особой нужды знать, где в данную минуту находится ее мать, обеим от этого становилось как-то спокойнее. — Надеюсь, скоро увидимся.

— Я позвоню тебе в ближайшие выходные, мама. Ты хорошо провела время в столице? — Софи очень на это надеялась.

Ответ Изабель был довольно сдержанным.

— Не особенно, — честно призналась она, — но все равно я не жалею о поездке.

Что ж, зато они расставили все точки над i. А кроме того, она все-таки посетила некоторые музеи и галереи. С нового года Изабель собиралась вернуться в Лувр, так что ей было просто необходимо вновь погрузиться в атмосферу искусства. Однако даже это напоминало ей о днях, проведенных с Биллом в Лондоне. О Билле ей вообще все напоминало — картины, музеи, музыка, смех. Изабель надеялась, что когда-нибудь это прекратится. Уж если Билла с ней не будет, следует как можно быстрее о нем забыть. Возможно, когда-нибудь она даже перестанет его любить — если Бог решит над ней смилостивиться.

В среду утром она упаковала те немногие вещи, которые привезла с собой, и вызвала коридорного, чтобы тот снес их вниз. Самолет вылетал в час дня, так что Изабель собиралась покинуть отель в десять. Но едва она успела закрыть за собой дверь номера, вдруг зазвонил телефон. Пока она возилась с ключом, прошла примерно минута, так что, когда Изабель подбежала к телефону, тот уже замолчал. Спустившись в вестибюль, она выяснила, что это всего-навсего звонил администратор, желавший узнать, когда Изабель освобождает номер, — на него уже были другие претенденты.

До аэропорта она добралась без всяких происшествий. Ночью опять шел снег, и заснеженный Вашингтон выглядел очень красиво. Зарегистрировавшись на рейс, Изабель отправилась купить в дорогу что-нибудь почитать. На душе у нее было грустно, но вместе с тем наступило освобождение. Все наконец определилось. Она и сама не ожидала, что так спокойно воспримет произошедшее. Отгоняя от себя мысли о Билле, она купила в киоске книгу и несколько журналов, взяла сдачу и уже собиралась уходить, когда услышала за спиной знакомый голос:

— Знаешь, ты просто сумасшедшая! Я всегда подозревал, что ты такая. — Изабель на миг закрыла глаза — она решила, что бредит. Ведь это совершенно невероятно, просто немыслимо! Однако, обернувшись, она действительно увидела перед собой Билла. — И все равно ты не права, — тихо добавил он.

— Ты меня выслеживаешь или тоже куда-то уезжаешь? — с бьющимся сердцем спросила Изабель. Она не могла понять, что это — простое совпадение или же все-таки свершилось чудо.

— Я звонил тебе в гостиницу, но не застал.

— Забавно, должно быть, я пропустила именно твой звонок, — с деланным спокойствием заметила Изабель, дрожащими руками прижимая к себе купленную литературу. — Хотя администратор утверждал, что это он звонил насчет номера.

— По-видимому, я позвонил сразу после него. — Значит, он звонил, чтобы попрощаться, но тогда зачем он здесь? — Я ни в чем не раскаиваюсь, — отъехав чуть в сторону, заявил Билл. Они мешали движению, так что людям приходилось обходить их, но в целом никто не обращал на них особого внимания. Хотя, надо признать, смотрелись они довольно необычно, к тому же Изабель сильно побледнела, а Билл выглядел так, словно он несколько дней не спал. — Ты заслуживаешь большего.

— Я знаю твое мнение, — кивнула она, чувствуя, как вновь заныло сердце. Сколько раз можно повторять одно и то же? — Но считаю, что лучшего у меня не будет. Что ж, я потеряла Тедди, потеряла тебя, и, кроме Софи, мне уже больше некого терять. Не думаю, что можно убежать от любви, но ты, как я вижу, пытаешься это сделать. — Она уже не старалась его переубедить — он до конца будет стоять на своем. Как и она сама.

— Я хочу, чтобы ты вела нормальную жизнь с парнем, который мог бы бегать за тобой по дому и танцевать на Новый год.

— А мне нужен человек, которого я люблю и который любит меня, которого бы я уважала и о ком заботилась бы до конца жизни. И мне в отличие от тебя абсолютно безразлично, может ли он ходить или только сидеть, — спокойно произнесла она, смирившись с той судьбой, которую Билл для них выбрал.

— Почему ты в этом так уверена?

— Ты бы меня любил, если бы я сидела в этой коляске? — тихо спросила она.

Он долго молчал, потом наконец ответил:

— Да.

— Плохо же ты обо мне думаешь, если считаешь, что я устроена иначе.

Не сказав больше ни слова, он усадил ее к себе на колени, обнял и крепко поцеловал в губы.

— Что это значит? — задыхаясь, спросила Изабель. — «Здравствуй» или «до свидания»?

— Тебе выбирать. Решай сама. — Кажется, Елена была права. От кого он пытался защитить Изабель? Она имеет полное право сама выбрать свою судьбу и, пожалуй, его судьбу тоже.

— Ну, здравствуй! — улыбнувшись, прошептала Изабель и крепко его обняла.

Уважаемые читатели!
Даниэла Стил готова ответить на Ваши вопросы.
Присылайте их по адресу:
129085, Москва, Звездный бульвар, 21
Издательство АСТ, отдел рекламы

Литературно-художественное издание

Стил Даниэла
Поцелуй

Художественный редактор О.Н. Адаскина
Компьютерный дизайн: Ю.Ю. Герцева
Компьютерная верстка: М.В. Пащенко
Технический редактор О.В. Панкрашина
Младший редактор Н.К. Белова

Общероссийский классификатор продукции
ОК-005-93, том 2; 953000 — книги, брошюры

Санитарно-эпидемиологическое заключение
№ 77.99.02.953.Д.000577.02.04 от 03.02.2004 г.

ООО «Издательство АСТ»
667000, Республика Тыва, г. Кызыл, ул. Кочетова, д. 28
Наши электронные адреса:
WWW.AST.RU E-mail: astpub@aha.ru

При участии ООО «Харвест».
Лицензия № 02330/0056935 от 30.04.04.
РБ, 220013, Минск, ул. Кульман,
д. 1, корп. 3, эт. 4, к. 42.

Открытое акционерное общество
«Полиграфкомбинат им. Я. Коласа».
220600, Минск, ул. Красная, 23.